철혈백작
리카이엔

철혈백작 리카이엔

4

윤지겸 퓨전 판타지 소설

Chapter 1.

황금 홀의 비밀

"도대체 어떻게 들어온 거냐?"

황제의 얼굴에서 처음 보였던 당혹감은 더 이상 보이지 않았다. 언제 그랬냐는 듯 싸늘한 얼굴로 묻는다. 그리고 리카이엔 역시 시종일관 느긋하게, 아니, 거기서 한 발 더 나가 빈정대는 듯한 태도로 말했다.

"하아~ 이봐, 황제 씨. 지금 중요한 건 어떻게 들어왔느냐가 아니라 왜 들어왔느냐 하는 거야. 아직도 모르겠어? 아직도 이야기를 할 준비가 안 된 모양이네?"

황제가 단 한 번도 들어 본 적이 없는 무례한 말투. 하지만 황제는 아무렇지도 않다는 듯 피식 웃기까지 한다. 그리고 조용히 생각에 잠겼다.

'어쨌든 황금 홀을 들고 있으니 이야기를 해 보는 것도 나쁘지는 않겠지.'

지금 중요한 것은 복면인의 손에 들린 황금 홀. 나오지 않았으면 모르되 세상에 나왔다면 반드시 회수해야 하는 그 물건. 천천히 숨을 고른 황제가 입을 열었다.

"네가 엘리샤와 함께 크벤티움으로 왔다는 자인가?"

"그렇지."

"그래, 무슨 이야기를 하고 싶은 건가?"

"흐음, 이제 정말 이야기할 준비가 된 모양이군."

"어서 말하라."

"거래."

리카이엔의 간단한 대답에 황제는 그 말이 나올 줄 알았다는 듯 바로 대꾸했다.

"황궁에 들어와 황제에게 거래를 요구하다니 확실히 보통 놈은 아닌 모양이군. 나갈 준비는 다 하고 온 건가?"

"잘 봤어. 내가 좀 보통 놈은 아니지. 그리고 이렇게 조용히 들어왔으면 나가는 것도 할 수 있지 않을까?"

"후후, 들어오는 것과 나가는 것은 다른 법이지."

"어디 내기 한 번 해 볼까?"

황제는 여전히 차분하게 가라앉은 눈빛으로 복면인을 살펴보았다.

완벽하게 방음이 된 방이지만, 침대 옆에 있는 줄만 당기면 모든 황궁이 깨어난다. 다시 말해 눈앞의 복면인을 잡는 것은 그리 힘든 일이 아니었다.

그리고 이 복면인이 그러한 사실을 모를 것이라 생각하지 않았다. 그럼에도 불구하고 저 자신만만한 태도가 계속 신경을 건드렸다.

잠시 생각을 정리한 황제가 조용히 말했다.

"거래… 네가 나에게 줄 것은 당연히 그 황금 홀일 것이고, 그렇다면 나에게 원하는 건 무어냐?"

"첫 번째, 이 황금 홀의 가격으로 천만."

황제가 느긋하게 고개를 끄덕였다. 황금홀이 가지고 있는 비밀이 가지고 있는 가치는 그보다 훨씬 더 높았다. 그 사이 리카이엔이 가격에 대한 설명을 부연했다.

"황금 홀의 가격 5백만, 그리고 이 황금 홀의 비밀에 대해 캐지 않은 것에 대한 금액으로 5백만."

"비밀이라……."

"그동안 나는 그 황금 홀의 비밀에 대해 충분히 캐낼 수 있는 시간이 있었지만 그러지 않았거든. 아~ 궁금해 미치는 줄 알았단 말이지. 그러니 그런 내 노고에 대한 값을 치르라는 말이야."

황제가 느긋하게 고개를 끄덕였다.

"장사라는 걸 잘하는 모양이구나. 좋다, 내 천만을 지불하기로 약속하지."

"후후, 황제답게 시원시원하구만. 그럼 가격 흥정은 그걸로 됐고… 두 번째는 목숨."

"목숨?"

"날 찾아왔던 엘리샤 폴덴을 비롯한 스무 명의 황혼의 기사단 소속 기사들의 목숨을 나에게 줘. 내 정체를 아는 그들을 여기에 두고 갈 수는 없잖아?"

리카이엔의 말에 황제는 망설임 없이 고개를 끄덕였다.

"좋다. 또 있는가?"

"물론이지. 세 번째는 약속."

"약속?"

"황금 홀을 받고 나서 날 추적하지 않겠다는 약속 말이야."

세 번째 조건에도 황제는 고개를 끄덕였다.

"좋아, 약속하지. 어차피 나에게 필요한 물건은 그 황금 홀이다. 네놈에게 아무런 관심도 없다. 더 원하는 것이 있는가?"

황제의 말에 리카이엔이 눈을 빛내며 말했다.

"아니, 더 이상의 조건은 없어."

"그렇다면 이 거래는 성사된 것이로군."

하지만 리카이엔은 고개를 저었다.

"그렇지도 않아. 역시나 이 거래는 없던 걸로 해야 될 것 같거든."

갑작스러운 복면인의 태도에 황제의 눈빛이 크게 흔들렸다. 하지만 절대 흥분하지 않는다. 오히려 한층 더 가라앉은 눈빛

철혈백작
리카이엔

으로 리카이엔을 노려보며 물었다.

"이유는?!"

"당신이 약속을 안 지킬 게 너무 뻔해서."

"음?"

"사실, 그렇잖아? 뭐, 두 번째 조건까지야 그럴 수도 있지. 너한테 중요한 건 황금 홀이지 신하의 목숨이 아니니까. 하지만 세 번째 조건은… 과연 그렇게 망설임 없이 고개를 끄덕일 조건이었을까? 어쩌면 당신의 비밀을 알고 있을지도 모르는 나를 포기한다는 게 말이야."

"황제는 한 입으로 두 말을 하지 않는다!"

"아아~ 물론. 하지만 당신의 이야기를 들은 누군가는 혹여 과잉 충성으로 엉뚱한 짓을 할지도 모르잖아? 아니면 과잉 충성할 누군가에게 일부러 이야기를 흘리는 방법도 있는 것이고 말이야. 더군다나 대답하는 순간 네 두 눈에 살기가 너무 넘쳐 흘러서 일부러 속아 주는 척도 못하겠더라."

세 번째 조건에 고개를 끄덕이던 황제의 두 눈에 한기가 느껴질 정도로 차가운 살기가 흘러나왔던 것이다.

"정말이지 대담하기 짝이 없는 놈이구나. 감히 날 가지고 놀 생각을 하다니."

황제가 나지막한 목소리로 말했다. 여전히 흥분하지는 않았다. 오히려 더더욱 차분해졌다. 그리고 그 차분함이 얼마나 무서운 것인지 리카이엔은 알고 있었다. 물론, 그렇다고 해서 조금이라도 겁을 먹을 리카이엔은 아니었지만.

"천하의 그로니스 제국 황제를 가지고 논다라… 뭐 나쁘지는 않겠군!"

"후후… 더 이상 말을 섞을 가치가 없는 놈이구나."

"아아, 서두르지 말라고."

하지만 황제는 이미 침대 옆의 줄을 향해 손을 뻗고 있었다. 그리고 리카이엔이 재빨리 말했다.

"참아라. 그걸 잡아당기면 니 황제 자리가 위험해질 수도 있다."

순간, 줄을 잡아 가던 황제의 손이 우뚝 멈췄다. 그리고 더 이상 살기를 숨기지 않은 채 싸늘한 목소리로 말했다.

"지금 뭐라고 말했느냐?"

리카이엔은 여전히 여유로웠다. 벽에 등을 기댄 채 느긋한 자세로 황금 홀을 흔들며, 황제의 물음에 대한 대답 대신 질문을 던졌다.

"과연 이 홀이 진짜일까?"

"뭐라?"

"내가 진짜를 들고 여기에 왔겠느냐는 말이다."

황제의 눈동자가 또 한 번 흔들렸다. 그리고 뻗었던 손을 거두어들였다. 확실히 생각지 못한 부분이었다. 복면인의 말대로 저 황금 홀은 자신이 찾는 문제의 그 물건이 아닐 수도 있었다.

황제의 반응을 유심히 살펴보던 리카이엔이 다시 말을 이었다.

"자, 그럼 맞춰 봐. 이게 진짠지, 가짠지."

"그러다가 네 목이 날아갈 수도 있다는 건 생각해 보았느냐?"

"흐음, 뭐 그럴 가능성이 아주 없는 건 아니지. 그런데 말이야… 거듭 말하지만 그렇게 되면 네 황제 자리가 위험해질 수도 있다니까?"

"감히 무슨 생각으로 그 따위 되지도 않는 말을 지껄이는 거냐?!"

"홋, 좋아. 그럼 질문을 바꿔 보자. 네가 찾는 진짜 홀은 지금 어디에 있을까?"

하지만 황제는 대답을 하는 대신 살기 가득한 시선으로 리카이엔을 노려볼 뿐이었다. 결국 리카이엔이 답을 말해 주었다.

"현재 진짜 물건은 내 수하가 가지고 있다. 그리고 나에게 뭔가 이상이 생겼다는 판단이 설 경우, 내 부하는 진짜 홀을 들고 로우디스 대공에게 달려갈 거야."

순간, 지금까지 평정을 유지하던 황제의 얼굴이 처음으로 격하게 일그러졌다.

"설마……!"

그리고 복면 안에 감춰진 리카이엔의 얼굴에 회심의 미소가 떠올랐다. 하지만 아무렇지도 않은 목소리로 말했다.

"당신 고조 할아버지가 지은 죄잖아?"

그리고 황제는 결국 평정심을 잃었다.

"네놈이 어떻게 그 사실을 알고 있는 게냐!"

황제의 입에서 다급한 외침이 터져 나왔다. 하지만 리카이엔은 과장되게 어깨를 으쓱거릴 뿐 더 이상 대답을 하지는 않았다.

리카이엔이 황궁으로 들어와 황제와 이야기를 시작한 이유는 거래를 위해서가 아니었다. 황금 홀이 가지는 진짜 의미가 무엇인지 알아내기 위해서였다. 물론 처음부터 거래 따위는 조금도 할 생각이 없었다.

리카이엔이 엘리샤에게 더 캐묻지도 않았었지만, 사실은 엘리샤 역시 황금 홀 안에 있다는 열쇠의 진짜 비밀은 알지 못했다. 하지만 리카이엔으로서는 그 비밀이 어느 정도인지를 알아내야 했다. 그래야만 이 황금 홀과 연관되어 일어날지도 모르는 위험을 줄일 수 있기 때문이었다.

비밀을 알아내는 작업의 미끼가 바로 로우디스 대공이었다.

그로니스 제국의 황가는 자식이 귀했다.

현 황제의 고조할아버지인 파르젠 황제에게는 단 한 명의 형제가 있었고, 두 사람은 오직 한 명의 아들만을 두었다. 그리고 그 아들들 역시 한 명씩의 아들을 두었을 뿐이었다. 그

후대들 역시 자식으로는 오직 한 명의 아들만을 두었을 뿐이었다.

로우디스 대공은 바로 그 파르젠 황제의 형제에서부터 이어져 오는 혈통. 촌수로 따지면 지금의 황제와는 10촌 형제였다. 하지만 그렇게 촌수가 멀리 있음에도 불구하고 제국 제1의 황위 계승권자였다. 지금의 황제에게는 아직 후사가 없기 때문이었다.

리카이엔이 그런 로우디스 대공의 이름을 들먹인 이유는 문제의 그 비밀이 황제의 황권과 관련이 있는지를 알기 위해서였다.

물론 아무 이유도 없이 그런 생각을 한 것은 아니었다. 황혼의 기사단을 동원한 것은 물론, 엄청난 거금의 투입. 마지막으로, 클레우스의 장물이 세상에 나오자마자 알아챘을 정도라면, 오래전부터 그 물건을 추적하고 있었다는 뜻이기 때문이다.

즉, 그 정도로 많은 공을 들이는 물건이라면 아무래도 황제의 황권과 깊은 관련이 있으리라고 생각하는 것은 당연한 일이었다.

그리고 현 황제의 고조할아버지인 파르젠 황제가 죄를 지었다는 식으로 에둘러 말한 이유 역시 미끼를 던진 것이다. 만약 황제가 말도 안 된다는 식의 반응을 보였다면, '황금 홀을 잃어 버린 죄'라는 식으로 얼버무릴 수 있기 때문이다.

'이쯤에서 빠지는 게 좋겠군.'

문제의 비밀이 무엇인지는 확실하지 않았지만, 지금 알아낸 것만으로도 충분했다. 로우디스 대공에게 넘어가면 황제의 황권이 위험해진다는 사실만으로도, 황제에게는 충분히 써먹을 수 있는 카드이기 때문이다.

가만히 서 있는 리카이엔을 향해 황제가 또다시 호통을 터뜨렸다.

"어서 말하라!"

하지만 리카이엔은 황제에게서 시선을 돌린 채 뒤쪽을 향해 말했다.

"야, 내 말이 맞지?"

그 말에 리카이엔의 뒤쪽에 드리워진 짙은 어둠 속에서 또 하나의 작은 인영이 주춤거리며 걸어 나왔다.

"너는……!"

창을 통해 들어오는 달빛에 드러난 인영의 얼굴을 확인한 황제가 잠시 놀란 표정을 지어 보였다. 인영의 정체는 엘리샤였던 것이다.

엘리샤는 적잖이 놀란 듯 얼굴이 하얗게 질려 있었다. 그런 그녀를 향해 리카이엔이 말했다.

"내기는 내가 이겼다."

리카이엔의 말에 엘리샤는 대답 없이 고개만 끄덕일 뿐이었다.

"내기?"

황제가 뜬금없는 말에 고개를 갸웃거리자, 리카이엔이 대답했다.

"여기 오기 전에 내기를 했거든."

두 사람이 한 내기는 간단했다. 황제가 엘리샤를 포함한 황혼의 기사단을 버리는지 버리지 않는지. 당연히 리카이엔은 버릴 것이라는 데 걸었고, 엘리샤는 조금 고민을 하기는 했지만 버리지 않는다는 쪽에 걸었다. 아무리 그래도 황제를 위해 목숨을 내걸고 암약하는 황혼의 기사단을 그리 쉽게 버리지는 않을 거라 생각했기 때문이었다.

리카이엔은 자신이 이겼을 경우 엘리샤가 프로커스 백작령을 위해 일할 것을 요구했고, 졌을 경우에는 아무 조건 없이 황금 홀을 엘리샤에게 주겠다는 약속을 했다.

물론, 아주 승산이 많은 내기였기에 큰 것을 걸 수 있었다. 이전의 기억 속에 담겨 있는 방대한 양의 정보에는 크리온테스 황제에 대한 것도 담겨 있기 때문이었다.

오만하고 자기중심적이며, 폭급한데다 명분이나 의리보다는 실리만을 우선으로 여기는 성격의 크리온테스 황제에게 황혼의 기사단은 소모품 이상의 의미가 없다고 생각했기 때문이다.

그리고 그 생각은 정확하게 들어맞았다.

"이제는 더 망설일 이유도 없으니 그만 고민해라."

리카이엔의 말에 엘리샤가 굳은 표정으로 고개를 끄덕였다.

사실 그녀 역시 어렴풋이 이런 결말을 예상하고 있었다. 황혼의 기사단이 숙소를 습격한 순간, 이미 자신이 버려졌다는 것을 알고 있었기 때문이다. 하지만 꽤 오랜 기간 충성을 바쳐 왔던 황제를 저버린다는 것은 그리 쉬운 일이 아니었다. 다시 말해 이번 내기는, 그녀에게는 마음을 굳히는 계기였던 것이다.

그런 두 사람의 모습을 지켜보던 황제의 입에서 살기가 짙게 밴 목소리가 새어 나왔다.

"이놈들이 감히!"

"음……!"

리카이엔의 입에서 신음이 새어 나왔다. 살기와 함께 뻗어 나온, 온몸을 짓누를 것 같은 거대한 기운에 정신이 아찔해지는 기분을 느꼈던 것이다.

'아무리 그래도 황제는 황제라 이건가?'

리카이엔을 짓누르는 기운의 정체는 황제의 위압감. 다시 말해 육체적인 강함에 의한 기운이 아니라, 제국이라는 거대한 나라의 주인으로서 자연스레 담게 된 절대자의 기운이었다. 그리고 그것은 단순히 육체의 강함과는 무관하게 인간의 마음을 압도하는 그것이었다.

흔히 강자 앞에 서면 자기도 모르게 몸이 위축되고, 고양이 앞의 쥐라도 된 듯 온몸이 떨리는 것은 바로 그 위압감 때문이었다.

그리고 황제가 지금까지 억누르고 있던 기운을 개방하는 순간, 그 위압감이 더해지며 강렬한 압박감으로 사방을 짓누른 것이다.

'크윽!'

리카이엔은 급히 혈하공의 공력을 끌어 올리며 황제의 위압감에 맞섰다. 동시에 엘리샤의 어깨를 움켜쥐었다. 자신도 감당하기 힘든 기운을 엘리샤가 제대로 견딜 수 있을 리가 없기 때문이다.

자박.

황제가 천천히 한 걸음 앞으로 나섰다. 그 모습을 본 리카이엔이 애써 목소리를 가다듬으며 말했다.

"일이 생길 경우 니가 그토록 갖고 싶어 하는 황금 홀이 누구에게 갈까?"

하지만 황제는 이미 마음을 먹은 듯 걸음을 옮기는 데 망설임이 없었다.

"네놈을 잡으면 네놈의 부하가 함부로 나설 수 있을까?"

"흐흐, 내가 시키는 건 뭐든 할 놈이거든."

"그래도 상관없다. 아니, 차라리 잘되었다고 해야겠군. 이번 기회에 로우디스도 함께 처리할 수 있을 테니까 말이야."

지이이잉!

황제의 손에 들린 롱 소드에서 기묘한 소리가 울리는 듯하더니 어느새 새하얀 아지랑이가 맺혔다.

'검기라… 역시 그로니스 제국이군!'

그로니스 제국은 대단히 호전적인 성향을 가진 나라였고, 그 덕에 제왕이 될 사람은 어려서부터 혹독한 검술 훈련을 받는다. 크리온테스 황제 역시 마찬가지였고, 그의 실력은 이미 익스퍼트의 수준에 도달해 있었다.

스르르릉!

엘리샤를 뒤로 숨긴 리카이엔이 자신의 롱 소드를 뽑았다. 철창을 쓰는 게 더 좋지만, 혹시나 정체가 드러날 수도 있기에 일부러 롱 소드를 가지고 온 것이다.

지이이잉!

리카이엔의 롱 소드에도 붉은 아지랑이가 맺혔다.

"오늘 황제하고 검을 섞어 보는 호사도 누려보겠구만!"

"건방진 놈!"

그때였다.

뎅, 뎅, 뎅!

조용하던 황궁이 갑자기 대낮처럼 밝아지더니 곳곳에서 거대한 종소리가 울려 퍼졌다. 동시에 방문이 벌컥 열리며 밖에 있던 두 명의 근위 기사가 뛰어들어 왔다.

"폐하, 황궁에 침입자가… 누구냐!"

"폐하를 보호하라! 암살자다!"

쉐에에엑!

두 근위 기사의 반응은 신속했다. 한 사람이 황제의 정면으로 뛰어들어 보호하는 사이, 나머지 한 명은 황궁이 떠나가라 경고성 외침을 터뜨리며 주저 없이 리카이엔을 향해 검을 휘둘렀다.

"헛!"

두 자루의 롱 소드가 허공에서 얽히는 순간 근위 기사의 입에서 당혹성이 터져 나왔다. 분명 롱 소드끼리 맞부딪친 순간 당연히 손으로 전해져야 할 충격이 없는 것이었다. 마치 무른 치즈를 찌른 듯한 느낌. 동시에 귓전을 스치는 조용하면서도 섬뜩한 파공성.

"끅, 끄르르륵!"

쿠웅!

단번에 목이 꿰뚫린 근위 기사의 몸뚱이가 옆으로 넘어가고, 그 사이 리카이엔의 검은 다른 근위 기사를 향해 뻗었다.

"어림없다!"

또다시 두 자루의 롱 소드가 허공에서 얽혔다. 하지만 두 번째 근위 기사는 당황하지 않았다. 동료의 싸움을 목격한 탓에 뭔가 있다는 것을 깨닫고 미리 마음의 준비를 했기 때문이다.

하지만 쉬운 일은 아니었다. 롱 소드가 얽히는 순간, 마치 누군가 잡아당기기라도 하듯 검신이 딸려 가는 느낌을 받은 탓이다.

"크으윽!"

근위 기사가 신음을 뱉으며 버티는 순간.

"죽어라!"

황제의 검이 허공을 갈랐다.

"큭!"

황제가 이렇게 나오리라고는 생각지도 못한 리카이엔이 황급히 몸을 빼는 순간, 검을 끌어당기는 기운에서 벗어난 근위기사가 그대로 몸을 날렸다.

싸늘한 소성과 함께 근위 기사의 롱 소드가 횡으로 둥근 궤도를 타고 리카이엔의 목을 겨냥한다. 뒤이어 직선의 궤적을 그리는 황제의 롱 소드.

"홉!"

단순한 조합이지만 꽤나 위력적인 협공에 리카이엔은 황급히 손목을 움직였다.

카칵!

근위 기사와 리카이엔의 롱 소드가 허공에서 맞부딪치며 날카로운 마찰음을 울린다.

검신을 타고 흐르듯이 뻗어가던 리카이엔의 롱 소드가 빙글도는 듯하더니 그대로 근위 기사의 롱 소드를 끌어당기며 두 번째로 날아드는 황제의 롱 소드까지 얽어맸다.

퍼억!

얽혀든 세 자루의 롱 소드가 정지한 순간, 갑자기 근위 기사의 등에서 둔탁한 소리가 울려 퍼졌다.

"홉!"

갑작스러운 상황에 리카이엔이 급히 정면을 훑어 내리는 순간, 근위 기사의 몸뚱이가 그대로 리카이엔을 향해 덮쳐 들었다. 황제가 근위 기사를 발로 차 리카이엔에게 밀어 버린 것이다.

서걱, 퍼억!

리카이엔의 검이 근위 기사의 목을 가르는 찰나, 황제의 발이 한 번 더 근위 기사의 등을 찼다.

"끄으으윽!"

갑자기 가해진 힘에 리카이엔의 롱 소드가 그대로 근위 기사의 목에 박혀 움직임이 묶였다. 황제가 근위 기사를 죽음으로 내몰며 리카이엔의 움직임을 막은 것이다.

근위 기사의 목숨으로 만들어 낸 절호의 기회.

쉐에에엑, 쿠웅, 째앵!

세찬 파공성과 함께 연달아 울려 퍼진 소음.

"흡!"

황제의 두 눈이 둥그렇게 커졌다.

"이, 이럴 수가……."

자신의 롱 소드가 복면인의 얼굴을 베려는 순간, 복면인이 갑자기 손에서 검을 놓더니 크게 발을 울리며 주먹을 뻗은 것이다.

동시에 무지막지한 충격이 손을 타고 올라왔다. 온몸의 근육을 마구 뒤흔드는 것 같은 느낌. 복면인의 주먹이 롱 소드를 받아친 것이다.

"폐하!"

그때 문밖에서 요란한 발소리와 함께 다급한 외침이 들려왔다. 근위 기사들의 경고를 듣고 달려온 근위대였다.

푸아아아악!

붉은 피가 분수처럼 뿜어져 나왔다. 리카이엔이 근위 기사의 목에 박혀 있던 롱 소드를 뽑은 탓이다. 동시에 터져 나온 리카이엔의 호통!

"멈춰!"

"흡!"

방 안으로 쇄도하던 근위대 기사와 병사들이 그 자리에 굳은 듯 멈춰 섰다.

지금껏 경험해 보지 못한 충격으로 굳어 있던 황제의 목에, 리카이엔이 롱 소드를 들이댔기 때문이다.

순식간에 정적이 감도는 방 안. 밖에서는 여전히 요란한 종소리와 함께 침입자를 찾는 소리가 들려왔다.

잠시 밖의 동정을 살핀 리카이엔이 황제에게만 겨우 들릴 정도로 나직한 목소리로 말했다.

"명심해. 나를 찾으려는 순간, 그 물건은 로우디스 대공에게 간다는 걸 말이야."

"네놈… 이러고도 무사할 것 같으냐?"

"흐흐, 무사할지 안 할지는 내가 걱정할 테니 너는 네 자리나 걱정해라."

황제의 날카로운 시선이 리카이엔을 노려보았지만, 리카이엔은 더 이상 그에게 신경을 쓰지 않았다.

"가자!"

짧게 외친 리카이엔이 뒤에 있던 엘리샤의 허리를 감아 안는 동시에 몸을 날렸다.

와장창!

요란한 소리와 함께 창이 박살이 나고, 리카이엔과 엘리샤가 창밖으로 튀어 나갔다.

"미, 미친!"

이해할 수 없는 상황에 황제가 저도 모르게 두 눈을 크게 떴다. 황제의 방은 3층. 다시 말해 창밖으로 뛰어내린다면 어지간해서는 살아날 수 없다.

"검, 검을 가져와라!"

급히 창 쪽으로 달려가던 황제의 입에서 비명 같은 외침이 터져 나왔다. 창의 커튼에 굵은 밧줄이 이어져 있는 것을 확인한 탓이다.

한 근위 기사가 급히 달려오는 사이 급히 창 밖 아래쪽을 확인한 황제가 다급하게 외쳤다.

"저, 저놈들을 잡아라!"

복면인은 이미 바닥으로 내려가 어디론가 달리고 있었던 것이다.

황제의 거처인 황궁, 국왕의 거처인 왕궁, 영주의 거처인 내성 혹은 저택 등은 평소에도 그렇지만 밤이 되면 철통같은 경계 태세를 유지한다.

그런 철저한 경계 태세 속에서도 허술한 부분이 있는데, 그것은 다름 아닌 정문이나 후문 같은 겉으로 보이는 출입구다. 한밤중의 불청객이 드러난 출입구를 이용할 리 없다는 심리적 느슨함이 오히려 구멍을 만들기 때문이다.

그리고 그러한 곳보다 훨씬 더 외부의 침입으로부터 취약한 곳이 있다. 왕궁이나 내성 같은 곳에 으레 한두 개 정도는 존재하는 비밀 통로다.

이 비밀 통로는 만약의 때에 국왕이나 영주들이 탈출하기 위해 만들어진 곳이니 만큼 절대 외부에 알려져서는 안 되는 곳이다. 즉, 주인이 아닌 이상 그 존재를 모르니 보초를 세울 수도 없는 곳이라는 뜻이다.

그런데 만약 그러한 비밀 통로가 외부에 알려진다면? 그 비밀 통로는 주인의 안전을 위한 최후의 보루가 아니라, 주인의 생명을 위협하는 수단으로 변하는 것이다.

리카이엔이 황궁으로 침입한 경로가 바로 그 비밀 통로 중 하나였다. 정확하게는 황혼의 기사단이 조용히 황제를 만나기 위해 이용하는 출입구.

물론 황혼의 기사단이 통로를 철통같이 지키고 있었지만,

어쨌든 비밀스러운 장소인 만큼 많은 인원이 지킬 수는 없었다. 그리고 그 얼마 되지 않는 황혼의 기사단은 모두 리카이엔에 의해 죽음을 맞이한 것이다.

문제는 일을 끝내고 나갈 때였다. 이런 경우에 들어오는 것은 쉽지만 나가는 것은 오히려 더 어렵기 때문이다.

리카이엔은 그 문제도 의외로 간단하게 처리했다. 황궁에 침입자가 있는 것으로 오해하게 만드는 것이다.

그리고 그 방법은, 리카이엔과 함께 황궁으로 들어온 율리아가 황궁 곳곳으로 화살을 날렸기 때문이다. 어떻게 보면 작은 화살 하나에도 즉각적인 반응을 보일 정도로 황궁의 경계 태세가 철저한 덕분이었다.

물론 화살 몇 개로 황궁 전체가 움직일 정도로 만드는 것은 쉬운 일이 아니었다. 하지만 위치만 잘 잡으면 충분히 가능한 일이기도 하다.

황궁의 엄청난 규모를 생각할 때, 황궁 밖에서 안으로 날아드는 화살은 그다지 위협적인 것이 아니었다.

하지만 황궁의 깊숙한 곳, 황제의 거처나 황가의 사람들이 거하는 별궁에 화살이 날아든다면? 그것은 누군가 황궁 깊은 곳으로 들어와 공격을 했다는 뜻과 다름이 없다. 그리고 실제로 황궁 안으로 들어온 율리아가 보통의 활보다 훨씬 긴 사정거리를 가진 활로 사방에 쏘아 댄 것이다.

"커헉, 헉! 자, 잠깐만요!"

엘리샤가 격하게 숨을 토해 내며 리카이엔을 불렀다. 더 이상 달렸다가는 그대로 폐가 터져 나갈 것 같았다.

하지만 그녀를 잡아끌고 달리는 리카이엔은 결코 발을 늦추지 않았다. 지금 빠져나가지 못한다면 황궁의 수많은 근위대에 포위당할 것이 뻔하기 때문이다.

하지만 엘리샤에게는 그때까지 버틸 수 있는 체력이 남아 있지 않았다.

콰당!

결국 엘리샤가 바닥을 나뒹굴고 말았다.

"이런, 젠장!"

급히 발을 멈춘 리카이엔이 더 생각할 것도 없다는 듯 엘리샤를 들어 올려 등에 업었다.

"헉, 헉헉!"

엘리샤의 가쁜 숨소리가 리카이엔이 귓바퀴를 훑고 지나가는 바람에 귀가 간질거렸지만, 지금은 그런 것에 신경 쓸 상황이 아니었다.

그렇게 얼마나 달렸을까.

엘리샤를 업은 리카이엔은 희미한 등불에 의지한 채 그다지 넓지 않은 통로를 따라 달리고 있었다.

"괜찮을까요?"

리카이엔의 등에 업혀 온 덕분에 어느 정도 호흡이 진정된 엘리샤가 불안한 목소리로 물었다.

"뭐가?"

"황제 폐하께서 분명 우리를 쫓을 텐데요?"

"걱정 마. 당분간은 힘들 테니까."

"네?"

"섣불리 움직이다가는 로우디스 대공에게 자신의 비밀이 알려질 수도 있는 위험을 감수하지는 않을 테니까."

하지만 엘리샤는 걱정이 가시지 않는 듯 여전히 불안한 목소리로 말했다.

"아까 얘기하는 걸 들어 보니 로우디스 대공마저도 제거할 생각인 것 같던데요?"

"물론, 그렇겠지. 하지만 황제가 아무리 급한 성격에 자신감이 충만해도 로우디스 대공을 그렇게 간단히 처리하지는 못해."

아무리 무소불위의 권력을 가진 크리온테스 황제라 해도 제1황위 계승권을 가진 로우디스 대공을 함부로 대할 수는 없다.

아무리 황권이 강한 제국이라 해도 파벌은 나뉠 수밖에 없고, 그중 황제의 눈에서 벗어난 파벌의 귀족들이 암암리에 로우디스 대공을 지지하고 있기 때문이다.

"하지만 그리 오래 걸리지는 않을 텐데요?"

"그야 그렇겠지. 그래도 쉽사리 내 흔적을 찾지는 못할 테니 일단 어느 정도 시간은 번 셈이야. 나중 일은 차차 방법을 강구해야지. 차라리 죽여 버릴까 생각도 해봤지만, 그 경우 제국의 모든 정보력이 나를 찾는데 동원 될 테니……."

지금의 황제는 황금 홀의 비밀이라는 문제가 해결되지 않는 한 대대적인 움직임을 보일 수 없었다. 하지만 황제가 죽게 되는 순간, 제국은 대대적으로 범인을 찾아 나서게 된다. 리카이엔은 아직까지는 그 엄청난 힘을 감당할 수 있는 상태가 아니었다.

"하긴 그렇기는 하겠군요. 제국으로 들어올 때도 배를 타고 모렐리아 공화국을 거쳐 왔고, 항상 얼굴을 가리고 움직였으니……. 그런데 처음부터 그 황금 홀을 건네줄 생각이 없었던 건가요?"

"당연하지."

"그럼 왜 이 먼 크벤티움까지 온 거죠?"

"너 바보냐? 니가 없어진 것을 포함해서 황금 홀에 대한 일이 마무리되지 않는 한, 황제는 끊임없이 물건을 찾으려고 할 텐데 그걸 놔두면 되겠냐?"

"아, 하긴……."

고개를 끄덕이는 엘리샤를 향해 리카이엔이 경고하듯 말했다.

"넌 이제부터 프로커스 백작령 소속이다. 그러니 더 이상 황제한테 '폐하' 같은 건 쓰지 마라. 그 새끼 미치도록 마음에 안 드니까."

"아, 알았어요."

"그리고 한 가지 더."

"네?"

"언제까지 업혀 있을 거냐?"

"헉!"

Chapter 2.

그론스트 백작의 초대

짙은 어둠이 내리깔린 원형의 거대한 홀. 둥근 벽을 따라 드문드문 걸려 있는 등잔만이 홀 안에서 찾아볼 수 있는 유일한 빛이다.

홀의 안쪽에는 몇 개의 계단으로 만들어진 대가 있고, 그 위에는 거대한 의자가 하나 놓여 있다. 그리고 의자의 정면에 한쪽 무릎을 꿇은 채 고개를 푹 숙이고 있는 100여 명의 사람들.

잠시 후, 의자의 오른쪽 뒤에 나 있는 문이 열리며 누군가 안으로 들어왔다. 붉은 머리의 사내, 크리온테스 황제였다.

잔뜩 굳은 표정의 황제가 성큼성큼 걸어가 의자에 앉자, 무릎을 꿇고 있던 사람들이 한층 더 깊이 고개를 숙였다.

사람들의 모습을 한 차례 훑어본 황제가 나지막한 목소리로 말했다.

"브론데스 단장은 앞으로 나서라."

그 말에 지난 밤 침실로 들어서던 황제와 대화를 나누었던 반백의 사내가 몸을 일으켰다. 그가 바로 황혼의 기사단의 단장인 버벤 브론데스 백작이었다.

당연히 그 뒤에 있는 이들은 황혼의 기사단이었다.

"예, 폐하!"

떨리는 목소리로 대답한 브론데스 백작이 조심스러운 걸음으로 황제의 앞으로 걸어 나갔다.

쿵!

황제의 코앞까지 다가간 브론데스 백작이 거세게 무릎을 꿇으며 고개를 숙였다.

"소신의 불찰로 폐하를 큰 위험에 처하게 했나이다! 이 몸을 죽여 주소서!"

그리고 황제가 고개를 끄덕이는 동시에 손을 움직여 대답했다.

쉐에에엑, 츠컥!

어두운 홀 안에 메아리치는 섬뜩한 소음. 브론데스 백작은 외마디 비명조차 지르지 못한 채 그대로 목이 잘리고 말았다. 하지만 뒤에서 지켜보는 이들, 황혼의 기사단 소속 기사들은 미동도 하지 않는다. 다들 이리 될 줄 알았다는 듯한 반응.

툭, 쿠웅!

아직 잘린 목에서 피를 뿜어 대고 있는 브론데스 백작의 몸뚱이를 발로 차 넘어뜨린 황제가 아무런 감흥도 없는 표정으로 나지막하게 말했다.

"파벤투스."

말이 끝나기가 무섭게 무릎을 꿇고 있던 사람들 중 한 사내가 앞으로 튀어 나와 고개를 숙였다.

"부르셨사옵니까, 폐하!"

"앞으로 네가 황혼의 기사단을 이끈다."

"명을 받들겠나이다!"

살짝 고개를 끄덕인 황제는 다시 한 번 무릎을 꿇고 있는 황혼의 기사단을 훑어보았다. 이번에는 처음 홀 안으로 들어왔을 때와는 다르게, 하나하나 속을 까발릴 듯 예리한 눈초리였다.

황혼의 기사단은 그로니스 제국의 건국 이래 역대 황제들의 눈과 귀, 그리고 칼이 되어 황권을 지켜온 이들이었다. 하지만 그 역사가 너무 오래 되다 보니 더 이상 그들에게는 과거의 치열함이 남아 있지 않았다. 치열함은커녕 독립 기사라는 권력에 취해 나태함에 빠져 있다고 해야 옳았다.

그리고 지난 밤, 황제는 그것이 어떤 결과를 초래하는지 직접 겪고야 말았다.

문제가 있다면 그것을 바로잡는 것은 당연한 일.

붉은 머리의 황제가 천천히 입을 열었다.

"금일부터 황혼의 기사단이 가지고 있는 독립 기사의 신분을 박탈한다."

황권의 가장 든든한 창과 방패가 되어 주어야 할 황혼의 기사단이 나태와 약화. 황제가 볼 때 그 원인은 독립 기사 신분이라는 상당히 파격적인 권한이었다. 직접 움직이지 않아도 사람을 부리고 많은 것을 얻을 수 있는 그 힘이 황혼의 기사단을 나태하게 만든 것이다.

황제의 말이 끝나는 순간, 홀 안에 묵직하면서도 조용한 충격이 퍼져 나갔다.

독립 기사 신분의 박탈이라니… 충격이 아닐 수 없었다. 그것은 황혼의 기사단이 가지고 있는 힘의 절반을 빼앗는 것이나 마찬가지였다. 향후 황혼의 기사단 활동 범위를 심각하게 제한할 만한 조치였다. 하지만 이 자리의 그 누구도 황제의 결정을 거스를 수는 없었다.

황제는 여전히 감흥 없는 표정으로 황혼의 기사단을 훑어본 후 말을 이었다.

"황혼의 기사단은 현재 진행 중인 모든 임무를 백지화한다. 그리고 기사단 전체에 새로운 임무를 부여한다."

꿀꺽!

홀 곳곳에서 마른침 삼키는 소리가 낮게 울려 퍼졌다. 진행 중인 모든 임무를 포기하고, 기사단 전체가 매달려야 하는 일이라는 것이 도대체 어느 정도 규모일지 감이 오지 않는 것이다. 게다가 방금 독립 기사의 신분마저 박탈당하지 않았는가.

그러나 그것은 어디까지나 황혼의 기사단 문제일 뿐, 황제는 단지 임무를 주면 그뿐이었다.

크리온테스 황제의 입술이 천천히 벌어졌다.

"로우디스의 황위 계승권을 박탈하는 동시에 제거한다."

순간, 홀 안에는 묵직한 긴장감이 퍼져 나갔다. 황위 계승권을 박탈한다는 말은, 그렇게 만들 수 있는 충분한 근거를 만들거나 찾아내라는 뜻이기 때문이다. 제거한다는 말 또한 마찬가지였다. 아무리 황제라 해도 제1황위 계승권을 가진 로우디스 대공을 함부로 죽일 수는 없는 일이기 때문이다.

그리고 당연한 일이지만 로우디스 대공은 쉽사리 처리할 수 있는 인물이 아니었다.

실질적으로 정치권에서 힘을 내보이지는 않지만, 그 역시 제1황위 계승권자로서 암암리에 구축하고 있는 세력이 보통이 아니기 때문이다.

일시에 그대로 굳어 버린 황혼의 기사단을 보며 황제가 나지막히 말했다.

"대답은?!"

그제야 정신을 차린 파벤투스가 황급히 입을 열었다.

"황제 폐하의 명을 받들겠사옵니다!"

클레우스에게 도둑맞은 황금 홀에 담긴 비밀은, 리카이엔이 예상한대로 그를 제위에서 그대로 끌어내릴 수 있을 정도로 엄청난 위력을 가지고 있었다.

그 비밀이라는 것은 다름 아닌 현 황제의 핏줄, 정확하게는 황금 홀을 잃어 버린 파르젠 황제의 핏줄에 대한 내용이었다. 크리온테스 황제의 고조 할아버지인 파르젠 황제는 그의 어머니의 외도의 결과이기 때문이다. 그리고 그 파르젠 황제의 적통인 크리온테스 황제 역시 황가의 피는 조금도 섞이지 않은 인물.

도둑맞은 황금 홀에 들어 있는 것은 비밀 창고의 열쇠였고, 그 열쇠가 있어야만 열 수 있는 비밀 창고에 파르젠 황제의 핏줄에 얽힌 증거가 남아 있었던 것이다.

당시 파르젠 황제는 그러한 사실을 뒤늦게 알아냈고, 문제의 증거를 파기하려던 참에 황금 홀을 도둑맞은 것이다.

어쨌든 일이 이렇게 진행된 이상, 크리온테스 황제가 취할 수 있는 행동은 자신의 자리를 위협할 수 있는 로우디스 대공을 제거하는 것뿐이다.

로우디스 대공이 죽는다면 더 이상 비밀 창고를 열 수 있는 사람은 없다. 그리고 그 결과 황제의 혈통과 관련된 비밀은 영원히 묻히게 되는 것이다.

물론, 자신을 협박하고 사라진 문제의 인물을 가만히 놔둘 생각 또한 없다. 하지만 아무리 황제의 성격이 폭급하다 해도 현재로서는 그를 쫓아서는 안 된다는 것을 알기에 일단은 참을 수밖에 없다.

황제가 파벤투스를 향해 한 자 한 자 힘 주어 말했다.

"기한은 두 달."

순간 파벤투스의 표정이 핼쑥하게 변했다. 겨우 두 달의 시간으로 로우디스 대공을 어떻게 할 가능성은 거의 전무하기 때문이다.

하지만 파벤투스는 차마 다른 말을 하지 못했다. 지금 이 자리에서 안 된다고 말할 경우, 자신 역시 목이 잘린 시체가 된다는 것을 잘 알고 있었다.

"명심하겠습니다!"

§　　　§　　　§

브렌 왕국의 동부 일대는 육로보다는 수로가 상대적으로 크게 발달된 지역이다. 동부 지역을 남북으로 가로지르는 거대한 폴넨 강 덕분이다. 당연히 대부분의 물류는 배를 이용했고, 사람들 역시 남북으로 오가는 데는 배를 탔다.

그렇기에 폴넨 강 곳곳에는 꽤 많은 수의 포구들이 자리하고 있었는데, 그중에서도 가장 큰 규모를 자랑하는 포구가 바로 카벤테스 포구였다.

이 포구는 폴넨 강 전체로 따지면 중류에 자리하고 있었지만, 포구들만으로 따지자면 가장 상류에 위치해 있었다. 이곳보다 더 상류로 가면 빠른 유속으로 인해 물길을 거슬러 올라가는 것이 비효율적이기 때문이다.

그런 이유로 하류로 내려가는 배들에게는 시작점인 동시에 하류에서 올라오는 배들에게는 종착점이었고, 당연히 물류의 양이 많을 수밖에 없는 것이다.

게다가 말을 타고 쉬지 않고 달리면 수도인 에델슈트까지 사흘이면 도착할 수 있다는 지리적 이점도, 카벤테스 포구가 물류의 중심지가 될 수 있었던 입지 조건 중 상당 부분을 차지하고 있었다.

그 카벤테스 포구에 이제 막 접안한 한 척의 범선. 배에서 포구의 길로 다리가 걸쳐지고, 배에서 내려서는 사람들 중에 시릴 정도로 차가운 빛을 품고 있는 은발의 사내, 바로 리카이엔이 있었다.

"와아~ 대륙에서도 한 손으로 꼽을 수 있을 정도라는 말이 단순한 과장은 아니었군요!"

리카이엔 뒤에서 감탄이 터져 나왔다. 챙이 큰 모자와 면사로 얼굴을 가리고 있는 작은 체구의 여자, 엘리샤의 목소리였다.

엘리샤가 모자와 면사로 얼굴을 가린 이유는 제국의 눈을 피하기 위해서였다.

그녀는 현재 제국에서는 최우선 수배 대상이었다. 물론 겉으로 드러내 놓고 수배를 하는 것은 아니었지만, 황혼의 기사단을 포함한 제국의 모든 정보력이 눈에 불을 켜고 엘리샤를 찾고 있었다.

정확하게 얼굴이 드러나지 않은 복면인 리카이엔보다는 확실히 알고 있는 엘리샤를 찾는 것이 더 용이하기 때문이다. 물론 리카이엔 역시 안전할 수는 없기에, 제국으로 들어갈 때 하고 있던 머리의 염색을 지운 상태였다.

엘리샤의 감탄에 흘끗 뒤를 돌아본 리카이엔이 혼잣말처럼 중얼거렸다.

"이제 좀 안정이 된 모양이군."

제국에서 이곳까지 오는 내내 엘리샤는 어두운 표정으로 일관하고 있었다. 제국의 수도 크벤티움에 있을 때 이미 리카이엔을 따르기로 마음을 먹었지만 그렇다고 충성을 바쳤던 대상에게 버림받은 충격을 아무것도 아닌 것처럼 털어 버릴 수는 없었기 때문이다.

하지만 이제는 완전히 마음을 정리한 듯, 처음 리카이엔을 만났을 때와 같은 모습을 보이고 있는 것이다.

엘리샤가 살짝 눈매를 휘며 장난스러운 목소리로 말했다.

"이미 끝난 일 계속 생각해 봐야 답이 나오는 건 아니잖아요?"

"계속 궁상 떨고 있었으면 버리고 갈 참이었은데 다행이라고 생각해라."

"흐웅~ 앞으로 내가 해 줄 수 있는 일이 얼마나 많은데요. 나중에 고마워서 눈물을 흘릴지도 몰라요."

"그건 두고 보면 알 일이고……."

그런데 리카이엔을 따르는 사람들의 수가 이상했다. 제국에 있을 때는 리카이엔과 동행하던 이는 율리아와 엘리샤, 볼프, 톰, 잭 이렇게 다섯 명이었다. 그런데 지금은 백작령에 있던 안톤과 두 명의 시녀, 세 명의 기사가 일행에 끼어 있는 것이다.

제국의 정보망을 피하기 위한 일종의 기만책이었다.

리카이엔이 이곳까지 온 경로는 해로였다. 제국의 남쪽 국경을 넘어 모렐리아 공화국의 남쪽 해안에서 배를 타고 브렌 왕국의 남동부에 있는 렉두스 만을 통해 귀국을 했다. 그리고 렉두스 만에서 다시 배를 타고 강을 거슬러 올라가 이곳 카벤테스 포구에 도착한 것이다. 그런데 그렇게 이동하는 동안 리카이엔과 일행들이 사용한 신분은 평범한 상인의 신분이었다.

그리고 안톤은 리카이엔의 신분으로 배를 탔다. 당연히 동행한 시녀와 기사들은 율리아와 엘리샤, 볼프, 톰, 잭의 신분이었다.

즉, 렉두스 만에서는 여섯 명의 상인이 배를 탔고 로베이노스 주의 브론드 선착장에서는 프로커스 백작이 배를 탄 것으로 기록이 남는 것이다.

기발하거나 완벽한 계획은 아니었지만, 전 대륙을 뒤져야 하는 제국의 눈을 피하는 데는 꽤나 도움이 되는 방법이었다.

그렇게 얼마를 걸어 포구 안쪽으로 들어선 후, 리카이엔이 안톤을 향해 말했다.

"수고했다. 이제 그만 돌아가라."

안톤이 살짝 불안한 표정으로 말했다.

"이왕 온 김에 저희도 같이 가는 것이 좋지 않겠습니까?"

하지만 리카이엔은 피식 웃으며 고개를 저었다.

"영지에 할 일도 많을 텐데?"

"그렇기는 합니다만… 수도에서 무슨 일이 생길지 알 수가 없는데 겨우 다섯 명만 데리고 가는 것은 너무 위험하지 않겠습니까? 라울 행정총관의 말을 들어 보니, 리온 자작이 선을 대고 있던 아이젠 백작이 백작님께 앙심을 품고 있을 거라고 하던데요."

아이젠 백작은 브렌 왕국에서 가장 강한 힘을 가지고 있는 귀족이다. 국왕의 신뢰를 한 몸에 받고 있음은 물론, 수많은 귀족들을 자신의 영향력하에 두고 있기에 원한다면 어떠한 일이라도 할 수 있는 인물이었다.

그리고 영지를 뺏기고 쫓겨난 리온 자작이 아이젠 백작의 일파에 속해 있다는 것은 누구나 아는 사실.

영지전 당시 리카이엔이 번거로움을 감수해 가며 명분을 만든 이유도 바로 그 아이젠 백작이었다. 영지전이 끝난 후의 처리에 대해 아이젠 백작이 이의를 제기할 경우 일이 상당히 귀찮아지기 때문이다.

당시에는 일이 잘 처리되었다. 백여 년 전의 차용증이라는 것은 황당하기는 하지만 딱히 반박할 방법이 없는 물건이기 때문이다. 그렇다고 해서 아이젠 백작이 앙심을 품고 있지 않으리라는 보장은 없었다. 리온 자작은 아이젠 백작의 큰 돈줄 중 하나였기 때문이다.

하지만 리카이엔은 오히려 웃으며 말했다.

"그런 게 무서웠으면 수도에 갈 생각도 안 했다. 얼른 돌아 가."

딱 잘라 말하는 리카이엔의 태도에 안톤은 더 이상 말을 하지 못했다.

"알겠습니다. 부디 조심하십시오."

그때였다.

두두두두두!

혼잡한 포구의 인파 사이로 누군가 말을 달리며 이쪽을 향해 달려오고 있었다. 슬쩍 고개를 돌려 보니 기사로 보이는 제복의 사내가 큰소리로 외쳤다.

"프로커스 백작님!"

그 소리를 들은 기사들이 황급히 리카이엔을 둘러쌌다. 위험해 보이지는 않지만, 이런 장소에서 갑자기 누군가가 찾아온다는 것은 상당히 의외의 상황이기 때문이다.

이쪽으로 달려오는 기사를 본 리카이엔이 옆에 있는 엘리샤를 향해 중얼거렸다.

"곧장 이쪽으로 오는 걸 보니 날 아는 모양인데?"

"백작님의 그 머리카락은 어디를 가도 눈에 띄어요."

"젠장, 이놈의 은발. 어떻게 영원히 머리색을 바꾸는 방법

같은 건 없나?"

"흐음, 뭐 그냥 지내세요. 은발이 되게 잘 어울리거든요."

"쳇, 죄다 그 말밖에 안 하는군."

그 사이 기사가 일행들 앞에 도착해 황급히 말에서 내리고 있었다.

"리카이엔 프로커스 백작님이 맞으십니까?"

정중하게 묻는 모습이 특별히 적대감이 있는 것처럼 보이지는 않았다. 리카이엔이 고개를 끄덕이며 물었다.

"그대는 누군가?"

기사가 깊숙이 허리를 숙이며 말했다.

"그론스트 백작님의 수행 기사인 던베인이라고 합니다."

그론스트 백작이라면 카벤테스 포구가 자리 잡고 있는 그론스트 백작령의 영주. 리카이엔이 날카로운 눈빛으로 던베인을 노려보며 물었다.

"무슨 일로 나를 찾지?"

"프로커스 백작님을 그론스트 성으로 청하고 싶다는 주군의 뜻을 전하기 위해 왔습니다."

"나를? 무슨 이유인가? 그론스트 백작과 나는 일면식도 없는 사이일 텐데?"

"저녁 정찬에 초대하고 싶다는 말씀을 하셨습니다. 그리고 국무회의 참석을 위해 수도로 가는 길이라면 동행하자는 제안도 함께하셨습니다."

"수도까지 동행이라……."

리카이엔이 경계심이 가득한 목소리로 중얼거리자 던베인이 옅은 미소를 지으며 말했다.

"저희 백작님께서 수도에서 사냥을 하려면 배가 든든해야 하니 청을 거절하지 말라는 말씀도 함께 덧붙이셨습니다."

"사냥이라……."

국무회의는 단순히 국정을 논하는 자리가 아니다.

대륙에 있는 대부분의 왕국들은 중앙집권 체제가 제대로 자리를 잡고 있다. 즉, 제국이나 여타 왕국들의 초기처럼 귀족들의 권한이 크지 않다.

하지만 그것이 모든 일을 국왕의 뜻대로 할 수 있다는 뜻은 아니다. 귀족들이 의견을 하나로 모을 경우 국왕의 뜻을 꺾는 경우도 있었다.

그렇기에 각 국왕들은 자신의 신하들을 달래거나 협박하는 등의 방법으로 자신의 뜻을 이끌어 간다.

국무회의는 국왕이 자신의 뜻에 반기를 들 수도 있는 상급 귀족들과의 원활한 관계를 만들어 가기 위한 행사인 것이다. 국무회의를 위해 모인 상급 귀족들을 상대로 파티를 열거나, 별도의 접견을 통해 지원을 약속하거나, 혹은 상대 귀족의 허물을 들먹이며 위협을 하는 등의 일들이 바로 그런 관계 형성의 수단이었다.

그중 하나가 바로 여우 사냥이었다. 브렌 왕국의 국왕은 매

번 국무회의가 있을 때마다 상급 귀족들을 불러 사냥 대회를 여는데, 대회에서 우승한 귀족에게 왕가의 인장이 찍힌 활을 상으로 하사한다. 하지만 그것은 어디까지나 눈에 보이는 상, 실제로는 인사 청탁이나 은밀한 혜택을 주곤 하는데 상급 귀족들 사이에서는 공공연한 비밀이었다.

던베인의 말을 곱씹던 리카이엔이 눈을 빛냈다. 그론스트 백작이 말한 사냥이 국왕이 주최하는 여우 사냥이 아니라 다른 것을 의미한다는 것을 알기 때문이다.

"그래, 사냥을 하려면 체력도 필요한 법이기는 하지. 그론스트 백작은 아무래도 보통 여우보다는 좀 더 특별한 놈을 사냥하고 싶은 모양인데… 내가 제대로 생각하는 건가?"

"저희 백작님께서는 프로커스 백작님 역시 사냥의 묘미를 잘 아는 분이면 좋겠다고 하시더군요."

"그렇군. 좋아, 그론스트 공의 손님 접대가 얼마나 훌륭한지 갑자기 궁금해지는군."

던베인이 환한 표정으로 말했다.

"마차를 가지고 오겠습니다."

"아니, 이렇게 사람 많은 곳에 마차를 끌고 오려면 번잡하니 가는 게 좋겠군. 안내를 해라."

"예, 앞장서겠습니다."

"아, 그 전에……."

급히 발을 떼는 던베인을 잠시 멈추게 한 리카이엔이 안톤을 향해 말했다.

"넌 얼른 애들 데리고 영지로 돌아가."

"그론스트 백작 성까지만 저희가 동행을 하는 것이 좋지 않겠습니까?"

"됐다."

일언지하에 잘라 버리는 리카이엔의 대답에 안톤은 결국 고집을 꺾을 수밖에 없었다.

"알겠습니다. 부디 조심하십시오."

안톤과 하녀들 그리고 기사들이 깊이 허리를 숙인 후 힘들게 발걸음을 뗐다. 잠시 그 모습을 지켜본 리카이엔이 기다리고 있는 던베인을 향해 말했다.

"이제 가도록 하지."

마차는 카벤테스 포구 외곽에 세워져 있었는데, 주위에는 네 명의 기사들이 호위를 하고 있었다. 던베인이 뒤를 돌아보며 말했다.

"따로 말을 준비했으니 두 분은 말을 타시면 될 겁니다."

자연스럽게 톰과 잭이 말을 타고, 나머지 일행들은 리카이엔과 함께 마차에 올랐다.

이내 마차가 움직이기 시작하자, 모렐리아 공화국에서 엘리샤가 자신을 단번에 알아봤던 것을 떠올린 리카이엔이 나지막한 목소리로 물었다.

"그론스트 백작에 대해 아는 게 있냐?"

"글쎄요? 제국 정보부에서는 하루에도 엄청난 양의 정보들이 날아들기는 해요. 제국 내부는 물론, 대륙의 각 왕국들에 대한 정보들이죠. 그렇지만 제가 그걸 모두 기억하고 있을 리는 없잖아요? 그때 제가 백작님을 알아 본 건, 염색한 머리카락의 뿌리 부분이 은색인 걸 보았기 때문이니… 아, 그러고 보니 그론스트 백작령도 영주가 바뀐 지 그리 오래되지 않았던 것 같은데요?"

"그랬지. 작년 봄이었던 걸로 기억하니까 나보다 반 년 앞서 백작이 되었지. 나이도 나와 비슷했던 것 같은데?"

"제가 알고 있는 것도 대략적인 것밖에 없어요. 카벤테스 포구 덕분에 꽤 오래전부터 막대한 부를 축적하고 있다는 정도?"

사람이 모이는 곳에는 시장이 형성된다. 그리고 물류가 모이는 곳에는 시장이 아닌 큰 상권이 만들어진다. 그리고 카벤테스 포구는 폴넨 강에서 가장 큰 포구 중 하나였다. 그론스트 백작령은 꽤 오래전부터 그 카벤테스 포구에 형성된 상권을 통해 많은 돈을 벌어들이고 있었다.

"폴넨 강 전체를 따져도 가장 큰 규모니까 당연한 거지. 흐음……."

이전의 기억을 더듬어 보았지만 현 그론스트 백작에 대한 정보는 그리 많지가 않았다. 이전의 리카이엔은 뛰어난 인재이기는 했으나 외부와의 교류가 그리 많은 편이 아니었기에 새로운 정보에 대해서는 의외로 취약했던 것이다. 그나마 남아 있는 정보는 한 가지.

리카이엔이 엘리샤를 향해 물었다.

"현 그론스트 백작은 무골호인이라는 소리를 들을 정도로 성격이 좋다고 하던데 그것에 대해 어떻게 생각하냐?"

"성격이 좋다고요? 그 말은… 둘 중 하나라는 의미잖아요. 바보이거나……."

리카이엔이 엘리샤의 말을 대신 마무리했다.

"제대로 무서운 놈이거나. 네 생각에 그론스트 백작은 어느 쪽일 것 같냐?"

"아무래도 후자일 것 같은데요? 백작님을 주시하고 있었던 것 같기도 하고……."

리카이엔이 이곳에 도착하자마자 찾아왔다는 것은 사전에 배를 탔다는 사실을 알고 있었다는 말이다. 물론, 사람을 바꿔치기 했다는 속사정까지 알지는 못했겠지만 말이다.

어쨌든 그 말이 뜻하는 바는 이전부터 리카이엔을 지켜보고 있다는 의미이기도 했다. 단순히 성격 좋은 사람과 그러한 일은 거리가 멀다.

리카이엔이 고개를 끄덕이자 엘리샤가 말을 덧붙였다.

"특히 아까 그 수행 기사가 했던 사냥 이야기를 생각해 보면 바보일 것 같지는 않네요."

"사냥… 너도 그 의미를 아는 모양이군."

"후후, 아이젠 백작을 뭐라고 부르는지 정도는 안다고요."

동부의 늙은 여우. 아이젠 백작을 싫어하는 이들이 그를 부르는 별명이다. 그론스트 백작은 국왕이 개최하는 사냥 대회를 빗대 아이젠 백작에 대한 적개심을 리카이엔에게 내보인 것이다.

"하지만 그론스트 백작은 리몬 백작과도 친분이 없을 텐데……."

아이젠 백작 일파가 국왕의 총애를 받는 주류에 속한 귀족들이라면, 리몬 배작 일파는 주류에 속하지 못한 귀족들이 만든 세력이다.

아이젠 백작 일파만큼 거대한 규모는 아니지만, 어느 정도 견제할 수 있을 정도는 되었다. 하지만 그론스트 백작은 리몬 백작 일파에 몸담고 있는 것도 아니었다. 굳이 따지자면 완전히 비주류인 리카이엔과 비슷했다.

그런 그론스트 백작이 아이젠 백작에게 적개심을 가지고 있다는 것이 조금은 이해가 가지 않았던 것이다.

"뭐, 만나 보면 알겠지."

§　　　§　　　§

"하하, 내 드디어 프로커스 공을 만나는군. 어서 오시오. 카이스 그론스트라 하오."

떡 벌어진 어깨, 리카이엔보다 최소 10㎝는 더 커 보이는 키, 넓적한 얼굴, 짙고 굵은 눈썹, 퉁방울 같은 눈, 고집스러우면서도 호탕한 느낌을 주는 커다란 입. 카이스 그론스트 백작은 마치 전장의 용맹한 장수를 보는 것 같은 인상의 사내였다. 목소리 또한 우렁차지만 울림이 좋아 듣는 이에게 거부감을 주지 않는다.

리카이엔은 그런 카이스의 모습에 묘하게도 호감을 느끼며 인사를 했다.

"처음 뵙겠소이다. 리카이엔 프로커스라 하오."

"사실 작년 겨울의 국무회의 때부터 기다리고 있었는데, 그때는 참석을 하지 않아 매우 아쉬웠소. 그래서 그런지 더 반갑게 느껴지는구려."

"좋게 보아 주었다니 고맙구려."

"하하하, 감사는 무슨. 초대에 응해 줘서 오히려 내가 고맙소. 방을 준비해 두었으니 우선은 쉬면서 여독을 풀도록 하시오. 정찬 시간이 되면 집사가 찾아갈 거요."

"알겠소이다."

"고맙소. 그럼 이만……."

카이스가 자리를 떠나자 집사가 앞으로 나서며 말했다.

"안내를 하겠습니다. 호위 기사 분들의 방도 따로 준비해 두었으니 함께 가시지요."

리카이엔이 집사를 따라 걷고, 그 뒤로 율리아를 포함한 기사들이 걸음을 옮겼다. 그때 율리아의 눈에 이상한 것이 들어왔다. 엘리샤가 의구심 가득한 눈빛으로 리카이엔을 보고 있었던 것이다.

"응, 왜 그래?"

율리아의 말에 엘리샤가 작은 목소리로 속삭이듯 물었다.

"율리아는 백작님의 저런 모습 본 적이 있나요?"

"응, 저런 모습이라니?"

"저렇게 예의 바르고 정중한 모습 말이에요."

"어? 그러고 보니 선대 백작님이나 백작 부인 외에 다른 사람한테 저러는 건 처음 보는데?"

하다못해 마법사들 중에서도 최고위급이라는 마이스터인 테하스에게도 '할망구' 라 부르며 반말을 했었다. 그런데 나이도 비슷해 보이는 그론스트 백작에게는 대단히 정중한 태도를 취하고 있었던 것이다.

"그래도 같은 귀족인데다가 작위도 같아서 저러시는 걸까요?"

"글쎄?"

"그러고 보면 초대를 받았을 때도 그렇고, 처음 인사를 할 때도 그렇고 꽤 호의적인 모습을 보여 주셨던 같은데요?"

"그러네. 오면서 말했던 그 여우… 때문인가?"

엘리샤가 잠시 곰곰이 생각하더니 이내 고개를 저었다.

"그것도 좀 이상해요. 백작님이 그 인물에 대해서 특별히 적대감을 가지고 있는 것처럼 보이지는 않았거든요. 뭐랄까, 단지 그쪽에서 시비를 걸어올 것 같으니 조심해야 된다는 정도로만 생각하고 계신 것 같았거든요."

한참을 고민하던 율리아가 결국 어깨를 으쓱거리며 말했다.

"쩝, 내가 백작님 속을 알 수야 없지. 그냥 괜찮아 보이셨나 보지 뭐. 아무튼 오늘은 좀 쉬자."

Chapter 3.

수도를 향해

'음?!'

집사의 안내를 받아 정찬실로 들어서던 리카이엔의 표정이 순간적으로 흠칫 굳었다. 하지만 그것이 실례라는 것을 알기에 이내 표정을 풀고 웃는 얼굴로 입을 열었다.

"환대에 감사하오."

집사의 안내를 받아 자신의 자리로 가던 리카이엔이 속으로 고개를 끄덕였다.

'그런 이유가 있었군.'

그론스트 백작성의 내성을 둘러본 리카이엔은 여러 가지 면에서 특이한 부분을 발견했다.

예를 들면 모든 문에는 손잡이가 두 개였다. 보통의 높이에 하나, 그리고 꽤 낮은 위치에 하나. 그리고 그 두 개의 손잡이가 연결되어 있어 하나만 돌리면 다른 하나도 같이 움직여서

문을 열 수 있게 되어 있었다.

그 외에 모든 계단의 옆에는 경사로가 만들어져 있다거나, 모든 벽에는 낮은 위치에 난간과 같은 철봉이 붙어 있다는 것들이다.

그리고 리카이엔은 그 특이한 부분들의 원인을 발견할 수 있었다. 카이스 외에 정찬실의 테이블에 자리를 잡고 있는 또 한 사람이 그 원인이었다.

바퀴가 달린 의자에 앉아 있는 작은 체구의 소년.

내성에서 발견한 특이한 부분들은 모두 이 소년을 위해 만들어졌던 것이다. 바퀴 의자가 각 층을 오르내리기 쉽도록 경사로를 만들었고, 혹시나 벽을 이동할 때 필요할지 모르니 난간을 설치하고, 모든 문들도 의자에 앉은 채 편히 열수 있도록 손잡이를 두 개씩 만든 것이다.

집사가 안내한 리카이엔의 자리는 소년의 맞은편이었다.

집사가 의자를 뒤로 빼주는 사이, 카이스가 리카이엔을 향해 말했다.

"여독은 좀 풀리셨소?"

"덕분에 잘 쉬었소. 그런데 이분은……?"

리카이엔이 맞은편에 앉은 소년을 가리키며 조심스럽게 물었다. 그 말에 소년이 먼저 싱긋 웃으며 말했다.

"샤일론 그론스트라고 합니다."

그리고 카이스가 설명을 덧붙였다.

"내 동생이오. 혹시나 해서 미리 말하지만… 샤일론의 나이는 올해로 열여덟 살이오."

"음?!"

리카이엔이 깜짝 놀란 표정을 지어 보였다. 샤일론은 아무리 봐도 열 살 정도로밖에 보이지 않았기 때문이다.

그리고 잠시 후에야 자신의 이런 반응이 실례라는 것을 깨닫고 사과를 했다.

"아, 내가 결례를 범했군……."

하지만 샤일론은 짓고 있던 미소를 지우지 않은 채 아무렇지 않다는 듯 고개를 저었다.

"괜찮습니다. 놀랐는데 놀란 표정을 짓지 않는 게 오히려 더 이상하지요. 열 살 때 갑자기 열병을 앓고 난 후 갑자기 그때부터 성장이 멈췄습니다. 다리를 쓰지 못하게 된 것도 그때부터이지요. 하지만 형님의 배려로 큰 불편 없이 살고 있으니 너무 신경 쓰지 않아도 됩니다."

그러고 보니 문의 손잡이나 경사로, 난간 등은 그리 오래된 물건이 아니었다.

슬쩍 고개를 돌려 보니 카이스 역시 아무렇지 않은 표정으로 미소를 짓고 있었다.

"어서 앉으시오. 이제 곧 음식이 나올 테니."

그제야 아직까지 자신이 서 있다는 것을 기억해 낸 리카이엔이 자리에 앉았다. 그리고 뭔가 궁금한 표정으로 말을 이었다.

"그나저나 그론스트 공에게 동생이 있다는 얘기는 처음 듣는구려."

카이스가 조금 어두운 표정으로 답했다.

"지금까지는 혼자 있는 걸 좋아하고 외부로 드러나는 걸 워낙 싫어해서 말이오. 하지만 이제부터는 조금 다르다오."

"다르다는 말은?"

"이번 국무회의때 함께 수도로 갈 예정이란 말이오. 사실 내 동생이라서 하는 말이 아니라, 정치적인 감각은 어지간한 노귀족들은 혀를 내두를 정도로 뛰어나다오. 그리고 무슨 생각인지 이제부터 나를 돕겠다고 하니 나로서는 훌륭한 인재를 가만히 놔둘 필요는 없지 않겠소?"

리카이엔이 고개를 끄덕이며 말했다.

"인재를 썩히는 건 확실히 손해 보는 일이기는 하지요."

"어쨌든 이번 국무회의때부터는 꽤나 활약을 할 예정이니 프로커스 공께서도 많이 도와주시오."

"하하, 내가 할 수 있는 일이라면 뭐든지 도와드리겠소."

그렇게 두 사람이 이야기를 하는 동안 하인들이 음식을 들여왔다.

"특별히 신경을 쓰라 일렀는데 입에 맞을는지 모르겠소."

"음식은 가리지 않는 편이오. 그리고 이 음식들은 보기에도 훌륭해 보이는군. 그런데……."

리카이엔이 말끝을 흐리며 자기 옆에 선 시녀와 카이스 옆의 빈자리를 번갈아 보았다. 그 눈빛의 의미를 깨달은 카이스가 별것 아니라는 얼굴로 말했다.

"나나 샤일론은 원래 다른 사람이 음식 시중 드는 것을 좋아하지 않아 그러는 것이니 신경 쓰지 마시오."

그 말에 리카이엔이 고개를 끄덕이며 대답했다.

"그렇구려. 그렇다면 나도 물려 주시겠소? 내 아버지 역시 그런 것은 좋아하지 않아 누군가 시중을 들면 오히려 불편하니 말이오."

"하하, 그러고 보니 프로커스 백작의 일행 중에 시종은 없었던 것 같구려."

"집안 가풍이 그렇소이다."

"하긴, 프로커스 공의 아버님께서도 참으로 어질게 백성을 다스리는 훌륭한 분이셨지. 그렇다면……."

잠깐 뭔가를 생각하던 카이스가 정찬실 안에 있는 집사를 향해 말했다.

"모두 데리고 나가게."

"알겠습니다."

말이 끝나기가 무섭게 집사와 하인들, 그리고 시녀들이 정찬실 밖으로 나갔다. 그리고 카이스가 리카이엔을 향해 말했다.

"원래는 식사 후에 조용히 이야기를 하려 했는데…… 마침

자리가 만들어졌으니 지금 하는 게 좋겠구려."

"그게 좋겠소. 우리 가족도 주로 식사 시간에 많은 이야기를 하는 편이지."

"하하, 그렇구려."

리카이엔이 앞에 놓인 와인으로 살짝 목을 축인 후, 신시한 표정으로 물었다.

"이야기를 하기 전에 우선 알아야 될 이야기가 있는 것 같소만… 단도직입적으로 묻겠소. 그론스트 백작가와 프로커스 백작가는 별다른 교류가 없었소. 물론 그론스트 공과 나 또한 마찬가지. 그런데도 작년부터 나를 만나고자 하셨다던데… 특별한 이유라고 있소이까?"

"길게 이야기하자면 이래저래 이유가 많겠지만, 간단하게 이야기하자면 친구가 되고 싶어서 청했소이다."

"친구?"

전혀 예상하지 못한 말에 리카이엔이 잠시 멈칫했다. 그리 오래된 일이 아닌데도 기억 속에서 누군가가 아련하게 떠올랐기 때문이다.

'리카이엔……'

죽은 자신에게 두 번째 삶은 물론 모든 것을 주고 간 또 다른 '리카이엔 프로커스'가 생각났기 때문이다.

그리고 보면 이쪽 세상에 와서 많은 사람들을 만나고 많은 인연을 만들었지만 의외로 '친구'라고 부를 수 있는 사람은 없었다. 물론 대부분의 좋은 인연들은 '친구' 라고 해도 그리 이상하지 않았지만, 정확하게 그 느낌이 맞아떨어지지는 않는 것이다.

리카이엔이 피식 웃으며 고개를 끄덕였다.

"친구라… 좋지."

그 말에 오히려 놀란 사람은 카이스였다. 그야 물론 호의를 가지고 청한 일이었지만, 이렇게 쉽게 고개를 끄덕일 줄은 몰랐던 것이다.

사실 리카이엔이 보기에도 이 결정은 조금 급한 감이 있었다. 하지만 리카이엔이 바보가 아닌 이상 아무 이유도 없이 그런 말에 고개를 끄덕일 리가 없었다.

짧지만 극도로 치열한 삶을 한 번 살았던 리카이엔에게는, 그 경험을 바탕에 둔 '직관' 이 있었다. 그런 리카이엔의 눈에 비친 카이스는 적어도 '사심' 을 가지고 자신을 보지 않았다.

빠른 대답에 놀란 카이스가 잠시 당황하는 사이, 리카이엔이 말했다.

"표정이 왜 그래? 그냥 해 본 소리냐?"

방금까지 사용하던 정중한 말투가 아니라, 귀족들 사이에서 쓰기에는 꽤 무리가 있는 말투에 카이스는 또 한 번 놀란 표정을 지어 보였다. 하지만 그것도 잠시.

"큭, 크흐흐흐! 이거 예상했던 대로 재미있는 놈이네!"

카이스가 리카이엔처럼 막말을 던지며 뭐가 그리 재미있는지 크큭거리며 웃어 댔다. 그리고 그런 두 사람의 모습에 오히려 당황한 사람은 샤일론. 그가 아는 한 카이스가 이렇게 막되먹은 말투를 사용한 적이 없기 때문이다.

하지만 그러거나 말거나 두 사람은 대화를 이어 갔다.

"일단 간단하게 추리면 친구 먹자는 얘기인 줄은 알겠는데… 그 안에 있는 복잡한 얘기 좀 들어보자."

리카이엔의 말에 카이스가 고개를 끄덕이며 대답했다.

"좋지. 처음, 리온 자작령과 영지전을 한다고 했을 때는 이게 무슨 일인가 싶었다. 아무리 봐도 프로커스 백작령이 힘으로 리온 자작령을 이길 수 없는데 왜 시비를 걸었을까 하고 말이야. 뭐, 내부적으로는 다른 원인이 있었겠지만 공식적으로는 그렇게 알려졌으니까."

속사정이야 다르지만, 외부에 알려진 바로는 프로커스 백작이 리온 자작을 모함한 것이 전쟁의 원인이었다.

"그랬겠지."

"그런데 전쟁이 이상하게 흘러가더란 말이야. 그리고 어이없게도 프로커스 백작령이 이기더라. 뭐, 관심이 가지 않으면 이상한 일이잖아? 게다가 좀 더 조사를 해 보니 영주의 아들이 직접 기사와 병사들을 이끌고 나가서 이겼더라고."

당시 영지전을 지켜보던 수많은 귀족들이 황당해서 웃음조차 나지 않는다는 말을 했던 일이다.

화살이 빗발치는 전장에 영주의 후계자가 직접 군대를 이끌고 뛰쳐나간다는 것은 현실적으로 있을 수 없는 일이다. 잘못해서 죽기라도 한다면 영지 전체가 흔들리고 사기 또한 그대로 바닥으로 떨어지기 때문이다.

그런데 직접 나간 것은 물론, 적군의 총지휘자를 직접 죽이고 그 머리를 들고 적군의 사기를 떨어뜨렸다고 했다. 황당하기는 하지만 그 중심에 있는 리카이엔 프로커스에게 상당히 관심을 가지게 만드는 사건이었다.

카이스가 그때를 떠올리며 말했다.

"처음에는 이거 무슨 황당한 놈인가 했다. 그리고 꽤 재미있는 놈이라고 생각을 했지. 그래서 좀 관심을 가지고 주시하고 있었지."

그리고 얼마 지나지 않아 리온 자작령을 흡수했다. 그것은 카이스로서는 꽤 충격적인 사건이었다. 전쟁 배상금을 왕창 뜯어내는 것 정도로 끝날 것이라고 생각했는데, 아예 영지 전체를 삼켜 버렸으니 말이다.

"리온 자작령을 삼켰을 때는 간도 큰 놈이구나 했다. 아무리 그래도 리온 자작의 뒤에 늙은 여우가 버티고 있는데 통째로 삼킬 생각을 하다니 말이야."

"일일이 다 따지고 들면 챙길 것도 제대로 못 챙길 수도 있거든."

"크큭, 그건 그렇지. 아무튼 그게 친구 먹자고 마음먹은 이유다."

시작부터 나쁘지 않은 생각으로 관심을 가졌다. 그리고 그런 류의 관심은 보통 호감으로 변하게 마련이다. 더불어 나이도 비슷했고, 작위를 물려받은 시기도 비슷하다는 공통점이 있었다.

리카이엔이 묘한 미소를 지으며 말했다.

"생각보다 싱거운 놈이네?"

"원래 친구하는데 복잡하게 생각하는 거 아니다."

"뭐, 그건 그렇지. 그나저나… 친구하는 건 하는 거고 다른 이야기도 좀 해 봐라. 문제의 늙은 여우하고 사이가 별로 좋지 못한 모양이던데?"

리카이엔도 그렇지만 카이스 역시 아이젠 백작 일파나 리몬 백작 일파에 속해 있지 않았다. 철저하게 비주류 중에서도 비주류라는 뜻이다. 그런데도 처음부터 아이젠 백작에 대한 반감을 표시하며 자신을 불렀다.

"아이젠 백작한테 선을 대고 있는 놈들 외에 그놈한테 좋은 감정 가진 놈이 있겠어?"

"하지만 직접적인 충돌은 없었던 걸로 아는데?"

"서쪽에 있는 페론 자작이 아이젠 백작 일파지."

"페론 자작? 아, 그러고 보니 카벤테스 포구를 가지고 자꾸 시비를 건다는 얘기는 들은 것 같은데……."

영토 분쟁은 국가들 사이에서만 일어나는 것이 아니다. 지방의 영주들 사이에서도 좋은 땅을 사이에 두고 심심찮게 영토의 소유권에 대한 다툼이 벌어진다.

"시비 정도가 아니라 툭하면 도발을 하지. 한 200년 전에 자기들이 잠깐 카벤테스 포구를 소유하고 있었다는 이유로 말이야."

"염치도 없는 놈들이군."

"자기들은 그렇게 생각 안 할걸? 뭐, 아무튼 그러다 보니 늙은 여우한테 좋은 감정이 생길 리가 없지. 어쨌든 놈이 널 노리고 있다는 소문이 있으니 조심하라는 말도 해 줄 겸해서 불렀다. 그리고 또 하나… 뭔가 일을 꾸미는 것 같은데……."

"일을 꾸며?"

"비밀 도크(Dock)가 있다."

도크라면 배를 건조하는 곳이다. 다시 말해 누군가 비밀리에 배를 건조한다는 말. 그리고 비밀리에 만드는 배가 물건이나 사람을 나르기 위한 목적일 리가 없다.

리카이엔이 의구심 가득한 표정으로 물었다.

"전함을 건조 중이라는 말이냐?"

"그렇지. 어떻게 생각하냐?"

"흐음… 해군까지 동원한 전면전을 벌일 작정인가?"

리카이엔의 말에 카이스가 눈을 빛내며 미소를 머금었다.

"역시 너도 같은 생각을 하는구나."

"그런데 비밀 도크가 있다는 건 어떻게 알았냐?"

"포구에서 하역하는 화물들 때문이지. 물류의 흐름에 묘한 곳이 생겼더란 말이지."

"묘한 흐름이라면?"

카벤테스 포구를 통한 물류의 흐름은 대부분 그론스트 백작가에서 기록을 한다. 그리고 오랜 세월 쌓인 기록은 통계 자료가 된다.

그런데 그 자료에 맞지 않는 물류가 생긴 것이다.

"동부 해안에 있는 반델 남작령으로 가는 물자들이 묘하게 늘어나 있더라고. 거기는 원래 내륙에서 가는 물자가 그리 많은 편이 아니었거든."

"그쪽은 해안을 끼고 있으니 항구를 통한 물자 흐름이 더 많겠지."

"그래서 조사를 해 보니 꽤 오랫동안 그런 흐름이 있었더란 말이야. 내가 원래 궁금한 게 생기면 반드시 알아봐야 하는 성격이거든."

"그래서 가 봤더니 비밀 도크가 있더라는 말이냐?"

"바다에서도 보이지 않고, 내륙에서도 험한 산을 넘지 않으면 볼 수 없는 곳이 있다. 따지고 보면 호수 같은 곳인데… 그곳에 비밀 도크를 만들고 전함을 건조 중이더라고."

"그리고 반델 남작은 아이젠 일파에 속해 있으니까."

"뭐, 국왕 폐하와 아이젠 백작의 관계는 누구나 아는 사실이고… 아이젠 백작이나 반델 남작이 국왕 폐하의 허락도 없이 그런 일을 벌이지는 않았을 테니까."

"그래서 일이 얼마나 진행되었는데?"

"확실치는 않지만⋯ 석 달 전에 벌써 30여 척의 전함이 건조를 마친 상태였다."

"30척?"

"그래 30척. 꽤 많이 진행되었다고 봐야지. 아니면 그곳에서의 목적은 완전히 끝난 것일 수도 있고."

천천히 고개를 끄덕인 리카이엔이 잠시 생각에 잠겼다.

'어째 일이 좀 빨리 돌아가는 것 같은데⋯⋯.'

30척의 전함이라면, 기존에 있던 브렌 왕국의 해군 전투력을 크게 향상시킬 수 있는 전력이다. 최종적으로 얼마나 더 많은 전함을 건조할 예정인지는 알 수 없지만, 그 정도의 전력 향상이라면 어느 정도 준비가 끝났다는 뜻이다.

다시 말해 조만간 전쟁이 벌어질지도 모르는 일.

그러한 사실은 리카이엔이 예상했던 시기보다 한층 앞당겨진 것이다. 물론 그 예상이 아주 정확하다고 볼 수는 없었지만, 그래도 이 정도나 되는 오차는 아무래도 이상했다.

거기까지 생각한 리카이엔이 조심스레 물었다.

"내 예상으로는 루오 왕국과의 전쟁은 적어도 2년은 더 있어야 일어날 것이다. 그런데 그 정도 준비라면 조만간 전쟁이 일어나도 이상하지 않은 수준인데⋯ 넌 어떻게 생각하냐?"

"흐음, 너 하고는 여러모로 생각이 일치하는 부분이 많은 모양이다. 내가 보기에도 뭔가 급하게 흐르고 있어. 아무래도 정세를 급하게 움직이는 무언가가 있는 것 같다는 게 내 생각이다."

"누군가가 손을 쓰고 있다는 말이냐?"

"뭐, 확신은 없어. 다만 예상보다 빠른 변화는 무언가 알지 못하는 이유가 있을 수밖에 없으니까. 그리고 30여 척이나 되는 전함을 건조했다는 건, 꽤 오래전에 시작을 했다는 의미잖아. 그 말은 곧, 그 오래전부터 우리 눈에 안 보이는 변화가 있었다는 뜻이지."

"어쩌면 이번 국무회의에서 그와 관련된 이야기가 나올지도 모르겠는데?"

카이스 역시 같은 생각인 듯 고개를 끄덕였다.

"소식을 들어보니 국왕 폐하는 이번에도 기병 장관의 권한을 확대할 것이라는 이야기가 있더라고."

"또?"

"이번에 나올 얘기는… 전시에 각 지방 영지에 대한 징집권인 모양이야."

"전시에 기병 장관의 권한으로 지방 영지의 군대를 징집하겠다는 말이냐?"

"뭐, 이름에도 나와 있잖아?"

"기병 장관 혼자 다 해 먹으라는 소린가?"

두 사람은 식사를 하던 것도 잊은 채 심각한 표정을 지어 보였다.

그때 가만히 두 사람의 이야기를 듣고 있던 샤일론이 부드러운 빵에 버터를 바르며 말했다.

"두 분 일단 식사부터 하시죠? 괜히 같이 있는 사람 눈치나 보게 하지 말고 말입니다."

그제야 정신을 차린 카이스가 포크를 집어 들며 말했다.

"그래, 일단은 먹자. 아참, 리카이엔."

나이프로 고기를 자르던 리카이엔이 고개를 돌렸다.

"왜?"

"수도로 갈 때 같이 가자."

"좋지. 심심하지는 않겠네."

§   §   §

"음? 저, 저건……."

얼굴을 가린 면사 위로 드러난 엘리샤의 두 눈이 화등잔만 하게 커졌다. 그런 그녀가 눈도 깜빡이지 못하고 보고 있는 것은 샤일론이 앉아 있는 바퀴 의자였다.

좀 더 정확하게 말하자면 '밀어 주는 사람도 없는데 혼자 움직이고 있는 바퀴 의자' 였다. 그리고 리카이엔이 어제 저녁 자신의 모습이 저랬을까 하는 생각에 피식 웃으며 말했다.

"마법이라더군."

"마법이요?"

"정확하게는 마나를 이용해서 바퀴 의자가 움직이게끔 한다고 하던데, 정확하게 어떤 원리인지는 나도 몰라."

선천적인 것이라고 했다. 특별히 수련을 하지 않았음에도 불구하고 몸속에 마나가 쌓였고, 생각하는 즉시 마나가 반응해서 움직인다고 했다. 그리고 그러한 마나 운용 능력은 몸이 불구가 되면서 생긴 힘이라고 했다.

"그렇군요."

엘리샤가 놀란 표정을 감추지 못하고 고개를 끄덕이는데, 리카이엔이 당부하듯 말했다.

"아무튼 앞으로 관심을 가지고 지켜보도록 해."

"네?"

"그론스트 백작의 말로는 정치적 감각이 아주 뛰어나다고 하더라고. 그 말은 네 영역과 겹칠 수도 있다는 말이니까. 그리고 마법이 정치와는 크게 연관점이 없다고는 해도, 두 가지 재능을 한 몸에 가지고 있는 인물을 조심해서 나쁠 건 없잖아."

엘리샤는 원래 크리온테스 황제의 비밀 교섭자였다. 그리고 리카이엔을 위해 일을 하기로 했지만 여전히 해야 할 일은 비밀스러운 교섭이었다.

그리고 앞으로 샤일론이 맡게 될 그론테스 백작가의 정치적인 일에는 교섭도 포함된다. 비밀스러운 교섭자는 아니라 해도 어차피 한 영역 안에 묶이는 일이니, 엘리샤와 겹치거나 부딮칠 수도 있다는 말이다.

엘리샤가 잠시 고개를 갸웃거리더니 조심스럽게 물었다.

"그런데 백작님께서는… 그론스트 백작에 대해 꽤 호감을 가지고 있는 것처럼 보였는데요?"

"응? 물론이지. 어제부터 친구하기로 했거든."

"그런데 그 동생에 대해서 조심하라고 말씀하시는 건 무슨 이유인가요?"

"카이스는 분명 마음에 들어. 앞으로 좋은 친구가 될 수 있다고 생각하고 말이야. 하지만 그 동생인 샤일론은……."

"뭔가 이상한가 보죠?"

"이상한 게 아니라 의심스러워."

"네?"

엘리샤가 이해가 안 간다는 듯 묻자, 리카이엔이 한층 목소리를 낮춰 말했다.

"지금까지 백작가 깊은 곳에서 몸을 숨기고 나오지 않던 놈이다. 그런 놈이 갑자기 해맑은 얼굴로 형님을 돕겠다고 나섰단 말이야. 이거에 대해 어떻게 생각하나?"

"뭔가… 심경의 변화가 있었다는 뜻이죠."

"그것도 성향 자체를 완전히 반대로 바꿀 정도로 심한 변화가 말이야."

엘리샤가 일리가 있다는 얼굴로 고개를 끄덕이며 말했다.

"그리고 그런 경우, 보통은 긍정적인 변화이기 보다는 부정적인 변화일 확률이 더 높지요."

"극단적인 행동의 변화를 불러일으키는 건, 극단적인 사고의 전환일 경우가 많으니까……."

끝말을 길게 늘어뜨린 리카이엔이 하인들의 도움을 받아 마차에 오르고 있는 샤일론을 노려보며 중얼거렸다.

"미치지 않고서는 말이지."

리카이엔의 말에 엘리샤가 의미심장한 눈빛으로 고개를 끄덕인 후, 천천히 인사를 했다.

"그럼 전 이만 가 볼게요."

비밀 교섭자인 엘리샤가 리카이엔과 함께 움직이고, 그 모습을 외부에 노출시키는 것은 좋지 않은 행동이었다. 그리고 원래는 카벤테스 포구에서부터 따로 움직일 예정이었다.

그런데 갑작스러운 카이스의 초대로 인해 이곳까지 함께 움직인 것이다. 물론 경황스러운 와중에 생긴 일이기는 했지만, 어느 정도는 리카이엔의 고의에 의한 것이었다.

그론스트 백작이 적이 될지 친구가 될지는 모르지만, 자신을 초대한 이상 어떤 식으로는 밀접한 관계가 형성될 것은 분명했다. 그런 경우에 오히려 비밀스러운 일면을 보여 주는 것도 누군가를 상대하는데 꽤 여러 가지 효과를 가지고 올 수 있기 때문이다.

그리고 이제 수도로 향하는 이상 엘리샤와는 따로 움직이는 것이 좋았다. 한 개인에게 비밀스러운 일면을 보여 주는 것과

다수에게 보여 주는 것은 차이가 있기 때문이다.

엘리샤의 호위를 위해 함께 움직일 예정인 율리아도 고개를 숙였다.

"먼저 가서 기다리고 있을게요."

"조심해서 가라. 싸우지들 말고."

제국의 수도 크벤티움에서 율리아가 엘리샤의 뺨을 때렸던 것을 떠올리고 한 말이다. 그러자 엘리샤가 작게 웃으며 말했다.

"흐응~ 여자들은 서로 싫어하는 것도 쉽지만, 의외로 친해지는 것도 쉽게 한다지요?"

"그럼 다행이지. 수고들 해라."

짧은 인사와 함께 율리아와 엘리샤가 먼저 걸음을 뗐다. 그리고 리카이엔은 마차 쪽으로 향했다.

"인사가 제법 기네? 저 얼굴 가린 숙녀 분이 혹시……."

"숨겨 둔 애인이냐고 물을 거면 일단 한 대 맞아라."

"허! 친구 먹은 지 얼마나 됐다고 벌써 손질이냐?"

"맞을 소리 했으면 맞아야지. 샤일론 네 생각은 어떠냐?"

리카이엔이 은근슬쩍 이야기의 주도권을 샤일론 쪽으로 던졌다.

"으음, 제 형님이지만… 흰소리에는 매가 약이라는 말도 있더군요."

"뭐라고? 허허, 이 녀석이……."

카이스가 심각하게 배신감을 느낀 얼굴로 뭐라고 말하려 했지만, 리카이엔이 그 말을 잘랐다.

"역시 형님보다 아우가 나은데?"

"나 이거 참……."

그렇게 농담을 주고받는 사이, 마차 옆에서 말을 타고 대기하고 있던 던베인이 안쪽을 향해 말했다.

"출발하겠습니다, 백작님."

카이스가 고개를 끄덕이자 던베인이 마차의 앞쪽에 대기하고 있는 두 명의 기사들을 향해 말했다.

"출발하라!"

마차의 선두에 두 명, 왼쪽에 던베인을 포함한 세 명, 후미에 두 명. 모두 일곱 명의 그론스트 백작령 소속 기사들이 마차를 호위했다. 그리고 오른쪽은 볼프와 톰, 잭이 호위를 맡았다.

그런데 볼프가 뭔가 꺼림칙한 표정으로 연방 고개를 갸웃거리며 톰과 잭을 보았다.

톰과 잭이 허리를 꼿꼿하게 펴고 날카로운 눈으로 사방을 둘러보고 있었기 때문이다. 볼프의 영향인지 평소에는 꽤 건들거리는 자세로 다녔던 톰이기에 이상하게 보일 수밖에 없었다. 잭 역시 톰만큼은 아니라도 꽤 흐느적거리는 편이었다. 볼프가 결국 참지 못하고 물었다.

"니들 뭐 잘못 처먹었냐?"

그 말에 화들짝 놀란 톰이 황급히 볼프를 향해 인상을 구겼다. 그리고는 소리는 내지 않은 채 입만 뻥긋거리며 뭐라고 말을 한다.

물론 볼프가 그 소리가 들리지 않는 말을 알아들을 리가 없다.

"너 지금 나한테 시비 거냐?"

결국 톰의 입에서 작은 소리가 터져 나왔다.

"혀, 형님! 말, 말조심해야죠!"

"응?"

"저기, 저기요!"

톰이 가리킨 곳은 마차 반대편에서 호위를 하고 있는 던베인과 기사들이었다.

"쟤들이 왜?"

그리고 톰이 절망적인 표정으로 답답한 듯 주먹으로 자기 가슴팍을 쿵쿵 두드린다.

결국 볼프가 얼굴을 잔뜩 구기더니 나지막하고 위협적인 목소리로 말했다.

"이 새끼들이 지금 나랑 장난치냐? 뒈질래?"

"저쪽 기사들 하는 거 안 보여요?"

"그러니까 뭐가?"

"아아~ 우리하고 너무 다르잖아요. 저 봐요. 저 꼿꼿한 자세하며, 절도 있는 동작, 예리한 눈빛."

볼프는 그제야 그론스트 백작령의 기사들이 심히 건들거리는 자신과는 상당히 다른 자세로 사방을 경계하고 있다는 것을 깨달았다.

하지만 단지 그뿐이다.

"그래서 뭐?"

"우리도 저렇게 안 하면 너무 비교되잖아요."

"지랄, 할 일만 잘하면 됐지 자세가 뭔 소용이냐?"

"그렇다고 다른 기사단하고 비교되면 우리 백작님 체면이……."

"이런 대가리에 똥만 찬 새끼들!"

급기야 볼프의 입에서 욕이 튀어나왔다. 그리고 톰과 잭의 얼굴이 사색으로 변했다. 볼프가 한 말은 분명 자신들을 향해서 한 말이었지만, 자칫하면 그론스트 백작령의 기사들을 욕하는 말로 해석될 수도 있기 때문이다.

하지만 불행하게도 볼프는 꽤 무신경한 성격이었다.

"우리 백작님이 그런 거 따지시는 분이냐? 할 일이나 잘해 이 새끼들아~"

마차는 빠른 속도로 달리고 있지 않았다. 당연히 호위하는 기사들 역시 적당한 속도였고, 그러다 보니 그들의 이야기는 마차 안은 물론 맞은편에 있는 기사들에게도 들렸다.

볼프의 이야기를 들은 기사들의 표정이 좋을 리가 없었다. 특히, 기사들을 통솔하고 있는 던베인의 얼굴은 꽤나 싸늘하게 변해 있었다.

하지만 그것도 잠시, 서로 마주 보며 나 있는 마차의 창을 통해 맞은편의 볼프를 한 번 노려본 던베인의 얼굴에 싸늘한 미소가 걸렸다. 명백히 경멸에 찬 미소.

마차 안에 앉아 있던 리카이엔의 눈에 던베인의 그 미소가 들어왔다. 그리고 리카이엔 역시 피식 웃어 보였다.

'재미있겠는데?'

Chapter 4.

정세의 변화

백발이 드문드문 섞여 있는 짙은 밤색 머리카락의 사내가 날카로운 눈을 빛내며 중얼거렸다.

"이번에는 왔단 말이지?"

잘 벼린 칼날 같은 싸늘한 느낌의 목소리. 헌 브렌 왕국에서 국왕을 제외하고 가장 강한 힘을 가진 사내, 벨리온 아이젠 백작이었다.

그 앞에 서 있는 사내, 아이젠 백작의 심복인 도벨이 고개를 끄덕이며 설명을 덧붙였다.

"그런데 동행이 있습니다."

"동행?"

"예, 그론스트 백작과 함께 왔다고 합니다."

"그론스트 백작?"

"그것도 사이좋게 한 마차를 타고 수도로 입성한 모양이더군요."

"흐음… 그 두 사람이 원래 그렇게 가까운 사이였더냐?"

"알려진 바로는 얼마 전까지만 해도 일면식도 없었습니다."

아이젠 백작이 고개를 갸웃거리며 말했다.

"그런데 갑자기 밀접한 관계가 됐다는 건, 둘 사이에 무언가 일치점이 있다는 말이겠지? 그리고 그 일치점이라는 건 역시나……."

도벨이 백작의 말을 맺었다.

"주군에 대한 적개심일 가능성이 큽니다."

"아마도 그렇겠지. 카벤테스 포구에 대한 소유권 주장으로 나를 향해 꽤나 적개심을 불태우고 있을 테니까."

"네, 프로커스 백작 역시 리온 자작을 건드린 이상 주군과는 서로 적이 될 수밖에 없다는 걸 알고 있을 테니까요."

두 사람의 추측은 절반만 맞는 것이었다. 리카이엔과 카이스는 공통적으로 아이젠 백작에 대해 부정적인 입장이기는 하지만 딱히 그런 이유로 친해진 것은 아니었다. 서로가 인간적인 호감을 가졌기에 친구가 된 것이다.

하지만 이득을 넘어선 개인과 개인 사이의 유대감이라는 것을 상상조차 할 수 없는 두 사람이 그러한 부분을 떠올릴 수는 없는 노릇이었다.

도벨이 다시 이야기를 꺼냈다.

"그리고 그론스트 백작에게는 또 한 명의 동행이 있다고 합니다."

"또 한 명의 동행?"

"예, 자신의 동생과 함께 에델슈트로 입성했다고 하더군요."

"음? 그론스트 백작에게 동생이 있었더냐?"

"예, 불구인 동생이 있는 걸로 알려져 있습니다."

"그러고 보니 얼핏 들어본 기억이 있는 것 같군. 그런데 갑자기 불구인 동생을 수도까지 데리고 온 이유가 무엇이냐?"

"거기까지는 아직 파악이 되지 않았습니다. 페론 자작에게 연락을 해 놓았으니 조만간 답신이 올 것입니다."

아이젠 백작이 약간은 심드렁한 표정으로 말했다.

"그렇게 애를 쓸 필요까지 있겠느냐? 어차피 놈들에 대한 처리는 다음으로 미루지 않았느냐? 차분하게 지켜보면 자연히 놈에 대한 것도 드러나겠지."

"그렇기는 합니다만, 미리 알아 두어서 나쁠 것은 없지요."

"그래, 네가 잘하겠지. 왕궁에서는 기별이 왔느냐?"

도벨이 어두워진 안색으로 답했다.

"그것이 아직······."

동시에 아이젠 백작의 인상이 일그러졌다. 그리고 한층 예리해진 목소리로 물었다.

"역시 네 생각이 맞는 것 같으냐?"

"확신할 수 있는 부분은 아닙니다만··· 일단은 대비책을 생

각해 두는 것이 좋을 것 같습니다. 자칫 손 놓고 구경만 하게
될 수도 있습니다."

아이젠 백작이 나지막하게 신음을 삼키며 버릇처럼 턱을 쓰
다듬었다.

"으음……."

대부분의 사람들은 눈치채지 못하고 있는 상태지만, 최근
들어 국왕과 아이젠 백작의 관계는 조금씩 삐걱대고 있었다.
그 계기가 된 일은 다름 아닌 전쟁에 대한 입장 차이였다.

아크로니아 산악 지대를 두고 치열하게 대립했던 루오 왕국
과의 사이에서 전쟁이 멎은 지도 벌써 6년째에 접어들고 있었
다. 그리고 그 시간 동안 브렌 왕국에서는 루오 왕국을 누르고
아크로니아 산악 지대를 차지하기 위해 쉬지 않고 군사력을
강화해 왔다.

현재 비축해 놓은 군사력이라면 단번에 루오 왕국을 누르고
아크로니아 산악 지대를 완전히 브렌 왕국의 영토로 만드는
것이 어렵지 않아 보였다. 그렇게 생각한 백작은 국왕을 찾아
가 하루라도 빨리 아크로니아 산악 지대에 있는 루오 왕국의
군대를 밀어내야 한다고 진언했다.

그것이 올해 1월의 일.

하지만 국왕은 백작의 손을 들어 주지 않았다. 차일피일 대
답을 미루며 딴청만 피울 뿐 쉽사리 일을 벌일 생각을 하지 않
았다.

그러더니 급기야는 아직 준비가 부족하다는 말로 백작의 청을 묵살했다. 루오 왕국 역시 그 시간 동안 강병 노선을 걸어 왔으니 섣불리 일을 벌여서는 안 된다는 이유였다.

"지금이 적기인데……."

혼잣말하듯 중얼거리던 아이젠 백작이 도벨 쪽으로 시선을 던지며 물었다.

"네가 볼 때는 어떤 것 같으냐?"

"애초에 그 사안을 말씀 드린 것이 저였습니다."

"그건 그렇다만, 다른 각도로 생각해 볼 때는 어떠냐는 말이다."

"물론 루오 왕국 역시 꽤 긴 시간 동안 전쟁을 준비해 왔으니 국왕 폐하의 말씀도 틀리지는 않습니다. 그러한 부분까지 따져 봤을 때 가장 적절한 시기는, 대략 내년 겨울쯤이라고 보아야겠지요."

그 말에 아이젠 백작이 싸늘한 표정으로 도벨을 노려보며 말했다.

"나에게는 지금이 적기라 하지 않았더냐?"

"이야기를 마저 들어 주십시오. 서로의 군사력이나 주변의 상황, 정치적인 흐름 등을 따져 봤을 때는 내년 겨울쯤이 좋습니다. 하지만 전쟁이라는 것은 객관적인 자료만 가지고 하는 것이 아니지요."

"그렇지."

"지금 현재 우리 왕국와 루오 왕국의 군사력은 거의 비등한 수준입니다. 그 군사력만 가지고 책상 위에서 전쟁을 논한다면 분명 전쟁은 장기전으로 치달을 수밖에 없습니다. 하지만 앞서 말씀드렸듯이 전쟁은 숫자로 하는 것이 아닙니다. 제 관점에서 볼 때 현재 루오 왕국은 꽤 나태해진 상태입니다. 끊임없이 전쟁 준비를 해 왔지만, 오히려 오랜 준비로 인해 위기의식이 사라졌다고 할까요?"

아이젠 백작 역시 동감한다는 듯 고개를 끄덕였다.

"그렇지. 보고에 따르면 아크로니아 산악 지대에 주둔하고 있는 루오 왕국 병영에서 다툼이 자주 목격된다는 보고가 올라왔으니까."

"예, 그리고 루오 왕국의 귀족들 사이에서는 아크로니아 산악 지대에서 채광을 해도 좋지 않겠느냐는 이야기가 흘러나오고 있다고 하더군요."

적군과 지근거리에 있는 병영에서 병사들끼리의 다툼이 자주 일어난다는 것은 군의 기강이 해이해졌다는 뜻이다. 다시 말해 병영 내에 긴장감이 떨어졌다는 뜻이다.

아크로니아 산악 지대에서 채광을 하자는 논의가 벌어지는 것도 위기의식 부재를 의미했다. 브렌과 루오 두 왕국이 아크로니아 산악 지대의 소유권을 두고 분쟁을 시작한 이래 제대로 채광을 성공한 적은 단 한 번도 없었다.

어느 쪽이든 채광을 시도할 경우 상대편으로부터 대대적인 공격을 받기 때문이다. 여덟 차례나 벌어진 광맥 전쟁 중 무려 일곱 번이 그로 인해 벌어진 일이다.

그런데 그런 과거를 잊고 느긋하게 채광 얘기를 꺼낼 수 있다는 것은, 그 만큼 전쟁에 대한 걱정을 하지 않고 있다는 의미였다.

"반면 우리 왕국의 군대는 아직도 날카롭게 날이 서 있는 상태지."

평화에 젖어 나태해진 군대와 여전히 날카롭게 예기가 살아 있는 군대가 전쟁을 벌인다면? 과정이야 어떻든 나태해진 군대가 이기는 것은 어려운 일이다.

아이젠 백작이 크게 숨을 내쉬며 말했다.

"그런 사실을 잘 알고 계심에도 불구하고 국왕 폐하께서 출정을 늦추는 이유를 모르겠군."

그리고 도벨이 조심스러운 표정으로 말했다.

"조만간 모임을 한 번 갖는 것이 좋을 것 같습니다."

모임이라 함은 아이젠 백작 일파에 속한 귀족들의 모임을 뜻하는 말이다.

"조만간?"

"예, 국무회의가 열리기 전에 말입니다."

"역시 자네도 그렇게 생각하는 건가?"

아이젠 백작의 표정이 천천히 가라앉았다. 사실 이미 답은 나와 있었다. 국왕의 태도는, 국정을 논하는데 아이젠 백작은 배제하겠다는 의지의 표현이었다. 그런데도 불구하고 쉬이 결론을 내리지 못한 것은, 그간의 긴밀했던 관계 때문.

하지만 말을 내뱉는데 신중한 도벨이 이렇게 이야기를 했다면 이제는 포기할 때가 되었다는 뜻이다.

아이젠 백작이 완전히 가라앉은 얼굴로 중얼거렸다.

"국왕 폐하께서 지금 자신의 힘이 누구에 의해 만들어 졌는지 잊으신 모양이군……."

도벨이 의미심장한 표정으로 말을 받았다.

"그렇다면 이제라도 깨닫게 해 드려야지요."

"그래야지."

§　　　§　　　§

문이 열리며 제복을 입은 두 명의 기사가 안으로 들어오고, 그 뒤로 40대 장년의 사내의 모습이 보였다.

탁한 금발머리와 고집스럽게 다물어진 입술 그리고 날카롭게 뻗은 짙은 눈썹이 상당히 강인한 인상을 만들어 내는 얼굴이었다.

방 안에 앉아 있던 리카이엔이 천천히 몸을 일으키는 사이, 장년의 사내가 방 안에 있는 커다랗고 푹신해 보이는 의자에 앉았다. 그리고 리카이엔이 한쪽 무릎을 꿇고 머리를 숙였다.

"신 리카이엔 프로커스, 존귀하신 국왕 폐하를 알현합니다."

사내의 정체는 다름 아닌 브렌 왕국의 국왕, 켈리어스 브렌 국왕이었다.

켈리어스 국왕이 천천히 고개를 끄덕인 후 입을 열었다.

"일어나 자리에 앉으라."

"감사합니다."

리카이엔이 의례적으로 고개를 한 번 더 조아린 후, 국왕의 맞은편 의자에 앉았다.

각 지방에 있는 모든 귀족들의 작위 승계나 영주의 권한 상속은 해당 귀족이 있는 주백작이 국왕의 권한 대행으로 승인을 한다. 하지만 영지가 있는 귀족들의 경우 그 후 한 번의 절차가 남는데 그것이 바로 국왕을 알현하는 것이다.

형식적으로는 완전한 계승자이지만, 국왕에게 제대로 보고를 하고 인정을 받는 절차였다.

다만 한 가지, 리카이엔의 경우에는 이례적인 부분이 있었다. 수도 에델슈트에 입성하자마자, 국왕이 리카이엔을 부른 것이다. 덕분에 리카이엔은 숙소에 도착하자마자 왕궁으로 들어와야 했다.

국왕이 깊은 눈빛으로 리카이엔을 천천히 훑어본다. 마치 강한 장수가 훌륭한 무기를 들고 감상하는 듯한 눈빛. 리카이엔으로는 꽤나 곤혹스러운 상황이었으나 뭐라고 먼저 말을 꺼낼 수도 없기에 그대로 참는 수밖에 없었다.

한참을 말없이 리카이엔을 관찰하던 국왕이 마침내 입을 열었다.

"경이 연회나 살롱에 나간다면 꽤 많은 귀족가의 영애들이 넋을 잃어 버리겠구려."

"과찬이십니다."

리카이엔이 형식적으로 겸손의 말을 던졌다.

하지만 국왕은 실제로도 꽤 탄복하고 있었다. 다만 그 탄복은 리카이엔의 잘생긴 얼굴에 대해서가 아니었다. 리카이엔의 몸에서 은연중 새어 나오는 강렬한 투지에 대한 감탄이었다. 마주 앉아 있는 것만으로도 마치 전장의 한가운데 앉아 있는 것 같은 착각을 불러일으키는 투지.

국왕은 왕자의 신분일 당시, 마지막으로 벌어졌던 8차 광맥 전쟁 당시 전장에 나섰다. 그리고 그 전투에서 꽤나 많은 전공을 세웠다. 그리고 스스로 어느 기사와 겨뤄도 밀리지 않을 정도로 뛰어난 검술 실력과 기마 실력을 가지고 있었다. 국왕 역시 타고난 장수라는 뜻이다.

그렇기에 리카이엔이 가지고 있는 강렬한 전투의 기운을 제대로 감지할 수 있는 것이다.

잠시 말이 끊어진 사이 연방 고개를 끄덕이던 국왕이 다시 말을 이었다.

"듣자 하니 프로커스 경이 작위를 잇기 전, 리온 자작령과의 영지전에서 직접 기사들을 이끌고 전투에 참여했다지?"

"그렇습니다."

"그래, 어떤 생각으로 그런 일을 할 생각을 했는가? 후계자의 신분으로 그런 위험한 일을 벌이는 것이 쉬운 일은 아니었을 텐데?"

"지켜보고 있는 것보다는 직접 뛰어다니는 쪽이 마음이 덜 답답하기에 그랬을 뿐입니다."

"후후, 단지 뛰어다니기만 한 것이 아니라 전쟁의 승패에도 결정적인 역할을 했다고 들었네만?"

"모든 것이 소신의 기사와 병사들의 용맹으로 얻은 것입니다. 소신은 그저 그 자리에 있었기에 공을 얻은 것이지요."

"허허허, 그렇구려. 사실 짐도 왕자 시절에 루오 왕국과의 전쟁에 참여한 적이 있었지. 기록상으로는 꽤 많은 전공을 세운 걸로 되어 있지만, 실제로는 나 역시 기사와 병사들의 득을 본 것이었다네."

"폐하께서 왕자 시절에 참여했던 전투에서 홀로 활약을 펼쳐 기사들과 병사들을 구했다는 이야기는 우리 왕국의 전사에 오래토록 남을 만한 기록이옵니다."

"하하하, 그 이야기까지 알고 있는가? 아무튼 젊고 유능한 신하를 두게 되어 짐은 매우 기쁘다네."

"보잘것없는 소신을 높이 평해 주시어 감사할 따름입니다."

리카이엔의 대답을 들은 국왕이 기꺼운 표정으로 희미하게 고개를 끄덕였다. 동시에 입을 닫았다.

'흐음… 무슨 의도지?'

리카이엔은 국왕의 침묵에 자신도 입을 닫은 채, 방금 나눈 대화를 곱씹었다. 국왕의 태도는 아무리 생각해도 이상했기 때문이다.

'국왕은 아이젠 백작과 확실히 가까운 관계일 텐데⋯⋯?'

그리고 자신은 아이젠 백작의 큰 돈줄 중 하나인 리온 자작을 무너뜨렸다. 당연히 아이젠 백작에게로 모이는 막대한 자금 중 일정 부분은 국왕에게 흘러들어 갔을 것이다.

다시 말해 국왕의 입장에서도, 자신은 그의 돈줄 중 하나를 틀어막은 장본인인 셈이다. 지금처럼 좋은 감정으로 자신을 대할 리가 없다는 뜻이다.

그렇다면 지금 국왕이 내보이는 이 우호적인 태도를 어떻게 해석해야 한단 말인가?

아무리 살펴봐도 지금 국왕의 태도는 가식적인 것이 아니었다. 오히려 꽤나 진솔했다. 그렇다면 우선적으로 내릴 수 있는 결론은 하나였다.

'나에게 바라는 것이 있다는 말인데⋯⋯.'

그때 국왕이 다시 입을 열었다.

"듣자 하니 아이젠 백작이 프로커스 경을 보는 눈이 곱지 않다고 하던데?"

"원래 모든 사람은 팔이 안으로 굽는 법 아니겠습니까? 가까운 관계에 있던 사람과 제가 불편한 관계에 있으니 어쩔 수 없는 일이라고 생각합니다."

"허허, 그래도 두 사람 모두 나의 신하들인데 어찌 그런 모습을 가만히 볼 수 있겠나?"

"하지만 사람의 마음이 쉬이 바뀌지는 않는 법 아니겠습니까? 좀 더 시간이 필요할 것이라 생각하고 있사옵니다."

"아닐세. 내 조용히 아이젠 백작에게 이야기를 해 주는 것도 생각하고 있네만."

순간 리카이엔의 표정이 크게 흐트러졌다.

'도대체 뭐하자는 수작이지?'

그야말로 점입가경. 단순히 호감을 표현하는 선에는 끝내는 것이 아니다. 어쩌면 지금껏 손잡고 있던 아이젠 백작과 불편한 감정의 앙금을 남길지도 모를 일을 서슴없이 입에 담는다.

이 정도까지 왔으면 우선 생각해 볼 수 있는 것은 하나.

'아이젠 백작과의 사이에 금이 간 건가?'

그 외에 생각해 볼 수 있는 것은 국왕과 아이젠 백작 사이에 금이 갔다는 정도인데, 주지했다시피 지금 국왕이 자신에게 하는 말은 분명히 진심이었다.

'국왕에게 더 이상 아이젠 백작은 쓸모없는 패라는 말인데……'

하지만 여전히 이해가 가지 않는 부분이 있었다.

국왕의 입장에서는 자신의 뜻을 지지해 줄 귀족들이 필요하다. 물론 강력한 중앙집권 체제가 자리 잡고 있는 브렌 왕국에서, 국왕이 원하는 바를 이루지 못하지는 않을 것이다. 하지만 지방 귀족들의 지지를 받고 일을 추진하는 것과 그렇지 않은 것은 큰 차이가 있는 법.

어쨌든 아이젠 백작과 사이가 틀어진 상태에서, 다시 자신의 편에 서 줄 사람을 구한다면 국왕이 선택할 수 있는 것은 오직 하나밖에 없었다. 아이젠 백작과 반목을 거듭하며 나름대로 자신의 세력을 이루고 있는 로몬 백작을 포섭하는 것이다.

리카이엔처럼 세력도 없이 홀로 고립되어 있는 젊은 귀족을 끌어들일 이유가 없는 것이다.

'나를 이렇게 급하게 부른 이유가 이거였나?'

지금 국왕의 제안은 손을 내민 것이다. 고개를 끄덕이는 것은 국왕의 손을 잡는 것이고, 거절하는 것은 국왕이 내민 손을 뿌리치는 격이었다.

'어떻게 한다……?'

이제 갓 작위를 물려받고 영지를 꾸려 나가야 하는 입장에서 국왕의 울타리 안에 들어간다는 것은 아주 매력적인 제안이 아닐 수 없었다.

하지만 리카이엔의 고민은 그리 길지 않았다.

"소신과 아이젠 백작 사이의 문제에 국왕 폐하께서 나서 주신다면, 소신으로서는 그저 감복할 일이옵니다. 하나 그리될 경우 아이젠 백작의 입장에서는 마음이 편치 못할 수도 있는 일이라 생각됩니다. 그로 인해 아이젠 백작이 혹여 불충한 마음이라도 먹게 된다면, 소신의 입장에서는 폐하께 큰 죄를 범하는 일이 될 것 같습니다. 하니, 지금 말씀은 거두어 주십시오."

완곡하지만 명백한 거절이었다. 그러면서도 아이젠 백작에 대한 부정적으로 느껴질 만한 단어들을 골라, 그와의 관계가 절대 우호적이지 않다는 것 또한 표현했다. 다시 말해 이쪽도 저쪽도 아닌 완전히 중도의 입장에 서겠다는 말이다.

그리고 그 말에 숨은 뜻을 모를 리 없는 국왕의 얼굴이 살짝 굳었다. 하지만 이런 자리에서 직접 감정을 드러낼 수는 없는 일.

"하하, 프로커스 경의 자립심은 대단하군. 이제 갓 영주의 자리에 올랐으면서도 도움 없이 자신의 영지를 꾸려 가겠다는 의지를 내보이는 것인가?"

"그리 좋게 보아 주신다면 소신으로서야 감복할 따름입니다. 하나 그보다는 모든 신하를 두루 살피셔야 하는 국왕폐하께서 특정한 누군가를 더 가까이 두신다는 말이 나온다면 다른 신하들 사이에서 불만이 터져 나올 수도 있다는 생각에서 드린 말씀입니다. 소신의 짧은 생각을 헤아려 주신 점 망극하옵니다."

이번에도 국왕은 리카이엔의 말뜻을 제대로 파악했다. 리카이엔은, 지금까지 국왕이 아이젠 백작을 총애하며 다른 귀족 일파를 억눌렀던 것을 슬쩍 돌려 말했던 것이다.

"허허허, 그리될 수도 있겠구나. 자칫하다가는 국무회의가 난장판이 될 뻔했어."

어느새 자신의 마음을 숨긴 국왕이 처음처럼 웃는 표정으로 말했다. 하지만 리카이엔은 은근히 자신을 향해 날아드는 싸늘한 기운을 감지할 수 있었다.

'역시 뭔가 이상해……'

켈리어스 국왕은, 왕세자로 책봉되기도 전부터 자청해서 전쟁에 나갔을 정도로 호전적인 성격이었다. 그리고 그 호전적인 성격은, 국왕의 마음 속 깊은 곳에 자리 잡고 있는 강렬한 정복욕에서 비롯된 것이다.

사람의 본질은 눈빛이나 말투, 버릇 그리고 행동 모두에서 그 깊은 곳에 있는 성향이 드러날 수밖에 없다. 그리고 그러한 측면에서 볼 때, 지금 국왕이 보이는 모습은 분명히 이상했다.

지금까지 알고 있던 국왕이라면 은근히 돌려 말하지도, 자신의 제안이 거절당한 것에 대해 저렇게 웃고 넘어가지도 않았으리라.

"프로커스 백작은 이제 그만 물러가도 좋다."

국왕의 명령에 리카이엔이 조심스럽게 몸을 일으켜 처음처럼 무릎을 꿇고 머리를 숙였다.

"소신, 이만 물러가 보겠습니다."

그 사이 국왕이 몸을 일으켜 알현실의 문 쪽으로 걸음을 옮겼다. 그러다가 문이 열리기 직전 리카이엔을 향해 말했다.

"처음 했던 이야기를 이어서 보태 보자면, 프로커스 경 또한 전장에서 직접 병사들을 움직이는 타입인 것 같은데… 내그 활약을 기대하고 있겠네."

"명만 내려주십시오, 폐하."

§　　　§　　　§

"대가리에 피도 안 마른 것들이 어디서 겉멋만 쳐 들어 가지고… 진짜 뒈지고 싶었던 거지? 응?"

"끙, 끄응……!"

"끄으윽!"

빈정거림이 가득한 목소리 사이로 괴로운 신음이 섞여 들었다.

"차라리 거기로 가서 좀 받아 달라고 하지 그랬냐? 이 새파란 기사님들아~ 앙?"

볼프였다.

그리고 볼프 앞의 두 사람. 톰과 잭은 땅바닥에 머리를 심은채 신음을 흘리고 있었다.

"대답 안 하냐?"

볼프의 말에 잭이 머리를 심은 채 힘겹게 입을 열었다.

"하지만… 우리가 너무 격식이 없는 건 사실이잖습니까?"

확실히 볼프나 톰, 잭의 평소 모습을 보면 기사라기 보다는 동네 건달이 어울렸다. 절도 있는 몸가짐, 준귀족으로서의 예절, 흔히 말하는 기사도 같은 것은 눈 씻고 봐도 찾아볼 수 없다. 말은 늘 상스러운 말투에 가끔은 욕이 섞여 있고, 늘상 짝다리를 짚고 있으며, 어깨를 건들건들 하며 움직인다.

하지만 볼프는 거기에 대해 조금도 관심이 없다는 듯 오히려 되물었다.

"그래서? 그게 뭐?"

"기, 기사가 아니라 마치 동네 건달 같잖아요. 그러면 안 되죠."

"지랄, 지금까지 그러고 다닌 놈들이 이제 와서 왜 그걸 따지는 건데?"

이번에는 톰이 말했다.

"그거야… 지금까지는 몰랐잖아요."

현재 프로커스 백작령의 기사단에서 실제 기사로서의 소양과 격식에 대해서 익히고 있는 사람은 단 두 명 볼프와 페르온뿐이었다.

나머지는 모두 병사에서 바로 차출되어 죽도록 성벽 돌기를 하면서 기사가 되었다. 안톤과 율리아 역시 용병이었다가 바로 기사가 된 경우. 기사가 가지는 격식이라는 것에 대해 제대로 배운 적이 없는 것이다.

그러다가 처음으로 다른 기사들의 격식에 맞춰진 모습을 보았으니 자신들의 다름에 저도 모르게 주눅이 든 것이다.

잭이 톰의 말을 넘겨받듯 물었다.

"볼프 형님은 그론스트 기사들 보면서 아무렇지도 않았어요?"

여전히 머리를 심은 상태였지만 할 말은 다하는 두 사람을 보며 볼프는 저도 모르게 길게 한숨을 쉬었다. 그러면서도 머릿속 한편에서는 엉뚱한 생각도 문득 떠올랐다.

'체력 참 좋아졌네. 백작님의 훈련이 대단하긴 대단해……'

리카이엔이 기사들의 수련에서 가장 중요하게 생각한 것 중 하나가 바로 체력. 그렇기에 프로커스 백작령의 기사들은 창술을 익힌 후에도 체력의 단련만큼은 혼이 빠져나가도록 혹독하게 시켜 왔다. 그 덕분인지 벌을 받는 중에도 할 말은 다 할 수 있는 수준에 이른 것이다.

'아, 이게 아니지……'

순간적으로 머릿속에 떠오른 상념을 지운 볼프가 톰을 향해 답했다.

"난 아무렇지도 않던데?"

"크윽, 그건 형님이 이상한 거예요."

톰이 억울한 듯 말했지만, 사실 그 차이는 서로 다른 경험에서 기인하는 것이다.

거듭 말하지만 볼프는 기사의 격식에 대해 이미 알고 있었고, 그것이 몸에 배어 있었다. 그리고 리카이엔에 의해 기사단이 개편되면서, 리카이엔의 '파격' 이 볼프가 가지고 있던 '격식' 을 무너뜨렸다. 그 과정에서 리카이엔의 버릇을 따라하며 덩달아 파격이 몸에 배어 버렸다.

그렇기 때문에 볼프는 격식이라는 것이 아주 중요하지 않은 것이라고 생각하고 있었다. 이미 알고 있기에 무시할 수 있는 것이다.

하지만 볼프는 그러한 부분에 대해서 제대로 이해시킬 만큼 말주변이 좋지가 않았다.

"어우, 이 답답한 새끼들……."

말 그대로였다. 볼프는 정말이지 속이 터질 지경이었다. 수도로 오는 내내 톰과 잭이 이렇게 반응하는 바람에 다그치다 보니, 처음부터 볼프의 말을 오해했던 던베인과는 점점 더 불편한 사이가 되기까지 했다. 그런데도 여전히 이해를 못하니 더욱 답답한 것이다.

그러다 갑자기 머릿속에 번쩍하고 떠오르는 것이 있었다. 볼프는 떠오른 생각을 곧장 말로 뱉었다.

"야, 일어나."

"큭!"

두 사람이 그대로 옆으로 쓰러지며 머리를 마구 문지르며 몸을 일으켰다. 그런 두 사람을 향해 볼프가 물었다.

"너희가 보기에 우리 백작님이 채신머리 없고 부끄럽냐?"

순간 톰과 잭의 얼굴이 사색이 되었다.

"헉!"

"그, 그 무슨 큰일 날 소리를!"

하지만 볼프는 아무렇지도 않다는 듯 오히려 한 술 더 뜨면서 말했다.

"왜 이 자식들아. 너나 나나 백작님이나 비슷하잖아."

사실 현재 프로커스 백작령 기사들의 격식 없는 몸가짐은 모두 리카이엔에게서 비롯된 것이다.

리카이엔이 건들거리고 빈정거리며 기사단을 다루었고, 그 모습을 본 볼프가 자기도 모르게 그러한 행동을 따라하게 되었다. 그리고 마지막으로 병사에서 기사가 된 신입들이 볼프를 보고 따라 배웠다.

어찌 보면 당연한 수순이었다. 군대라는 것은 거친 남자들의 집단이다. 그러한 군대에서 병사로 지내던 그들이 기사가 되어 가장 먼저 눈에 들어온 사람은 볼프일 수밖에 없었던 것이다. 어렵게만 생각했던 기사라는 신분의 사람이 알고 보니 자신들처럼 욕도 잘하고 하는 모양새도 비슷하니 말이다.

그리고 자연스럽게 그것을 따라했다. 그 후에 새롭게 차출된 기사들 역시 같은 순서를 밟았고, 그것이 프로커스 백작령 기사단 고유의 모습이 된 것이다.

그러한 과정을 살펴보면, 확실히 리카이엔이 만들어 낸 행동 양식이라고 해도 딱히 틀린 말은 아닌 것이다.

문제는 톰과 잭이 보기에는 뭔가 다르다는 거였다. 잭이 곧

혹스러운 표정으로 한참을 고민하더니 힘겹게 입을 열었다.

"그게… 분명히 백작님께서도 좀 건들거리시기도 하고, 욕
도 잘하시고, 가끔은 진짜 건달이 아닐까 싶은 순간도 있기는
합니다만……."

잭이 말끝을 흐리며 한층 더 곤혹스러운 표정을 지었다. 분
명히 볼프의 말대로 아주 비슷했다. 그런데 뭔가 달랐다.

볼프가 대답을 잭을 노려보며 대답을 종용했다.

"합니다만… 뭐?"

그리고 톰이 잭의 말을 마무리했다.

"멋있잖아요."

"니들은?"

"우리는… 글쎄요? 뭔가 좀 껄렁하지요……."

결국 볼프가 항복을 선언했다.

"에휴~ 내가 네놈들하고 말을 말아야지."

톰과 잭이 볼 때 리카이엔의 파격은 어딘가 있어 보이는 파
격이었다. 그리고 다른 시각에서 볼 때, 일반 병사들이 볼 때
볼프나 톰, 잭 등도 뭔가 있어 보이는 파격이 될 수 있었다. 하
지만 정작 자신들은 그렇지 못하다고 생각하는 것이다. 꽤 단
순한 볼프도 그러한 부분에 대해서는 알고 있었지만, 톰이나
잭은 느끼지 못하고 있었다. 그리고 볼프는 더 이상 그에 대해
설명하기를 포기했다.

"뭐하나?"

갑자기 들려온 소리에 고개를 돌리니 리카이엔이 저택의 정원으로 들어오고 있었다.

"아, 백작님."

볼프가 급히 인사를 하는 사이 작은 정원을 가로지른 리카이엔이, 톰과 잭을 한 번 훑어본 후 볼프를 향해 눈짓을 하며 물었다.

"그거냐?"

수도로 오는 동안 톰과 잭이 꽤 반항적이었던 것을 기억하고 있었기에 한눈에 상황을 파악한 것이다.

"예, 뭐 좀 이야기할 것이 있어서… 아, 그론스트 백작으로부터 전갈이 있었습니다. 국왕 폐하를 알현하신 후 바로 저택으로 들러달라고 하시더군요."

"그래? 뭐, 나도 이야기할 것이 있으니… 그나저나 엘리샤와 율리아는?"

"아까 도착해서 쉬고 있습니다."

"알았다. 그럼 하던 거 마저 해라."

그 말을 끝으로 리카이엔은 볼프를 향해 의미심장한 표정을 지어 보인 후 저택 안으로 들어갔다.

지금 그들이 있는 곳은 에델슈트 변두리에 있는 작은 저택이었는데, 리카이엔이 수도에서 지내는 동안 묵을 곳이었다.

원래는 지방 영주의 수도 저택인데, 영지에 남아 있는 라울이 구매해 놓은 집이었다. 가난했던 프로커스 백작가에는, 대부분의 상급 귀족들이 하나씩은 가지고 있는 수도 저택조차 없었던 것이다.

라울은 가능하면 크고 안전한 곳으로 구하고자 했지만, 몇 사람 묵을 수 있을 정도로만 구하라는 리카이엔의 엄명이 있었기에 그렇게 할 수가 없었다.

안으로 들어가니 율리아가 리카이엔을 맞이했다.

"오셨어요?"

"그래, 별일은 없었나?"

"별일이야 있겠어요? 오는 길에 시비 거는 놈들이 있기는 했는데… 살짝 손 좀 봐 주니까 바로 도망가더라고요."

"이제 창술이 꽤 손에 익은 모양이지?"

"히히, 그럭저럭이요."

그 사이 안쪽에 있던 엘리샤가 바쁘게 모습을 드러냈다. 얼굴을 가리고 있던 모자와 면사를 벗은 채였다.

"왕궁으로 갔었다는 이야기는 들었는데… 이렇게 급히 부르다니, 무슨 일이 있나 보죠?"

"뭐, 그건 나중에 따로 이야기하도록 하고. 좀 급한 감이 있지만 일을 좀 시작해 줘야겠다."

리카이엔의 말에 엘리샤가 어깨를 으쓱거리며 말했다.

"까라면 까야죠. 그게 프로커스 백작령 철칙이잖아요?"

그 말에 리카이엔의 시선이 율리아에게로 향했다. 기사들과 그리 부대낀 일이 없었던 엘리샤에게 저런 이야기를 해 줄 사람은 율리아밖에 없기 때문이다.

"크흐흐흐……."

아니나 다를까? 율리아가 뒤통수를 긁으며 슬쩍 다른 곳으로 시선을 돌렸다.

다시 엘리샤에게로 눈길을 옮긴 리카이엔이 말을 이었다.

"로몬 백작을 좀 만나야겠다."

"로몬 백작이이라면……."

아이젠 백작 일파가 주류라면, 로몬 백작은 비주류 귀족 세력의 중심. 엘리샤가 궁금한 표정으로 리카이엔과 시선을 마주쳤다.

"연락을 넣어서 약속을 잡아 놓을 테니 만나서 이야기를 하고 와라."

"무슨 이야기를 하면 되나요? 백작님 성격상 로몬 백작 일파로 들어가시려는 건 아닌 것 같은데……."

"거래를 좀 터라."

"어떤 거래를요?"

"내가 원하는 건 로몬 백작이 알고 있는 아이젠 백작에 대한 정보."

"백작님이 줄 수 있는 건요?"

"싼 걸로, 니가 알아서."

"네?!"

깜짝 놀란 엘리샤가 두 눈을 동그랗게 뜨고 리카이엔을 보았다.

"알아서 하라고."

"제가 영지 재산 절반 퍼다 줘도 괜찮아요?"

"그럴 가치가 있다면."

엘리샤는 잠시 정신이 혼미해지는 기분을 느꼈다. 리카이엔의 업무 처리 스타일은, 각자의 일을 알아서 처리하게 하고 어지간해서는 절대 관여하지 않는다는 이야기는 율리아에게 들었다. 하지만 이 정도일 줄은 생각지 못했던 것이다.

그런 엘리샤를 향해 리카이엔이 한마디 덧붙였다.

"그래도 가능한 싸게."

"네, 그래야겠지요."

"이왕이면 후려쳐."

Chapter 5.

거래

"볼일 있으면 직접 올 것이지 왜 오라 가라냐?"

보자마자 건들거리며 던지는 리카이엔의 말에 카이스가 피식 웃으며 말했다.

"큭, 그것도 맞는 말이네. 생각해 보니 내가 갔어야 됐던 거 같다."

"지랄……."

"헉!"

카이스는 저도 모르게 헛바람을 들이키며 뭐라고 말을 잇지 못했다.

리카이엔은 보면 볼수록 놀라운 놈이었다. 과연 이 나라 귀족들 중에 아무런 스스럼없이 저런 말을 할 수 있는 사람이 몇 명이나 있을까? 카이스는 오직 단 한 명, 리카이엔밖에 없을 거라는데 전재산을 걸 수도 있었다.

카이스 자신도 꽤나 격식에 구애받지 않는 타입이었지만, 이 리카이엔이라는 친구는 너무나도 파격적이었다. 하지만 그것이 싫지는 않다. 오히려 알면 알수록 마음에 들 정도였다.

"너 나중에 귀족들 사이에서도 그럴 건 아니지?"

"크크, 내가 좀 막 사는 경향이 있기는 해도 그 정도는 아니다."

"그럼 다행이지."

"아무튼 뭐하러 불렀냐?"

"왕궁에는 무슨 일이냐?"

카이스는 리카이엔과 함께 마차를 타고 왔기에 에델슈트에 들어오자마자 리카이엔이 불려갔다는 사실 또한 알고 있었다. 이례적인 일이니 만큼 궁금해하는 것은 당연한 일.

"손을 내밀더군."

"음? 아이젠 백작과 네 관계를 모르지는 않으실 텐데?"

"이유는 모르지만… 이제 아이젠 백작을 버리는 패로 생각하는 것 같더라고."

"흐음… 이거 예상치 못한 전개인데?"

"분위기 꽤 살벌하게 변할 거다."

카이스의 표정이 심각하게 굳었다. 국왕과 아이젠 백작 사이의 인연은 꽤 오래된 일이다.

정확하게는 국왕이 왕자 시절 전쟁에 나섰을 때부터였다. 당시 백작가의 후계자 신분으로 전쟁에 참여했던 아이젠 백작이 국왕의 부관 중 한 명으로 들어가면서부터 시작된 인연이었다.

그리고 그때부터 두 사람은 오랜 시간 일종의 동맹 관계를 유지하며 여기까지 왔다. 그런데 국왕이 이제 아이젠 백작을 내치려 한다니. 브렌 왕국의 정계에 커다란 지각 변동을 불러일으킬 만한 일이었다.

심각한 표정을 짓고 있던 카이스가 갑자기 생각났다는 듯 물었다.

"그런데 왜 하필이면 너냐? 아이젠 백작을 버린다면, 그 다음은 로몬 백작 아닌가?"

"나도 이해를 못하겠다."

"그나저나 그래서 어떻게 됐냐? 너한테 뭐 해준다든?"

카이스가 잔뜩 궁금한 표정을 지어 보였다. 그리고 리카이엔은 묘한 미소를 지으며 대답했다.

"크흐흐, 과감하게… 뿌리치고 왔다."

"뭐? 미, 미쳤냐? 그게 얼마나 큰 기회인데……."

깜짝 놀라 외치는 카이스를 향해 리카이엔이 기다리지 않고 대뜸 말했다.

"그 손을 잡는 게 미친 거지."

"응?"

"아무 이유도 없이 나한테 손을 내밀었겠냐?"

"하긴, 뭔가 좀 이상하긴 하네? 아니 할 말로 지금 넌 쥐뿔도 없는데 말이야. 돈 많은 나도 아니고."

"큭, 하긴 니가 좀 돈이 많긴 하지. 아무튼, 뜬금없이 이제 막 작위를 받은 나한테 손을 내밀었다는 건 뭔가 숨겨진 이유가 있다는 거야."

카이스도 같은 생각인지 고개를 끄덕였다.

"그렇기는 하겠네. 그러고 보니 요즘 아이젠 백작이 개전론을 펴는데 폐하께서 막고 있다고 하시던데."

그런데 리카이엔이 카이스의 이야기와는 정반대되는 이야기를 꺼냈다.

"전쟁에서 써먹을 패를 구하는 것 같더라."

"응?! 방금 말 못 들었냐? 아이젠 백작이 전쟁 얘기를 해도 폐하가 안 된다고 하셨다잖아."

"거기에 어떤 의미가 있는지는 모르겠다만, 나한테 이야기를 할 때 자꾸 내 영지전 이야기를 꺼냈거든. 더불어서 자기가 참전했을 때, 마지막에 헤어질 때까지."

"그래? 뭐, 네가 그 일로 좀 알려져서 그런 거 아닐까?"

리카이엔은 고개를 저었다.

"아무 이유도 없이 하는 말이라도 해도, 거기에는 자기도 모르게 진심이 섞이는 법이다."

"그거야 알고 있지만… 그렇게 생각하면 전쟁 의견을 묵살하는 게 말이 안 되잖아."

가만히 뭔가를 생각하던 리카이엔이 나지막한 목소리로 물었다.

"네가 알고 있는 한도 내에서… 지금 루오 왕국이랑 전쟁이 난다면 이길 가능성이 얼마나 되냐?"

"음… 확실치는 않아도 루오 왕국의 분위기가 꽤나 평화에 젖어 있다니까, 우리쪽에 승산이 많지 않겠냐?"

"그렇다면, 전쟁이 확실할 거 같은데?"

그 말에 카이스도 떠오르는 게 있는지 곧장 고개를 끄덕였다.

"생각해 보니 그러네. 아이젠 백작이 이번 전쟁에서 공을 세우는 건, 폐하의 입장에서는 곤란한 일이니까. 일단은 아이젠 백작을 밀어내고, 따로 자기 사람을 만들어서 전쟁을 하겠다는 거잖아."

"아마도."

"흐음… 그러면 넌 더 이상하다. 왜 거절했냐?"

카이스가 궁금해 죽겠다는 표정으로 물었다. 그에 대한 리카이엔의 대답은 아주 간단했다.

"찝찝하더라고."

"뭐?!"

"국왕한테 그 외에 다른 꿍꿍이가 또 있는 것 같아서."

"허! 이 황당한 놈……."

"먹어서 탈 날 것 같은 건 안 집어 먹는 게 상책이다."

카이스가 황당한 표정으로 리카이엔을 뚫어져라 보았다. 하지만 리카이엔은 별다른 감흥이 없는 표정이었다.

한참을 말 없이 리카이엔을 보던 카이스가 결국 졌다는 표정으로 고개를 설레설레 흔들었다.

"니 일이니 니가 알아서 하겠지. 아참, 모레 특별한 약속 없으면 나하고 어디 좀 가자."

"어딜?"

"도번 후작이 연회를 연다더라."

"도번 후작?"

"왕가의 방계 혈통인데 뭐, 딱히 큰 영향력이 있는 분은 아니지만 그래도 동부든 서부든 가리지 않고 친분이 있는 분이지. 모레가 70세 생일이라 연회를 연다더라고. 사교계든 정치판이든 너의 첫 등장 자리로 나쁘지 않을 거 같아서 말이야."

동부는 아이젠 백작 일파, 서부는 로몬 백작 일파를 가리키는 말이다. 브렌 왕국의 정계에서 가장 큰 힘을 발휘하는 두 세력이 동시에 모이는 자리. 카이스의 말대로 리카이엔의 첫 신고의 자리로는 나쁘지 않을 것 같았다.

"알았다. 그런데……."

"응?"

"돈 좀 써라."

"무슨 말이냐?"

"연회에 가려면 그래도 옷은 차려입어야지. 그런데 옷이 없다."

"이이… 그런 건 니 돈으로 사 입어라."

"지랄, 내가 돈이 어딨냐?"

프로커스 백작령에는 클레우스의 물건들을 팔아 만든 엄청난 자금이 차곡차곡 쌓이는 중이다. 하지만 그 돈은 모두 영지의 발전을 위해 쓸 돈, 연회용 옷을 준비하는 데 쓸 돈 따위는 없었다.

"허어~ 알았다."

§   §   §

"어, 어어……!"

잭이 입을 쩍 벌린 채 말을 멍한 눈길을 보냈다. 옆에 있는 톰 역시 비슷한 표정을 짓더니 더듬거리며 말했다.

"혀, 형님. 뭐, 잘못 잡수셨어요?"

그리고 상황 파악 못하고 뱉은 말의 대답은 경쾌한 소리였다.

따악!

"악!"

톰이 비명과 함께 머리를 감싸며 그 자리에 주저앉는다. 그리고 볼프가 두 사람을 향해 으르렁거렸다.

"자꾸 까불면 피똥 한 번 싸는 수가 있다~ 알았냐?"

하지만 톰과 잭의 반응은 어떻게 보면 당연한 것이었다. 볼프가 제복을 차려 입고 나섰기 때문이다.

단순한 디자인이지만, 간결하고 날렵함을 부각시키는 프로커스 백작령의 기사 제복은 확실히 볼프가 가진 이미지와는 잘 어울리지 않았다.

잭과 톰이 기어들어 가는 목소리로 투덜거렸다.

"평소에도 잘 안 입는 제복을 입고 있으니까 그렇죠."

"그러게, 그것도 이 한밤중에 말이야."

그러거나 말거나 볼프는 거울 앞에서 옷매무새를 정리한 후, 절도 있는 동작으로 걸음을 옮겼다.

그리고 그 모습을 본 두 사람은 또 한 번 멍한 표정을 지어 보였다. 지금껏 단 한 번도 볼프의 이런 모습을 본 적이 없었기 때문이다. 그론스트 백작령의 기사들을 보고, 스스로 볼품 없다고 여기게 만들었던 그런 '진짜 기사의 모습'을 볼프에게서 보았던 것이다.

"가, 가 보자!"

톰이 다급히 잭을 끌고 볼프의 뒤를 따랐다. 저택의 입구에 있는 홀로 들어선 두 사람은 또 한 번 멈칫했다. 홀에는 검은 모자와 면사, 그리고 검은색과 회색이 적절하게 조화된 수수한 드레스를 입은 엘리샤가 볼프와 나란히 서 있었기 때문이다.

그리고 볼프와 엘리샤를 향해 말을 하는 리카이엔의 모습까지.

"내가 한 말 기억하나?"

그 말에 엘리샤가 장난스러운 목소리로 대답했다.

"최대한 싸게 후려치라는 거요?"

"그렇지."

"물론이죠. 아주 잘 알아들었다고요!"

"좋아. 그럼 갔다 와라."

엘리샤는 로몬 백작과의 비밀스러운 교섭을 위해 나서는 길이었고, 볼프는 그런 엘리샤의 호위를 위해 동행하게 된 것이다. 비밀스러운 만남이기는 하지만, 어쨌든 프로커스 백작가의 공식적인 활동. 그런 자리니 볼프도 제복을 입을 수밖에 없었던 것이다.

사실 상성으로 따지자면 엘리샤에게는 볼프보다는 율리아가 더 잘 맞았다. 하지만 율리아 역시 톰이나 잭처럼 격식에 맞는 예법을 알지 못했다. 그렇기에 어쩔 수 없이 볼프가 나서게 된 것이다.

"다녀오겠습니다."

볼프가 평소의 건들거리는 어깨를 바로하고 정중하게 인사를 한 후 먼저 걸음을 옮겼다. 조심스럽게 앞장을 서지만, 호위해야 하는 엘리샤를 배려한 정중한 움직임. 확실히 기사다운 절도 있고 정중한 에스코트였다.

그리고 그 모습을 본 톰과 잭 두 사람은 지금 자신들이 보고 있는 상황을 어떻게 받아들여야 할이지 갈피를 잡지 못했다.

아니, 너무나 어울리지 않는 볼프의 모습에 왠지 모를 오한이 느껴질 정도였다.

그런 생각은 엘리샤 역시 마찬가지인 듯 묘한 어조로 볼프에게 말했다.

"의외로 아주 잘 어울리는데요?"

그러자 볼프가 살짝 인상을 찡그리며 말했다.

"말 마십시오. 갑갑해 죽을 거 같으니까."

불과 반년에 가까운 시간이었지만, 건들거리는 편안한 생활은 볼프에게 딱 맞는 것이었다. 그런데 또 갑자기 제복을 입고 뻣뻣하게 행동하려니 걸리는 게 한두 가지가 아니다.

"흐응~ 그래도 참아야지 별 수 있어요?"

"그러게 말입니다. 자, 가시지요."

두 사람을 태운 마차가 천천히 길 위를 달리기 시작했다. 한참 동안 어두운 밤길을 달려 마차가 도착한 곳은 에델슈트의 동쪽 중심가. 에델슈트에는 귀족들의 저택들이 모여 있는 거리들이 몇 개 있었는데, 그중 하나가 바로 동쪽 중심가였다.

"하아~ 이거 거의 우리 영지 내성의 절반은 되겠네?"

볼프가 질린 표정으로 눈앞에 보이는 저택을 훑어보았다. 영주의 성도 아니고 수도에 있는 저택의 크기가 어마어마했다. 그리고 그 저택의 거의 모든 창에 불이 밝혀져 있었다. 그만큼 많은 사람이 머물고 있다는 뜻이다.

군이 따지자면 별장 같은 집에 저렇게 많은 사람이 있다는 것이 볼프로서는 잘 이해가 가지 않았다.

하지만 그로니스 제국에서 수많은 귀족들을 상대해 보았던 엘리샤에게는 아주 일상적인 광경일 뿐.

"가죠."

"어어? 예, 따라 오십시오."

얼른 발을 놀린 볼프가 엘리샤 앞에 서서 저택의 정문으로 향했다.

정문을 지키던 두 명의 병사가 자신들을 향해 다가오는 볼프와 엘리샤를 보고는 창으로 길을 막으며 물었다.

"무슨 일로 오셨습니까?"

"로몬 백작님과 선약이 있으니 안에 기별을 넣어 주시오."

그 말에 두 병사가 냉큼 창을 치우고 문을 열었다. 미리 언질을 받은 모양이었다. 한 병사가 볼프를 향해 말했다.

"안에 기별을 넣겠습니다. 잠시 기다리십시오."

병사가 뛰어들어 가고 얼마 지나지 않아 한 중년 사내가 종종 걸음으로 뛰어나왔다.

"로몬 백작님의 수행관 에론이라고 합니다. 안으로 드시지요."

에론이 두 사람을 안내한 곳은, 저택의 후원에 마련되어 있는 작은 오두막 같은 집. 프로커스 백작가가 다른 귀족을 상대로 일종의 외교를 벌이는 공식적인 일이었지만, 일 자체는 비밀이기에 이런 장소가 선택된 것이다.

안으로 들어가니 이미 누군가가 두 사람을 기다리고 있었다. 옅은 갈색 머리에 강인한 인상 그리고 커다란 체구를 가진 중년인, 바로 로몬 백작이었다.

두 사람이 안으로 들어서자마자 로몬 백작이 입을 열었다.

"프로커스 백작은 생각보다 무례한 사람이로군. 인사도 없이 대뜸 이런 자리를 요구하다니 말이야."

그리고 엘리샤가 그런 백작을 향해 살짝 고개를 숙이며 입을 열었다.

"때로는 외부에서 모르는 비밀스러운 관계를 유지하는 것도 서로에게 도움이 될 때가 있지 않을까요?"

로몬 백작이 흠칫 놀란 표정으로 엘리샤를 보았다. 인사도 소개도 없이 대뜸 첫마디부터 본론을 꺼내는 모습에 당황한 것이다. 그리고 엘리샤는 면사로 가린 얼굴 너머로 미소를 짓고 있었다.

로몬 백작의 성격은 그 인상만큼이나 강인했다. 급하지는 않지만 거리낌 없는 성격. 마음에 들지 않는 것을 바로 내뱉어야 적성이 풀리는 성격인 것이다. 그리고 그런 사람을 상대할 때는 빙빙 돌려 말하는 것보다 정공법이 좋다.

엘리샤가 편안한 목소리로 물었다.

"이제 앉아도 될까요, 백작님?"

"음? 아, 일단 앉으라."

"감사합니다."

다시 한 번 허리를 살짝 숙여 인사를 한 엘리샤가 자리에 앉은 후 말했다.

"프로커스 백작령의 교섭자인 루이나라고 합니다."

엘리샤라는 이름은 제국에서도 잘 알고 있는 이름이니 본명으로 활동을 할 수는 없어 가명으로 만든 이름이었다.

"그래, 프로커스 백작이 나와 비밀스러운 동맹 관계를 맺고 싶어한다고?"

엘리샤는 바로 고개를 저었다.

"아닙니다."

"뭐! 방금은 그렇게 말하지 않았느냐?"

"비밀스러운 관계가 반드시 동맹일 필요는 없지 않을까요?"

리카이엔이 리온 자작의 영지를 뺏었다는 이야기는 이미 브렌 왕국의 대부분이 알고 있는 사실. 일이 그렇게 흘러간 이상, 리카이엔은 아이젠 자작과 불편한 관계일 수밖에 없고 그런 상황이라면 당연히 자신의 세력으로 들어올 것이라고 기대했다. 실제로 비밀스러운 만남을 요구하는데 응했던 이유도 그런 기대 때문이었다. 그런데 대뜸 그게 아니라고 하니 로몬 백작으로서는 실망스러울 수밖에 없었다.

"그렇다면 프로커스 백작이 말하는 그 비밀스러운 관계라는 것은 무엇이냐?"

"거래 관계입니다."

"음? 지금 이 나를 상대로 거래를 하자는 말이냐?"

"그렇습니다."

로몬 백작의 표정이 차츰차츰 일그러지더니 급기야 싸늘하게 식은 안색으로 말했다.

"이제 갓 백작이 된 새파란 애송이가 나와 손을 잡자는 것도 아니고 거래를 하자고?"

목소리에도 불편한 기색이 가득했다. 하지만 엘리샤는 여전히 아무렇지도 않은 듯 편안한 목소리로 말했다.

"사실 거래 관계만큼 깨끗한 관계도 없지요."

"뭐라?"

"동맹이라는 것은 서로 같은 뜻을 가지고 물질적, 혹은 정신적으로 서로를 돕는 것을 말합니다. 하지만 대부분의 동맹은 서로 상부상조하기보다는 한쪽이 일방적으로 도움을 받는 경우가 더 많습니다. 그리고 대부분의 동맹은 감정의 앙금만 남기고 깨지게 마련이지요."

천천히, 그러면서도 분명하고 명확한 목소리로 말하는 엘리샤를 보며 로몬 백작이 천천히 고개를 끄덕였다. 딱히 틀린 말이 아니라는 것을 알고 있기 때문이다. 물론 그렇다고 해서 냉큼 거래 얘기를 하지는 않는다.

"나는 특별히 누군가와 거래를 할 이유가 없다. 좀 더 단도직입적으로 말하마. 지금 나에게는 그 여우 놈을 누를 수 있는 세력이 필요할 뿐이다."

"그렇다면 로몬 백작께서는 저희 주군께서 백작님의 세력으로 들어오기를 바라신다는 말씀이군요?"

"물론이다."

그 말에 엘리샤가 조심스럽게 자리에서 일어났다. 그리고 천천히 허리를 숙이며 말했다.

"그렇다면 저희가 잘못 생각한 모양이군요. 귀한 시간을 할애해 주셔서 감사합니다만, 백작님의 생각이 그러시다면 더는 드릴 말씀이 없는 듯하니 이만 물러가 보겠습니다."

"뭐?!"

로몬 백작이 또 한 번 놀란 표정으로 엘리샤를 보았다. 아무리 그래도 자기들이 청해서 만든 자리가 아닌가? 그런데 제대로 이야기도 하지 않고 일어서겠다니.

물론 서로 생각이 다르다면 길게 이야기할 필요가 없다는 말도 어느 정도는 맞는 말이다. 그래도 상식적으로 볼 때 이건 좀 뭔가 이상했다. 그리고 막상 이런 상황이 되고 보니 저들이 말하는 '거래'라는 것이 무슨 내용인지 궁금해졌다.

"거기 서라."

그리고 엘리샤는 몇 걸음 더 걸은 후에야 발을 멈췄다. 그리고 방금 말을 듣지 못했다는 듯 되물었다.

"네? 방금 무슨 말씀을 하셨나요?"

"서라고 했다."

"아, 죄송합니다. 저희 주군께서 내린 명령을 제대로 이행

하지 못했다는 생각에 걱정을 하다 보니 제대로 듣지 못했군요. 그런데 아직 하실 말씀이 더 남았던가요?"

"일단 앉아라."

엘리샤가 짐짓 기쁜 목소리로 말했다.

"이야기를 해 보시겠다는 건가요?"

"우선 들어는 보자꾸나."

"감사합니다."

엘리샤가 진심인 듯 크게 인사를 한 후 자리에 앉자, 로몬 백작이 먼저 입을 열었다.

"그래, 프로커스 백작은 나와 무슨 거래를 하고 싶다는 거지?"

"우선, 저희가 로몬 백작님께 필요한 것은 아이젠 백작에 대한 정보입니다."

"아이젠 백작의 정보?"

"본래 누군가에 대한 정보를 가장 많이 가지고 있는 사람은 바로 그 사람의 적이지요. 그리고 로몬 백작님과 아이젠 백작이 서로 대립하고 있는 관계라는 것은 이미 모든 왕국의 사람들이 알고 있는 사실이니 새삼스러울 것은 없지요."

"흐음, 그렇게 볼 수도 있겠지. 그래서 내가 얻는 건?"

로몬 백작의 물음에 엘리샤가 크게 심호흡을 했다. 이제 가장 중요한 이야기를 해야 하기 때문이다.

"어찌 받아들이실지 모르겠습니다만, 백작님께서 실질적으로 눈에 보이는 무언가를 드리지는 못합니다."

"지금 나와 장난치겠다는 것이냐?"

"그렇지 않습니다. 사실 그대로를 말씀드리는 겁니다."

"허! 그러니까 나에게 무상으로 정보를 달라는 얘기를 하려고 여기 왔다는 말이냐?"

엘리샤가 대답을 하려는 찰나, 로몬 백작이 사나운 목소리로 말을 덧붙였다.

"대답을 잘 선택하는 것이 좋을 것이다. 허튼소리가 나올 경우, 네놈들의 주인이 받게 될 것은 네놈들의 시체뿐이다."

하지만 엘리샤는 조금의 망설임도 없이 고개를 끄덕였다.

"그렇습니다."

꽝!

주먹으로 거세게 탁자를 내려친 백작의 입에서 호통이 터져 나왔다.

"이놈!"

하지만 엘리샤는 여전히 곧은 눈으로 백작을 직시했다. 그리고 변함없이 또박또박 말을 이어 갔다.

"백작님께서 저희에게 얻는 것이 없다고 해서 과연 변화도 없으리라 생각하시는 건가요?"

"뭣이?"

"조금 거시적으로 보시라는 말입니다."

"거시적으로 보면 무슨 변화가 있단 말이냐?"

"그렇다면 백작님께서는, 저희 주군께서 왜 아이젠 백작에 대한 정보가 필요하다고 생각하시나요?"

그야 당연히 리카이엔이 아이젠 백작과 척을 질 일을 했기 때문이리라. 하지만 단순히 그 사실을 주지시키기 위해 이런 질문을 던질 리가 없었다.

그리고 로몬 백작은 금세 일련의 질문들이 뜻하는 바를 알아차렸다.

"내 정보를 이용해 아이젠 백작을 견제하겠다는 말이냐?"

"그렇게 되겠지요."

"그렇다면 차라리 나와 손을 잡는 것이……."

"로몬 백작님께서는 현재 더 이상의 힘은 필요 없으시다는 게 저희 주군의 생각이십니다. 그리고 더 이상 필요없는 힘을 늘리기보다는 전략을 짜야 할 때라고 하시더군요."

"으음……."

아이젠 백작의 힘은 대단했다. 그리고 그런 아이젠 백작의 그늘로 들어가 단물을 받아먹는 귀족들 또한 많았다. 하지만 그런 부류가 있다면 당연히 반대급부도 있는 법. 그렇게 모인 이들이 대부분 로몬 백작의 세력으로 들어왔다.

객관적으로 보았을 때는 아이젠 백작보다는 약하지만, 만약 맞서게 된다면 절대 지지는 않을 수준은 되었다.

생각에 잠긴 로몬 백작을 향해 엘리샤가 말을 이어 갔다.

"어떤 때는 하나의 큰 적을 상대하는 것보다 크고 작은 두

적을 상대하는 것이 더 힘든 법입니다."

"즉, 내 정보를 이용해 아이젠 백작을 괴롭혀 줄 테니 더 이상의 대가를 바라지 말라는 말이렷다?"

"그렇습니다. 저희 주군께서는 이미 척을 진 아이젠 백작을 상대할 수 있어 좋고, 백작님께서는 적의 힘을 조금이나마 약화시킬 수 있으니 좋은 일 아니겠습니까?"

마침내 로몬 백작의 얼굴에 미소가 떠올랐다.

"후후, 프로커스 백작… 참으로 당돌한 애송이로군. 좋다. 그 거래 받아들이도록 하겠다."

"감사합니다."

§   §   §

"이런 치사한 놈!"

카이스가 리카이엔을 보자마자 대뜸 던진 말이다.

"무슨 말이냐?"

"젠장, 내 돈으로 옷 만들어 입었는데 나보다 더 잘생겨 보이면 그게 치사한 거지."

"홋, 별 시답잖은 소리를……."

"지금 내가 농담하는 거 같냐? 내가 여자였으면 반드시 너한테 넘어갔다."

시린 느낌을 주는 은발을 더욱 돋보이게 만드는 검은 비단으로 만든 예복. 리카이엔의 취향에 따라 특별히 화려한 디자인도 아닌, 기사들의 제복에 가까운 단순한 선을 가진 예복이었다. 그럼에도 불구하고 가끔 아름답다는 말까지 듣는 리카이엔의 얼굴을 더욱 화려하게 만들어 주고 있었다.

"지랄……."

그때 옆에 있던 율리아가 불쑥 끼어들었다.

"백작님, 저 정말 같이 가기 싫거든요."

율리아도 평소의 모습이 아니었다. 리카이엔의 검은 예복과 한쌍으로 만든 듯 검은 비단으로 만든 단촐한 라인의 드레스를 입고 있었다. 연회에 나서는 리카이엔의 호위로 율리아가 선택된 것이다.

그리고 카이스는 율리아가 왜 그러는지 충분히 이해할 수 있었다. 율리아도 어디 가서 절대 빠지는 미모가 아님에도 불구하고, 오늘따라 유독 화사해진 리카이엔 옆에 서니 상대적으로 그 미모가 빛을 바래는 것이다.

카이스가 안타까운 표정으로 길게 한숨을 내쉬더니 율리아의 어깨를 토닥이며 말했다.

"미안하다. 아무리 봐도 저놈이 더 예쁘다."

"악! 백작님!"

율리아가 소리를 빽 질렀지만 어쩔 수 없었다. 카이스의 말은 사실이기 때문이다.

그 시간 리카이엔의 저택 정원에서는 두 사람이 싸늘하게 눈빛을 교환하고 있었다. 카이스를 호위하기 위해 따라온 던베인과 볼프였다.

원래는 서로 별다른 관심이 없던 두 사람이었다. 그런 두 사람의 사이에 묘한 감정의 앙금이 쌓이기 시작한 것은 바로 그론스트 백작령에서 수도로 출발할 때였다.

그론스트 백작령 기사들을 따라하려는 톰과 잭을 나무라며 했던 말들이 던베인의 심기를 건드린 것이다. 그런데 사실 던베인의 입장에서는 기분이 나빠질 수밖에 없는 말들이기는 했다.

'대가리에 똥만 찬 놈들'이라거나 '이런 쓸모없는 것들을 봤나? 새파란 것들이 겉멋만 들어 가지고는' 같은 말들이었다. 물론 볼프는 톰과 잭을 야단치기 위해 했던 말이지만, 그 두 사람이 그론스트 백작령의 기사들을 본받으려 하는 것이었기에 싸잡아 욕하는 말로 들릴 수도 있는 것이다.

물론 거기서 끝났으면 별다른 문제가 생기지는 않았다. 하지만 한 번 기분이 상하기 시작한 던베인이 은근슬쩍 볼프를 무시하는 말을 흘리면서 서로 으르렁거리는 사이가 된 것이다.

한참을 노려보던 던베인이 싸늘한 목소리로 물었다.

"오늘은 제복을 입었구려. 꽤 불편해 보입니다?"

볼프 역시 리카이엔의 호위를 위해 제복을 입고 대기하고 있었던 것이다. 율리아는 파트너 겸해서 호위를 위해 연회장 안으로, 볼프는 밖에서 대기하는 역할이었다.

"크흐, 말이라고 하슈? 얼른 벗어 던지고 싶수다."

"보아하니 프로커스 백작님의 호위를 위해 따라가는 모양인데… 그렇게 불편해서 제 역할이나 할 수 있겠습니까?"

"걱정마슈. 적어도 겉멋 챙기다가 뒈지게 맞을 정도는 아니니까."

"뭐, 그렇다면 다행이군요. 일 생겼을 때 엉뚱하게 우리 백작님까지 위험에 처하게 할 일은 없을 테니 말입니다."

"호오, 나하고 같은 생각을 한 모양이요?"

"그래도 너무 걱정마십시오. 함께 수도까지 온 그간의 정을 생각해서 위험할 때 꼭 도와줄 테니 말입니다."

"흐흐흐, 괜히 도와주겠다고 나섰다가 뒤에서 칼침 찌르는 건 아니겠지?"

"기사는 그런 비겁한 짓은 하지 않는 법이라는 걸 모르시는 모양이군요?"

"기사도 목 날아가면 죽는다는 건 모르는 모양인데?"

어느새 본래의 모습을 잃고 직접적으로 으르렁대는 던베인과 볼프의 모습에 불안에 떨고 있는 사람은 바로 톰과 잭이었다.

하지만 여기서 끼어들었다가는 뭔가 아주 불행한 일이 일어날 것 같다는 생각에 섣불리 끼어들지 못하고 있는 것이다.

그때 저택 문이 열리며 리카이엔과 카이스 그리고 그 뒤에 율리아가 밖으로 나왔다.

"준비는 됐는가?"

카이스의 말에 급히 자세를 고친 던베인이 대답했다.

"예, 이제 출발하시면 됩니다."

두 사람이 황급히 마차를 향해 달려가고, 리카이엔과 카이스, 율리아가 뒤를 따랐다.

"아참, 네 파트너는?"

"파트너는 무슨… 난 현지 조달이다."

"훗, 그래?"

"그렇다니까. 어서 타기나 해라."

세 사람이 마차에 오르고 볼프와 던베인이 말을 타고 호위하듯 좌우에 섰다. 그리고 뒤이어 천천히 마차가 움직였다.

마차가 출발하자마자 카이스가 자랑하듯 말했다.

"아참, 나도 오늘 왕궁에 갔다 왔다."

"응? 설마 너도 같은 이유냐?"

"그렇더라."

"그래서?"

"뭐, 그냥 정중히 거절하고 왔지."

그 말에 리카이엔이 조금 놀란 표정으로 카이스를 보았다.

"왜?"

"너도 거절했다며?"

"나야 찝찝한 것도 있지만, 개인적으로 거슬리는 일이 있어서 그렇고. 넌 별로 그럴 것도 없잖아."

"니가 거절했다며. 괜히 내가 엮였다가 너하고 불편한 지경
까지 갈 것 같더라."

"이런, 미친놈."

Chapter 6.

연인들

넓은 홀. 잔잔한 음악이 흐르고 그 사이로 사람들이 느리게 움직인다. 사람들은 홀의 가장 자리에 삼삼오오 모여서 작은 목소리로 이야기를 나눈다. 향기로운 술과 은은하게 후각을 자극하는 맛있는 음식들.

도번 후작의 일흔 번째 생일을 축하하기 위해 마련된 연회였다.

왕국 어디서나 볼 수 있는 흔한디흔한 연회장의 광경. 하지만 자세히 들여다보면 어딘지 모르게 묘한 분위기가 흐르고 있었다. 그리고 홀의 한가운데에서 춤을 추는 사람은 단 한 명도 보이지 않는다.

홀의 정면에 있는 좌우 계단을 통해 올라가는 높은 대. 그 대를 중심으로 좌우로 극명하게 나뉘어 서 있는 사람들 때문이다. 그리고 그렇게 갈라져 있는 사람들 사이에는 겉으로 드

러나지는 않지만 누구나 느낄 수 있는 냉랭한 기운이 감돌고
있었다.

이 연회장에는 브렌 왕국의 정계의 거대한 두 축인 아이젠
백작 일파와 로몬 백작 일파가 모두 모여 있기 때문이다. 왕국
의 큰 어른인 도번 후작의 생일이 아니었다면 절대 한자리에
모일 리가 없는 이들이, 같은 장소에 모이니 그 분위기가 좋을
수가 없는 것이다.

정면을 바라볼 때 오른쪽이 아이젠 백작 일파, 왼쪽이 로 몬
백작 일파였다. 그리고 그렇게 자기들끼리 모여 나누는 대화
내용은 뻔했다.

"요즘 들리는 소문으로는 폐하와 여우 백작 사이가 꽤 냉랭
하다지?"

"저도 그 소문은 들었습니다. 조금 늦은 감은 있지만, 폐하
께서 이제야 여우 백작의 검은 속을 알아차리신 것 아니겠습
니까?"

"그렇겠지. 왕국의 앞날을 생각한다면 참으로 다행스러운
일이 아닐 수 없어."

"후후, 조만간 꼬리를 늘어뜨린 여우를 구경할 수 있겠군
요."

로몬 백작 일파의 세 귀족이 작은 목소리로 나누는 대화였
다. 다른 곳에서 나누는 대화의 내용도 역시나 비슷하다.

"최근 서로 뜻이 조금 어긋난 정도를 가지고 저들이 아주

기고만장하군요."

"그러게 말일세. 원래 국가의 중대사란 그렇게 다른 의견이 만나서 더 좋은 방향을 도출하는 것인데 말이야……."

"옳은 말씀입니다. 하긴 저들이 무얼 알겠습니까? 그저 폐하께서 자신들을 보아 주지 않는다는 이유로 옹졸하게 편을 가르는 이들이 말입니다."

"식견이 낮은 자들의 공통점이지."

아이젠 백작 일파가 모인 곳에서 나오는 이야기도 역시나 상대방을 비하하는 내용이다.

그때 연회장의 문 앞에 서 있던 시종이 큰소리로 외쳤다.

"프로커스 백작, 그론스트 백작 입장입니다!"

수군거림으로 가득하던 연회장이 한순간 정적에 감싸였다. 한 사람은 영지 단위로 따질 때 브렌 왕국에서 가장 돈이 많은 것으로 알려진 그론스트 백작이고, 또 한 사람은 몰락 직전에서 갑자기 한 주(州)의 실권자로 떠오른 강자. 게다가 두 사람 모두 아직까지 어느 쪽에도 속하지 않은 중도 세력. 단숨에 사람들의 시선을 모으기에는 충분한 배경이었다.

특히 리카이엔을 향한 관심은 대단했다. 그론스트 백작가야 예전부터 강한 힘을 지닌 가문이었지만, 프로커스 백작가는 새롭게 강자로 떠오른 가문이었던 것이다. 그것도 로베이노스 주에서는 꽤 막강한 힘을 가지고 있던 리온 자작을 물리치면서 부각되었기 때문이 그 정도가 더했다.

리카이엔 스스로도 모르는 사이에, 그는 브렌 왕국 귀족계의 큰 관심을 받고 있었던 것이다.

커다란 연회장의 문이 조용히 열리는 순간.

"아아~"

"호오~"

여기저기서 탄성이 터져 나왔다. 그리고 탄성은 모두 연회장에 있는 귀부인 혹은 귀족가 영애들의 목소리.

어지간한 미녀도 옆에 서면 그 미모가 빛이 바랠 정도로 아름다운 은발의 미남자. 그리고 당당한 체격에 남성미가 물씬 풍기는 쾌남아. 탄성이 나오지 않는 것이 이상할 정도였다.

"쯧, 이거 뭐 구경거리도 아니고……."

자신들에게 쏠린 시선이 불편한 듯 리카이엔이 구시렁거렸다. 그 말에 카이스가 장난기 가득한 목소리로 말했다.

"난 네 옆에 있는 바람에 비교 되서 좀 더 기분이 찝찝한데? 이럴 거 알면서도 내가 왜 같이 왔을까?"

"그럼 이제부터라도 떨어져 있을까?"

"크크, 나쁘지는 않은 생각인데… 그러면 심심해 죽을지도 모른다."

"그럴지도 모르겠군."

"아무튼 네 옆에 있는 건 좀 곤욕이라는 정도만 알고 있어라."

그때 리카이엔 왼쪽 뒤에 서 있던 율리아가 작은 목소리로 구시렁거렸다.

"제가 제일 죽을 맛이거든요!"

그러자 카이스가 뒤통수를 긁적이며 중얼거렸다.

"하긴, 그것도 그렇겠네."

세 사람이 안으로 들어서자 연회장의 문이 닫히고, 시종 하나가 와인 잔이 놓여 있는 쟁반을 들고 두 사람 앞으로 쪼르르 달려왔다.

리카이엔과 카이스가 잔을 들자, 다른 시종이 두 사람의 잔에 붉은 와인을 따른다.

리카이엔이 와인이 담긴 잔을 살짝 흔들며 물었다.

"그나저나 우린 어느 쪽으로 가야 하나?"

언뜻 봐도 극명하게 갈라져 있는 두 무리의 귀족들. 카이스가 좌우를 훑어본 후 대답했다.

"글쎄다? 오른쪽은 아이젠 백작 쪽이고, 왼쪽은 로몬 백작 쪽인데……."

귀족들은 두 사람에게서 시선을 돌린 채 원래의 이야기를 나누고 있었다. 하지만 곁눈질로 연방 이쪽을 흘끔거리는 것이 어디로 갈지 많이들 궁금한 모양이었다.

잠시 망설이던 카이스가 뭔가 결심한 듯 말했다.

"내가 최고의 자리로 안내하마. 따라와."

그리고는 성큼성큼 걸음을 옮긴다. 정면의 높은 대 아래에 있는 의자들이 있는 곳. 좀 더 정확하게는 그 의자에 앉은 사람들 중, 가운데 앉아 있는 금발의 여인을 향해서. 반듯하게 빗어 내린 금발과 영롱한 에메랄드 빛 눈동자가 절묘한 조화를 이루어 내는 청순한 얼굴의 미녀였다.

텅 비어 있는 홀의 중앙을 가로지른 카이스가 도착하자 문제의 여인이 몸을 일으키고, 카이스가 정중하게 인사를 건넸다.

"초대해 주셔서 감사합니다. 레이디 아네스."

아네스라 불린 여자가 살짝 허리를 숙이며 답했다.

"어려운 걸음 해 주신 것에 대해 할아버지를 대신해 감사의 인사를 드려요."

카이스가 어색하게 서 있는 두 사람을 소개했다.

"리카이엔, 이쪽은 도번 후작의 손녀이신 레이디 아네스. 그리고 아네스 양, 이쪽은 프로커스 백작입니다."

리카이엔이 정중하게 인사를 했다.

"리카이엔 프로커스입니다. 귀한 자리에 초대해 주셔서 감사합니다."

"별말씀을요. 귀한 분을 모시게 되어 영광입니다."

그리고 카이스가 얼른 다시 끼어들었다.

"아네스 양, 후작님께서는 아직 안 나오신 모양이군요?"

"손님들이 다 도착하지 않았거든요."

다시 한 번 연회장을 훑어본 카이스가 고개를 끄덕이며 말했다.

"그러고 보니 가장 거물인 두 사람이 안 왔군요?"

"정확하게는 세 사람이랍니다."

"세 사람?"

카이스의 반문에 아네스가 싱긋 웃으며 말했다.

"네, 그론스트 경께서 말씀하신 그 두 사람과 브레튼 왕자 전하께서 아직 오지 않으셨어요."

"흐음, 왕자 전하까지 오십니까?"

"그 외에 오대 대신들께서도 참석하신다는 연락을 받았답니다."

"오대 대신들도요? 역시 도번 후작님의 인망이 대단하십니다."

"호호, 별말씀을요. 그저 오랜 세월 왕실에 봉사한 덕분이지요."

도번 후작.

젊은 시절, 그러니까 현 국왕이 아직 왕자의 신분이었을 때 그의 교육을 총괄한 왕사(王師)였고, 은퇴한 후에도 현 국왕의 자문으로 활동하고 있는 노귀족이었다.

게다가 특별히 세력을 만들지도 않음은 물론 그 담백한 성격 덕분에 많은 귀족들의 존경을 한 몸에 받는 정계의 실력자이기도 했다. 물론 그 존경 뒤에는 여러 가지 많은 생각들이 숨어 있기는 했지만 말이다.

'흐음, 그런 거였나?'

서로를 바라보는 너무나도 애틋한 눈빛. 여성을 대하는 일이나 남녀 사이의 일에 꽤나 무관심한 리카이엔도 단번에 눈치챌 정도로 두 사람의 표정은 너무 노골적이었다.

그때 리카이엔 쪽으로 슬쩍 눈짓을 하는 카이스. 그리고 그 모습을 본 리카이엔의 얼굴에 싸늘한 미소가 떠올랐다.

'이 자식……'

자리 좀 피해달라는, 좀 더 노골적으로 말하면 얼른 꺼지라는 눈빛이었다. 가끔 리카이엔 쪽으로 향하는 아네스의 시선이 꽤나 불안한 모양이었다.

'두고 보자.'

슬며시 걸음을 옮기는 리카이엔의 미소에 언뜻 살기가 내비쳤다. 그것을 목격한 카이스의 얼굴에 흠칫한 표정이 떠올랐지만, 거기에 신경 쓰기에는 눈앞에 있는 아네스가 너무 사랑스러웠다.

그 자리를 벗어난 리카이엔이 향한 곳은 연회장의 벽에 있는 여러 개의 작은 발코니였다. 어차피 어느 쪽에 가도 묘한 시선이 집중될 것이 뻔하기 때문에 사람 없는 곳에서 바람이라도 쐬는 것이 좋겠다고 생각한 것이다.

리카이엔이 움직이자 그의 앞에 있던 사람들이 저도 모르게 주춤거리며 뒷걸음질을 쳐 길을 만들어 준다. 하지만 그런 리카이엔을 보는 눈빛은 모두 제각각이다.

나이가 많은 귀족들은 리카이엔을 자신의 세력으로 끌어들이기 위해 아주 큰 호감을 담은 눈빛을, 젊은 귀족들이나 귀족가의 자제들은 질시 어린 눈빛을, 그리고 귀부인들이나 영애들은 애정을 듬뿍 담은 눈빛을.

보통 그 정도로 다양하고 많은 시선을 한 몸에 받게 되면 저도 모르게 위축될 법도 하다. 하지만 리카이엔은 그 수많은 시선들을 완전히 무시한 채 발코니를 향해 똑바로 걸었다. 그리고 발코니 안으로 들어서자마자 홀과 연결된 문을 완전히 닫아 버렸다.

"후우~ 괜히 왔나? 응?"

손에 들린 와인을 한 모금 넘기며 중얼거리던 리카이엔이 함께 온 율리아 쪽으로 시선을 돌리다가 고개를 갸웃거렸다. 율리아가 뭐가 그리 곤란한지 난감하면서도 울 것 같은 표정을 짓고 있었던 것이다.

"왜 그러냐?"

"눈빛에 죽는 사람이 생긴다면 제가 아마 최초가 될 걸요?"

사람들 사이를 지나오는 동안, 수많은 여자들의 질투에 가득한 눈빛을 받았기 때문이다. 아니, 눈빛만이 아니었다. 자칭 귀족이라는 사람들의 입에서 나온 말이 맞는지 의심이 들 정도로 천박하고 음탕한 이야기까지 들려왔다.

원래 독불장군의 성향이 강한 리카이엔은 그 모든 말을 가볍게 무시할 수 있었지만, 율리아는 그게 힘들었던 것이다.

"뭐, 그냥 그러려니 해라."

"백작님은 그게 마음대로 되지만 저는 안 되거든요?"

"그래도 니 덕에 다가오는 사람이 없으니 다행인 거지."

하지만 리카이엔의 생각이 틀렸다는 것은 금세 판명이 났다. 누군가 문을 두드린 것이다. 그리고 천천히 문이 열리며 젊은 남자가 조심스럽게 안으로 들어왔다.

연회장의 발코니는 보통 두 가지 용도로 쓰인다. 연인들이 공개적이면서도 은밀하게 밀어를 속삭이거나, 귀족들이 비밀스러운 이야기를 주고 받는 곳이다. 그렇다는 말은, 닫혀 있는 발코니의 문을 허락도 없이 열고 들어오는 것은 크나큰 결례. 당연히 리카이엔의 표정이 싸늘하게 굳었다.

"누구요?"

리카이엔의 물음에 안으로 들어온 젊은 남자가 인사를 하며 말했다.

"폴덴바인 백작가의 장남인 루딜이라고 합니다. 프로커스 경께 꼭 드릴 말씀이 있어 결례인 줄 알면서도……."

"결례인 줄 알면 안 하는 게 맞는 것 같은데?"

"그 점에 대해서는 정말 죄송하게 생각합니다. 하지만 정말 꼭 드리고 싶은 이야기가 있어……."

루딜 폴덴바인은 정말이지 간절한 표정을 짓고 있었다.

폴덴바인 백작. 로몬 백작 일파의 2인자로서 정계에 영향력이 적지 않은 실력자였다. 그런 폴덴바인 백작의 아들이 무슨 일로 이러는지 궁금해진 리카이엔이 조용히 물었다.

"그래, 무슨 일이오?"

여전히 굳은 표정이었지만 어쨌든 허락을 받았다는 사실에 루딜이 반색을 하며 말했다.

"실은 프로커스 경의 여동생인 세이나 프로커스에 관한 말입니다."

"음?"

리카이엔의 얼굴에 잠시 당황한 기색이 떠올랐다. 다른 일도 아니고 세이나의 이름이 나왔으니 놀랄 수밖에.

"실은 세이나 양과는 왕립 아카데미에서 3년을 함께 보냈습니다."

루딜 폴덴바인. 왕립 아카데미에서 세이나에게 가장 많은 도전을 하고 가장 많은 패배를 맛본 그 루딜이었다. 그리고 여전히 세이나에 대한 마음을 잊지 못해 지금의 사고를 친 것이다.

애써 침착을 되찾은 리카이엔이 고개를 끄덕이며 물었다.

"그런데 내 동생에게 특별히 문제라도 있는가?"

"그런 것이 아니라……."

잠시 말끝을 흐린 루딜이 대단히 고민스러운 표정을 짓더니 갑자기 리카이엔의 손을 불쑥 잡으며 말했다.

"세이나를 열렬히 사랑하고 있습니다."

이번에도 역시나 예상치 못한 이야기. 리카이엔의 입에서 저도 모르게 실성이 터져 나왔다.

"응?"

"조만간 아버님께 말씀을 드려 청을 넣을 생각이지만, 우선은 그 형님이신 프로커스 경의 승낙이라도 받고 싶어서……."

'허!'

리카이엔은 물론 율리아까지 멍한 표정이 되었다. 묘하게 오빠에게 열렬한데다 왈가닥이기까지 한 세이나를 이토록 좋아하는 놈이 있다는 게 그저 신기할 따름이었다.

'뭐, 예쁘다면 예쁘기는 하지.'

동생이라서 하는 말이 아니라 그 성격만 제외하면 세이나는 확실히 아름다웠다.

'그래도 그 성격이 아카데미라고 해서 없어지지는 않았을 텐데…….'

가만히 생각해 보니 세이나의 왕립 아카데미에서의 생활에 대해서는 아는 것이 없었다. 하지만 영지에서와 크게 다르지는 않았으리라.

어쨌든 지금 중요한 건 눈앞에 있는 묘하게 이상해 보이는 루딜을 돌려보내는 것이다.

"으음, 뭐 루딜 공자의 그 마음은 알겠소만… 우리 가문의 가풍이, 본인의 의사를 가장 중요하게 생각하는지라……."

"예, 그거야 당연한 일이지요. 해서 요즘도 밤낮없이 검술을 수련하고 있습니다."

"검술? 그게 무슨……."

"세이나 양의 말에 따르면 프로커스 백작가에서는 약한 사위를 원하지 않기 때문에, 검술로 자신을 이겨야만 인정받을 수 있다고 들었습니다."

결국 리카이엔은 할 말을 잃었다. 아이젠 백작 일파와 로몬 백작 일파가 모두 모이는 자리라기에, 정황도 살필 겸 해서 참석한 연회였다. 그런데 전혀 생각지 못한 이야기를 연달아 들으니 정신이 멍해져 버린 것이다.

겨우 정신을 수습한 리카이엔이 속으로 다짐했다.

'영지로 돌아가면 체력 훈련 석 달이다!'

그리고 그런 리카이엔의 표정을 본 율리아가 저도 모르게 눈을 질끈 감았다.

'세이나 아가씨… 큰일 나셨어요…….'

어쨌든 지금의 사태는 수습을 해야 했다.

"허, 세이나의 검술이 좀 수준 급이기는 하지."

세이나의 말이 맞다고 할 수도 없어 대충 얼버무렸다. 그리고 이 묘하게 푼수같은 루딜이 크게 고개를 끄덕이며 그의 말을 받았다.

"어려서부터 오빠인 프로커스 경의 지도를 받았다고 들었습니다. 나중에 기회가 된다면 제 검술도 한 번 지도해 주십시오."

"그, 그러시오. 아무튼, 내 승낙보다는 세이나와 이야기를 먼저 하는 것이 좋을 것 같소."

이 푼수끼 넘치는 공자에게 세이나를 시집보내기는 웬지 싫었다. 물론 그래도 세이나가 좋다면 어쩔 수 없는 일이지만, 세이나 역시 루딜에게 특별히 마음이 있을 것 같지는 않다. 그러니 이런 식으로 얼버무리는 것이 가장 좋은 방법이었다. 하지만 루딜은 넘치는 푼수끼와는 달리 꽤나 강적이었다.

"물론 그래야지요. 해서 조만간 한 번 프로커스 백작령을 방문하고 싶은데, 괜찮겠습니까?"

"방문… 말이오?"

'질긴 놈!'

리카이엔은 속으로 이를 부득부득 갈면서도 또다시 고민에 잠겼다. 영지에 방문하겠다는 청을 거절할 마땅한 이유가 떠오르지 않았던 것이다. 아무래도 너무 놀라운 일을 연달아 겪는 바람에, 잠시 머릿속에 멍해진 모양이었다.

그때, 그런 리카이엔을 구해준 사람이 있었다.

"잠시 실례해도 될까요?"

간드러지는 듯한 여자의 목소리. 루딜의 난입(?)으로 인해 다른 사람도 들어올 여지가 만들어진 것이다. 다른 때였다면 당연이 실례는 하면 안되는 것 아니냐고 물어봤을 테지만, 지금 만큼은 어떤 실례든 환영하고픈 마음이었다.

리카이엔이 슬쩍 루딜에게 시선을 돌리며 짐짓 난감한 표정을 지어 보였다. 그리고는 슬쩍 고개를 돌리며 고개를 끄덕이려는 찰나.

루딜이 고개를 홱 뒤로 돌리며 말했다.

"레이디 제인, 지금 이야기 중인 게 안 보이는 겁니까? 실례인 줄 알면 안 해야죠."

방금 전 리카이엔에게 애걸을 할 때와는 전혀 다른 살벌한 눈초리. 옆에 있던 율리아가 움찔할 정도로 사나운 기세였다. 그리고 제인이라 불린 영애가 루딜의 기세에 사색이 되어 뒷걸음질 쳤다.

"아, 죄, 죄송……."

그 모습을 지켜본 율리아가 문득 엉뚱한 쪽으로 신경이 쏠렸다.

'으흐흐, 백작님을 꼼짝 못하게 만드는 사람도 있네…….'

방금 사람들 사이를 지나오면서 받은 무시무시한 눈빛과 입방아에 시달린 복수를 대신해 주는 것 같은 느낌에 묘한 쾌감까지 느낄 정도였다.

'허, 세이나! 어쩌다가 이런 놈이 들러붙어서는… 석 달로 안 되겠구나!'

이 자리에 있지도 않은 애꿎은 세이나를 향해 눈을 부라린 리카이엔이 표정을 가다듬으며 말했다.

"아까 폴덴바인 백작가의 장남이라고 했소?"

마음 같아서는 이대로 끌고나가 흠씬 패 주고 싶었지만, 그랬다가는 영지전이 벌어질지도 모를 일이기에 애써 마음을 다스렸다.

"그렇습니다."

"그렇다면 아마 폴덴바인 백작가의 후계자 신분인 것 같은데……."

"예, 올해부터 아버지께 여러 가지를 배우고 있지요. 이 정도면 특별히 세이나에게 부족한 조건은 아니라고 생각합니다."

루딜은, 리카이엔이 무슨 말을 할 것인지도 모른 채 신이 나서 말했다. 그런 루딜을 향해 리카이엔이 정색을 하며 말했다.

"공자가 후계자의 신분이라면, 공자의 부인 될 사람 역시 가문의 안주인이 된다는 뜻이 아니오? 세이나가 그런 중요한 자리를 감당할 수 있을지 걱정이 되오. 게다가 오라비가 된 입장으로, 세이나를 그런 힘든 곳에 시집보내는 건 마음이 좋지 못하다오. 공자 역시 후계자의 신분이니 가문의 안주인이라는 자리가 감당하기 쉬운 자리가 아니라는 것은 잘 알지 않소?"

이쯤 되면 명백한 거절이다. 이런 이야기를 듣고도 구애를 한다면 아주 눈치가 없다고밖에 볼 수 없었다. 그리고 리카이엔은 평소 눈치 없는 건 사람 취급도 안 해준다는 주의였다. 하지만 루딜은 리카이엔의 생각보다 훨씬 더 강적이었다.

리카이엔의 말에 한참을 고민하던 루딜이, 무언가 큰 결심을 한 듯 잔뜩 힘이 실린 목소리로 말했다.

"그렇다면 후계자의 지위를 반납할 수도 있습니다."

"헉!"

옆에서 듣고 있던 율리아가 상황도 잊은 채 비명을 터뜨렸다. 다른 것도 아니고 후계자의 지위를 반납하겠다니. 하지만 리카이엔도 루딜도 그녀에게 뭐라고 하지 않았다. 그 정도 반응도 보이지 않는다면 섭섭할 만한 내용이기 때문이다.

아니, 리카이엔은 율리아가 비명을 터뜨렸는지도 모를 정도로 잠시 정신이 멍해져 있었다.

'뭐 이런 놈이……'

이놈은 확실히 미쳤다. 세이나에게 완전히 미쳐 있었다. 그렇지 않고서야 저런 얘기를 이렇게 당당하게 말 할 수는 없다. 솔직하게 말해서 리카이엔은 감탄하고 있었다.

'정말 대단한 놈이군!'

하지만 단지 그것뿐. 아무리 대단하다고 세이나의 짝으로 이런 녀석을 인정할 생각은 눈곱만큼도 없었다.

확실하게 마음을 먹은 리카이엔이 크게 심호흡을 한 후 진지한 목소리로 말했다.

"아무리 생각해도 내 생각은 중요하지 않은 것 같소. 그러니 나중에 영지로 돌아가면 세이나와 이야기를 해 볼 테니, 제대로 된 이야기는 그 후에 생각해 보는 것이 좋을 것 같소."

하지만 루딜은 꽤 질겼다.

"물론 세이나의 마음이 가장 중요하다는 건 알고 있습니다. 하지만 프로커스 경의 승낙, 그리고 인정을 받는 것도 매우 중요한 일이라고 생각합니다."

그리고 리카이엔을 살피던 율리아가 뭔가 잘못 돌아가고 있다는 것을 느꼈다.

'이거 좀 위험한데…….'

리카이엔의 표정이 조금씩 일그러지고 있었던 것이다. 이 상태에서 조금만 더 정도가 지나칠 경우, 그 다음에 무슨 일이 일어날지 상상조차 하기 싫었다.

물론 지금까지 리카이엔이 짜증을 내는 모습을 본 적은 없었다. 화를 냈으면 냈지 짜증스러운 반응을 보인 적은 단 한 번도 없기 때문이다. 하지만 화를 내는 것이나 짜증을 내는 것이나 크게 보면 비슷한 감정.

'안 되겠다.'

율리아는 어떻게든 사태를 수습해야겠다는 생각에 조심스럽게 앞으로 나섰다. 화가 폭발한 리카이엔이 얼마나 무서운지 똑똑히 알고 있기 때문이다.

그때였다.

"이놈, 여기서 무얼 하는 것이냐!"

갑자기 들려온 호통. 온 신경을 리카이엔의 반응에 쏟고 있던 율리아가 화들짝 놀라며 시선을 돌렸다. 그리고 루딜 뒤에 서 있는 한 중년 사내를 보았다.

루딜 역시 놀라기는 마찬가지. 급히 뒤를 돌아보다가 처음보다 더 놀란 표정으로 입을 외쳤다.

"아, 아버지!"

갑자기 나타난 사내는 다름 아닌 폴덴바인 백작이었던 것이다.

"갑자기 사라졌다 했더니 무얼 하는 게냐?"

폴덴바인 백작의 호통에 루딜이 힘겹게 어깨를 펴며 굳은 표정으로 입을 열었다.

"프로커스 경께 부탁할 일이……."

하지만 폴덴바인 백작은 굳은 표정으로 다시 한 번 호통을 칠 뿐이다.

"시끄럽다! 얼른 네 자리로 돌아가거라!"

그리고는 리카이엔을 향해 정중히 사과를 건넸다.

"폴덴바인 백작이오. 내 아들 놈이 결례를 범한 것 같은데… 아비 된 사람으로 대신 사과를 드리는 바요."

그 말에 리카이엔의 시선이 슬쩍 루딜을 훑었다. 그리고 루딜의 간절한 표정을 보았다. 그 표정이 무얼 뜻하는지는 너무나 분명했지만 리카이엔은 모르는 척 무시하기로 마음먹었다. 사실을 이야기했다가 엉뚱하게 세이나의 혼사 이야기가 오가는 건 싫었기 때문이다.

"결례라니요? 그렇지 않습니다. 자제분께서 검술에 관심이 많은데 저에게 물어보고 싶은 것이 있다며 찾아왔습니다."

폴덴바인 백작의 얼굴에는 의외라는 표정과 함께 흡족함이 떠올랐다. 물론, 루딜의 얼굴에는 잔뜩 실망감이 배었지만 말이다.

폴덴바인 백작이 다시 한 번 정중하게 말했다.

"하나 개인적인 시간을 방해한 것 같은데……."

그러면서 슬쩍 율리아를 향해 시선을 돌렸다. 그리고 그 모습을 본 리카이엔은 쓴웃음을 짓고 말았다. 남녀가 함께 발코니에 나와 있으니 밀회라도 즐긴 것이라 오해를 한 모양이었다. 그리고 그런 밀회를 너무 당연한 듯 이야기하는 모습에 왠지 입맛이 썼다.

어쨌든 저런 오해를 가만히 놔둘 수는 없는 법.

"하하, 오해하지 마십시오. 율리아는 제 휘하의 기사로, 오늘은 호위를 위해 동행한 것뿐입니다."

"아, 그렇구려. 내가 괜한 오해로 허언을 했소이다. 아무튼 아들놈이 큰 결례를 하지 않았다 하니, 그 말에 감사하는 바이오. 그럼 나중에 기회가 있다면 또 한 번 보도록 합시다."

"알겠습니다."

그때였다.

"아이젠 백작, 로몬 백작 입장입니다!"

문을 지키는 시종의 외침이 들려왔다. 드디어 두 세력의 수장들이 등장한 것이다.

보통 이런 연회의 자리에서는 지위가 높을수록 늦게 등장하는 법. 지금의 경우 아이젠 백작과 로몬 백작 두 사람이 서로의 동태를 살피던 끝에 결국 함께 입장하게 된 것이다.

천천히 문이 열리는 것을 확인한 폴덴바인 백작이 리카이엔을 향해 급히 인사를 했다.

"일이 있어서 이만 가 보겠소이다."

"예, 그러시지요."

폴덴바인 백작이 루딜을 끌고 급히 홀로 돌아가자, 리카이엔이 율리아를 향해 말했다.

"카이스 그 자식도 이제 대충 개인적인 얘기는 끝났겠지? 우리도 이만 돌아가기로 할까?"

"예, 백작님."

다시 사람들 사이를 가로질러 원래의 자리로 돌아가니, 카이스는 아직도 아네스와 다정하게 이야기를 하고 있었다. 그러다 다가오는 리카이엔을 발견하고는 반사적으로 인상을 찡그렸다. 하지만 리카이엔의 눈가에 감도는 은은한 살기를 감지하는 순간, 방긋 미소를 지으며 자리에서 일어났다.

"아, 리카이엔. 어디 갔었냐?"

능청스러운 말에 리카이엔은 한층 더 짙은 살기를 띠며 카이스의 옆자리에 앉았다.

"후후, 잠시 바람 좀 쐬고 왔지. 아직 얘기하던 중 아니냐?"

그 말에 아네스가 조용한 목소리로 대신 대답을 했다.

"아니에요. 그렇지 않아도 할아버지를 모시러 가야 할 참이었답니다. 그럼 두 분 이야기 나누고 계세요."

자리에서 일어난 아네스가 차분하게 걸음을 옮겨 안쪽으로 들어가고, 카이스가 그 뒷모습을 하염없이 바라보았다. 그리고 아네스의 모습이 시야에서 완전히 사라지고 난 후에야 리카이엔 쪽으로 고개를 돌렸다.

"이 치사한 놈. 좀 늦게 오면 큰일 나냐?"

하지만 카이스 덕분에 루딜이라는 찰거머리에게 한껏 괴롭힘을 당한 리카이엔이었다. 좋은 반응이 나올 리가 없다.

"이 자식, 덕분에 아주 좋은 꼴 당했다."

뭔가 이상하다고 느낀 카이스가 고개를 갸웃거리며 물었다.

"응? 그게 무슨 말이냐?"

물론, 세이나와 찰거머리 루딜의 이야기를 시시콜콜 이야기해 주는 것은 말이 안 되는 일. 리카이엔은 카이스의 질문을 무시한 채, 방금 안으로 들어온 아이젠 백작과 로몬 백작이 있는 쪽으로 시선을 돌렸다.

그러다 순간적으로 로몬 백작과 시선이 마주쳤다. 이미 은밀하게 거래를 하기로 약속한 두 사람은 아무도 눈치채지 못하게, 순간적으로 의미심장한 눈빛을 주고받았다. 그 후 리카이엔은 곧장 아이젠 백작 쪽으로 시선을 옮겼다.

"저 사람이 아이젠 백작인가?"

카이스가 고개를 끄덕이며 작은 목소리로 소곤거렸다.

"그렇지. 괜히 여우라는 별명이 있는 게 아니라고."

가느다랗고 날카롭게 치켜 올라간 눈꼬리와 좁은 하관이 확실히 여우를 연상시키는 얼굴이기는 했다. 그러다 리카이엔의 시선이 아이젠 백작 옆에 있는 사내에게로 향했다.

"저자는?"

"응? 아이젠 백작 옆에 있는 사내 말인가?"

"그래."

"도벨일세. 아이젠 백작의 심복이지. 꽤 머리도 좋고 수완도 좋다고 알려져 있어. 무서운 심계까지."

"저 남자가 바로 그 도벨이란 말이지……?"

카이스의 설명에 리카이엔이 날카로운 시선으로 도벨의 위아래를 훑어보았다. 그 모습을 이상하게 여긴 카이스가 고개를 갸웃거렸다. 도벨은 브렌 왕국 귀족계에서 모르는 사람이 없을 정도로 유명한 인물이다. 그런데 왜 갑자기 이런 관심을 보이는지 알 수가 없었다.

"왜 그래?"

"음, 왠지 분위기가 어디선가 본 것 같아서 말이야."

"그럴 리가 있나? 단, 한시도 아이젠 백작 곁에서 떨어지지 않는 놈인데."

"그럼 뭐 내 착각일 수도 있고."

그때 문을 지키고 있던 시종이 또 한 번 외쳤다.

"브레튼 왕자 전하 납시었습니다!"

그 소리를 들은 카이스가 저도 모르게 인상을 찡그렸다.

"음, 이제 올 사람은 다 온 셈인가?"

그런데 그 목소리에 왠지 모르게 불편한 기색이 가득했다. 이상하게 여긴 리카이엔이 카이스 쪽으로 시선을 돌리며 물었다.

"왜 그래?"

"응?"

"왕자님한테 뭔가 불만이 있는 것 같은데?"

"아, 아니야. 뭐, 그냥……."

그 사이 문이 열리며 탁한 금발 머리의 청년이 모습을 드러냈다.

"호오, 국왕 폐하와 똑 닮으셨는데?"

"성격도 아주 빼다 박으셨지."

"그런데 우리 일어나야 되는 것 아니냐?"

"아, 맞다!"

두 사람이 자리에서 일어서는 사이, 브레튼 왕자가 홀 안으로 들어섰다. 그리고 그 뒤로 50대쯤으로 보이는 다섯 명의 귀족들이 따르고 있었다. 바로, 현 브렌 왕국의 국사를 담당하는 오대 대신들이었다.

홀 안에 있던 사람들 중, 아이젠 백작이 가장 먼저 나서며 왕자와 인사를 나누었다. 그리고 다른 귀족들 역시 분분히 고개를 숙이며 왕자를 맞이했다.

그리고 홀의 정면 계단 옆에 있는 문이 열리며 누군가가 모습을 드러냈다.

오늘의 주인공인 도번 후작이었다.

"드디어 시작하는군."

본의 아니게, 게다가 성격에 어울리지도 않게 루딜에게 시달렸던 리카이엔이 뭔가 한숨 돌렸다는 표정으로 중얼거렸다.

그리고 카이스가 피식 웃으며 말했다.

"이제부터가 재미있겠지?"

Chapter 7

연회장에서 일어날 수 있는 뻔한 일

"보잘것없는 늙은이의 생일에 이렇게 많이들 찾아와 주어 감사를 드리는 바요. 특히, 어려운 걸음을 해 주신 왕자 전하께 고개 숙여 감사의 인사를 올립니다. 늙은이가 말이 길어봐야 크게 쓸모도 없을 터, 다들 어려운 걸음을 하셨으니 즐거운 시간 보내기 바랍니다."

연회장 정면의 높은 대에 올라간 도번 후작이 사람들을 향해 담담한 목소리로 말했다.

도번 후작은 하얗게 샌 머리에 차분하게 가라앉은 눈매의 전형적인 학자풍의 노인이었다. 리카이엔은 얼굴 가득 자리 잡은 주름과 차분한 두 눈 안에 담겨진 깊은 경륜을 느낄 수가 있었다.

리카이엔과 나란히 서 있던 카이스가 나지막한 목소리로 물었다.

"역시 모든 귀족들의 존경을 한 몸에 받는 분답지 않냐?"

"응?"

"안 보이냐? 왠지 모르게 온몸에서 뿜어져 나오는 저 헌기가 말이다."

리카이엔이 카이스를 향해 어처구니없다는 눈빛을 던졌다. 그리고는 씹어뱉듯 말을 던졌다.

"지랄도 좀 정도껏 해라."

"뭔 소리야?!"

"쯧쯧, 알고 보니 너도 루딜 그놈이랑 똑같은 놈이구나."

적어도 리카이엔의 눈에는 그렇게 보였다. 여자 때문에 앞뒤 상황 따지지 않고 들이대는 놈이나, 조용히 머릿속의 생각을 쫓아내는 놈이나 똑같아 보이는 것이다.

리카이엔의 말에 카이스가 고개를 갸웃거리며 물었다.

"응? 루딜? 루딜 폴덴바인?"

"그래, 루딜 폴덴바인."

리카이엔은 분명 욕이라고 한 말이었는데, 카이스의 반응은 전혀 다르게 나왔다.

"후후후, 그놈이 좀 잘난 놈이기는 하지. 그래도 인마, 그놈이 카이스 같은 놈인 거지, 내가 루딜 같은 놈인 건 아니잖아."

피식 웃으며 꽤 즐거워하는 것이 아닌가.

전혀 예상치 못한 반응에 리카이엔이 저도 모르게 두 눈에 힘을 주었다.

"뭐?"

"루딜 폴덴바인 같은 놈이라며?"

"그래."

"모르냐? 머리 좋지, 얼굴 반반하지, 몸 좋지, 검술 훌륭하지, 정치 감각 뛰어나지. 뭐 하나 빠지는 게 없는 놈이잖냐."

"그, 그게 무슨……."

당황한 리카이엔이 말까지 더듬으며 물었다. 그가 본 루딜 폴덴바인은 여자에 빠져 앞뒤 상황 재지 않고 무조건 들이대는 푼수일 뿐이다. 그런데 이런 평가가 나오니 놀라지 않을 수 없는 것이다.

리카이엔의 반응에 카이스가 고개를 갸웃거리며 물었다.

"나 보고 루딜 같은 놈으로라며? 도대체 루딜에 대해서 어떻게 알고 있는 거냐?"

"여자한테 빠져서 세상천지 분간 못하고 나대는 푼수 같은 놈."

"응? 에이~ 설마!"

"내가 지금 농담하는 얼굴로 보이냐?"

리카이엔이 살짝 표정을 굳히며 말하자, 카이스가 뒤통수를 긁적이며 말했다.

"그럴 리가 없는데……."

반응을 보아하니 진짜인 모양이다. 리카이엔의 시선이 서서이 율리아에게로 향했다.

"어떻게 생각하나?"

"저, 저도 백작님과 비슷하게 생각했는데요?"

"흐음……."

리카이엔은 오직 자기 눈으로 본 것만 믿는 독선적인 성격은 아니었다. 하지만 아무리 생각해도 아까 본 루딜과 지금 들은 루딜은 매치가 되지 않았다.

'동명이인은 아닐 텐데…….'

성까지 같은 걸 보면 그럴 리는 없었다.

"아……."

루딜에 대해서 생각을 하니 갑자기 머리가 지끈거리는 느낌이 들었다. 리카이엔은 살짝 고개를 내저으며 머릿속의 생각들을 떨쳐 냈다.

그 사이 도번 백작이 계단을 내려와 연회장 안으로 들어서고 있었다.

"전하께서 직접 걸음을 하실 줄은 생각지도 못했습니다. 별고는 없으신지요?"

도번 백작의 말에 브레튼 왕자가 옅은 미소를 지으며 고개를 끄덕였다.

"모든 일이 계획대로 진행되고 있는데 별일이야 있겠습니까? 모든 것이 도번 후작 덕분입니다."

"허허허, 별말씀을요."

편안한게 웃음을 터뜨리는 도번 후작을 향해 브레튼 왕자가 갑자기 진지한 표정으로 물었다.

"한데 일전에 말씀 드린 일은 생각해 보셨는지요?"

그와 동시에 도번 후작이 난감한 표정으로 힘겹게 입을 열었다.

"그것이… 아직 이야기를 못했습니다."

"그렇습니까? 하아, 저로서는 조금 아쉬운 일이군요. 저는 하루라도 빨리 일을 진행시키고 싶은 마음입니다. 아네스 양에 대한 제 마음은 도번 후작께서도 잘 아시지 않습니까?"

평생을 왕가를 위해 일해 온 도번 후작이다. 그 덕분인지 그의 손녀인 아네스 역시 왕궁을 자주 드나들었고, 왕가의 사람들과 만날 기회 역시 많았다. 그리고 그중 한 사람이 바로 브레튼 왕자였다.

어려서부터 함께 어울려 지내던 아네스가 어느 순간 친구가 아닌 여인으로 느껴지고, 그 과정에서 사랑이라는 감정이 싹트는 것은 꽤나 자연스러운 흐름이었다. 그런 자신의 마음을 전하기 위해, 브레튼 왕자는 이미 아네스와의 결혼에 대해 국왕에게 청을 올린 상태였다.

하지만 문제는 아네스였다. 그녀가 왕자에 대해서 느끼는 감정은 단순한 우정일 뿐이었다.

그리고 도번 후작은 그 사실을 알고 있었다. 더불어 아네스가 누구에게 마음을 주고 있는지도.

"허허허, 전하께서 이 늙은이를 난감하게 만드시기로 작정하셨나 봅니다."

"무슨 그런 말씀을요. 그리고 보니 아네스 양은 어디에 있습니까? 아까 함께 나오는 것을 보았는데……."

시선을 돌려 아네스를 찾던 브레튼 왕자의 눈이 한곳에 고정되었다.

아네스가 자기 나이 또래의 두 젊은 귀족과 함께 있는 것을 보았기 때문이다. 그리고 그중 한 명에게 특하나 더 맑은 웃음을 지어 보이는 것도.

"저자는?"

본 기억이 있다.

'카이스 그론스트 백작!'

동부 그론스트 백작령의 주인으로, 다방면에서 두각을 나타내는 것은 물론 수완이 좋은데다 성격까지 훌륭하다는 평을 받고 있는 젊은 귀족이었다.

"설마……."

브레튼 왕자가 불신 가득한 얼굴로 도번 후작을 보았다.

도번 후작은 저도 모르게 크게 심호흡을 했다. 그러지 않아도 오늘은 확실하게 거절 의사를 표시하려고 했었다. 사실, 계단을 내려오면서 아네스를 그론스트에게 보낸 것도 의도적인 일이었다.

"전하의 마음을 모르는 바는 아니나… 아네스는 꽤 오래전부터 그론스트 백작에게 마음을 주고 있었습니다. 소신이 진작 말씀을 올리려 했으나……."

도번 후작이 사정을 말하려 했으나, 브레튼 왕자가 그의 말을 끊었다.

"그리 설명하지 않아도 괜찮습니다. 그녀의 마음이 어떻든 제 마음이 변하지는 않으니까요. 어차피 아바마마께서 그녀와의 결혼을 흔쾌히 허락한 마당입니다. 조만간 정식으로 전갈을 드릴 생각이니, 향후 그론스트 백작과의 만남을 중지시키는 것이 좋을 것 같습니다."

브레튼 왕자는 조금의 여지도 없다는 듯 잘라 말했다. 사실 왕자비로 간택된 이상 그것을 거부할 수 없는 것은 사실이었다.

도번 후작이 곤혹스러운 표정으로 고개를 숙였다.

'이 정도였나?'

브레튼 왕자의 아네스를 향한 마음을 모르지는 않았지만, 어려서부터 많은 시간을 함께 보냈기 때문이라고 가볍게 생각하고 있었다. 많은 이성을 접해 보지 않았을 경우에는 당연히 그럴 수도 있기 때문이다.

그런데 지금 보니 왕자의 아네스에 대한 애정, 혹은 집착이 생각보다 과하다. 하지만 도번 후작은 아네스를 왕자비로 보낼 생각이 조금도 없었다. 한 나라의 왕비가 되는 여인들의 대부분의 삶이 불행하다는 것을 알고 있기 때문이다.

'일간 국왕 폐하를 한 번 찾아뵈어야겠군.'

평생을 왕궁에 봉사한 그였다. 그리고 단 한 번도 자신의 위치를 이용해 사리사욕을 채운 적도 없었다. 그런 도번 후작이 부탁을 한다면 국왕도 쉬이 거절하지는 못하리라.

그렇게 마음을 먹은 도번 후작이 정중하게 허리를 숙이며 말했다.

"말씀은 잘 알아들었습니다. 하지만 오늘은 이 늙은이의 생일이기도 하니 오늘 만큼은 못 본 척해 주셨으면 감사하겠습니다."

브레튼 왕자가 카이스를 찢어 죽이기라도 할 듯 사나운 시선으로 노려본 후 냉기가 풀풀 날리는 목소리로 말했다.

"알았습니다. 실례가 되지 않는다면 저는 이만 돌아가는 것이 좋겠군요."

도번 후작이 깊이 허리를 숙이며 말했다.

"소신이 모시겠습니다."

하지만 브레튼 왕자는 고개를 저었다.

"아닙니다. 그냥 조용히 나서는 것이 좋을 것 같습니다. 그리고 빠른 시일 내에 왕궁에서 뵈었으면 좋겠습니다."

"소신, 새겨들었습니다."

"그럼, 이만 물러가겠습니다."

싸늘한 목소리로 인사를 남긴 브레튼 왕자가 휙 하고 방향을 틀었다. 그리고 그런 왕자의 뒷모습을 보는 도번 후작의 표정이 한층 더 어두워졌다.

'쯧쯧, 고생 좀 하겠군.'

도번 후작과 브레튼 왕자의 모습을 지켜보고 있던 리카이엔이 속으로 혀를 찼다. 브레튼 왕자의 시선이 누구에게로 향하는지, 그리고 누구를 죽일 듯이 노려보았는지 똑똑히 보았기 때문이다.

그리고 카이스와 아녜스 역시 그런 왕자의 시선을 느꼈는지 어두운 표정으로 잠시 대화를 잊고 있었다.

잠시 그 모습을 지켜보던 리카이엔이 두 사람을 향해 말했다.

"두 사람은 이야기를 나누고 있으십시오. 저는 잠시 만날 사람이 있어서 이만."

그리고는 율리아를 향해 손짓을 한 후, 연회장 한가운데를 뚜벅뚜벅 가로질렀다. 동시에 모든 사람들의 시선이 리카이엔에게로 쏠렸다.

춤을 추는 무도회장인 홀의 가운데에 춤을 추는 사람이 없었기에, 그곳을 가로지르는 리카이엔의 모습이 눈에 띌 수밖에 없었던 것이다.

더군다나 리카이엔이 성큼성큼 내딛는 방향에 있는 사람이 아이젠 백작이었기에 더더욱 그럴 수밖에 없었다.

사람들의 시선을 따라 자신을 향해 걸어오는 리카이엔을 발견한 아이젠 백작의 얼굴에 어울리지 않게 당황스러운 표정이 떠올랐다.

그리고 리카이엔의 입가에 묘한 미소가 어렸다.

순식간에 거리를 좁혀 아이젠 백작 앞에 선 리카이에이 정중한 목소리로 말했다.

"처음 뵙겠습니다. 백작 리카이엔 프로커스입니다."

처음에는 당황스러워했지만 어느새 원래의 표정을 되찾은 아이젠 백작이 미소까지 지으며 인사를 받았다.

"프로커스 경의 이야기는 아주 많이 들었소. 그런데 나에게 특별히 할 말이라도 있는 거요?"

그리고 리카이엔이 고개를 끄덕이며 말했다.

"브렌 왕국 귀족들 중에서 가장 무서운 분이라는 아이젠 경을 한 번쯤 만나 보면 담력을 키우는 데 도움이 되지 않을까 하는 생각이 들어서 말이오."

아이젠 백작의 표정이 돌변했다.

누가 들어도 명백한 도발이었다. 게다가 말투 또한 평대였다. 물론 같은 작위를 가지고 있으니 예법에 어긋난다고 할 수는 없으나, 가능하면 연장자에 대해 말을 가려 주는 것이 관례였다. 그런데 그마저 무시한 채 도발적인 말을 뱉었으니 놀라는 것이 당연했다.

황급히 표정을 수습한 아이젠 백작이 짐짓 태연한 표정으로 물었다.

"담력 키운다고 했소?

"그렇소."

"그래, 그렇게 담력을 키워서 무얼 하려고 그러시오?"

농담처럼 말을 받아 주고는 있지만, 아이젠 백작의 머릿속은 더할 나위 없이 빠르게 움직이고 있었다.

'이 애송이가 이러는 이유가 뭐지?'

자기가 그러면 몰라도 정작 리카이엔은 자신에게 이럴 이유가 없었다. 큰 자금줄이었던 리온 자작이 영지를 뺏기는 바람에 여러모로 손해를 본 사람은 다름 아닌 아이젠 백작 자신이기 때문이다.

리카이엔이 노골적으로 도발적인 미소를 지으며 말했다.

"조만간 힘쓸 일이 생길 거라는 소문이 있어서 말이야. 그런 이야기 들어 본 적 없는 모양이지?"

리카이엔은 도발을 하는 걸로 모자라 말투까지 완전한 반말로 바꿨다.

아이젠 백작의 표정이 예리하게 변했다. 동시에 서릿발처럼 싸늘한 목소리로 말했다.

"힘쓸 일이라… 그 일이 무엇인지 무척이나 궁금하군."

"크크, 그렇겠지. 어때? 내가 그 궁금증을 풀어 줄 수 있는데 말이야."

"호오~ 그래? 그렇다면 어디 해 보아라."

"듣자 하니 조만간 국왕 폐하께서 용단을 내리실 것 같더란 말이지."

순간, 아이젠 백작의 눈썹이 꿈틀거렸다. 애써 냉정한 표정을 유지하고 있지만 꽤나 격한 반응.

"용단이라……."

아이젠 백작이 리카이엔의 말을 되뇌며 머릿속으로 급히 생각을 정리했다.

'그러고 보니 국왕 폐하가 이 애송이를 따로 불렀다고 했었지? 게다가 이렇게 자신 있게 이야기하는 걸 보면 무언가 언질을 받았다는 말인데…….'

끊임없이 개전론을 주장했었다. 그럼에도 불구하고 국왕은 아이젠 백작의 의견을 철저히 묵살해 왔다. 그런데 사실은 조용히 전쟁을 준비하고 있단다. 그리고 그것이 뜻하는 바는 단 하나였다.

'결국 나와 척을 지기로 마음을 정하셨습니까?'

아이젠 백작이 이 자리에는 없는 국왕을 향해 물었다. 그리고 직접 듣지는 않았지만 명확한 답을 알고 있었다.

백작의 반응을 살피는 동시에 리카이엔은 다른 쪽으로 기감을 펼치고 있었다. 그리고 미간에 잔뜩 주름을 잡으며 생각에 잠겼다.

'역시 이상해.'

리카이엔이 아이젠 백작을 도발한 것은, 연회에 참석하기로 마음먹은 순간 이미 계획하고 있던 일이다. 상대 세력이 있는 공개 장소에서 아이젠 백작의 상황을 알리는 동시에, 백작의 세력 안에 작은 동요를 심어 놓기 위해서였다.

그런데 연회장에 도착한 후, 묘하게도 리카이엔의 신경을 건드리는 것이 있었다. 바로 아이젠 백작의 심복이라는 도벨이었다.

분명 처음 보는 얼굴이다. 당연히 인상이나 분위기 또한 매우 낯설었다. 그런데도 이상하게 어디선가 보았다는 느낌이 계속해서 신경을 자극하는 것이다.

일단 신경이 쓰인 이상 확인해 보지 않을 수는 없는 법. 리카이엔은 계획대로 아이젠 백작을 도발하는 동시에, 모든 공력을 끌어 올려 기감을 돋우고 있었다. 그리고 그 기감은 오직 한 사람, 도벨을 향해 뻗고 있었다.

가지고 있는 모든 감각을 무시하고 머릿속의 기억은 완전히 부정한 채, 오로지 기감에만 집중한 상태로 도벨을 살폈다.

'응? 이건······.'

여전히 그가 주는 그 묘한 느낌의 정체를 밝히지 못했다. 하지만 의외의 수확을 얻었다.

마나였다.

강한 반탄력을 가진 마나의 벽이 리카이엔이 퍼뜨리고 있는 기감을 밀어내고 있었다. 도벨은 마치 마나로 만든 막을 뒤집어쓰고 있는 것 같은 상태였다. 그리고 그것이 리카이엔의 신경을 건드린 것이다.

그리고 그것 외에 한 가지.

'음? 이놈은 뭘 노리는 거지?'

사람의 감정은 몸과 별개가 아니다. 기쁘면 웃게 되고, 슬프면 운다. 그 외에 기분이 나쁘면 표정이 사나워지거나, 갑작스러운 일을 당하게 되면 저도 모르게 눈동자가 잘게 떨린다거나 하는 것이 바로 그 좋은 예이다.

그리고 가장 명확한 반응을 보이는 것은 다름 아닌 눈이다. 눈은 마음의 창이라는 말도 있듯이, 사람의 눈동자는 감정에 가장 직접적인 척도 중의 하나다.

그리고 기감을 확장할 경우, 오감의 감각 역시 극도로 예민해지는데 그 순간의 뛰어난 시력은 눈동자의 미세한 움직임까지 확인할 수가 있다. 물론, 그 눈동자의 반응이 실제로 어떤 감정의 표출인지까지는 알 수 없지만, 감정 변화의 유무 정도는 판단할 수 있다는 말이다.

그런데 도벨에게서는 그것이 보이지가 않았다. 자신의 주인이 젊은 귀족에게 우스운 꼴을 당하고 있는데, 도벨에게서는 아무런 감정의 변화도 느껴지지 않았기 때문이다.

표정으로는 리카이엔을 노려보는 기세가 심상치 않지만, 실제적인 감정의 변화는 없다는 뜻이다. 그 말을 거꾸로 풀어 보면, 아이젠 백작에 대해 별다른 감정이 없다는 뜻.

그리고 아이젠 백작은 자신에 대해 별다른 마음이 없는 인물을 심복으로 두고 있다는 말이다.

처음 목표했던 정도까지는 아니지만 도벨이라는 인물에 대한 예상 밖의 것을 알아냈다. 마나를 이용해 스스로를 보호할 수 있을 정도로 마나를 다루는 인물이라는 점과 주인인 아이젠 백작에게는 아무런 마음이 없다는 점. 어쨌든 어느 정도의 수확을 얻었으니 이제 남은 일은 아이젠 백작과의 대화를 마무리하는 것뿐이다.

큰 충격을 받은 마음을 재빨리 진정시킨 아이젠 백작이 리카이엔을 향해 말했다.

"폐하께서 나의 생각을 받아들이시기로 마음을 정하신 모양이군. 고맙구나, 덕분에 폐하의 의중을 알게 되었으니 말이야."

물론 사실이 아니다. 분위기로 봐서는, 국왕은 아이젠 백작을 밀어내기로 마음 먹은 것 같았다. 하지만 이 자리에는 로몬 백작 일파의 귀족들은 물론, 자신을 따르는 많은 귀족들이 있었다.

그런 곳에서 자신과 국왕의 엇갈림을 공표할 필요는 없었다. 일단은 이렇게 수습을 하는 것이 최선책.

'절대 죽을 수는 없다는 건가?'

꽤나 노련한 대응이었다. 하지만 리카이엔은 이대로 물러날 생각은 추호도 없었다. 어떻게든 아이젠 백작을 흔들어 놔야 했다.

"아하, 그런 거야? 그럼 어쩔 수 없이 당신이랑 친하게 지내야 한다는 말이잖아?"

"음?"

"폐하께서 당신이랑 나랑 화해를 시켜 주신다고 하더라고."

국왕과 나눈 꽤나 사적인 내용의 이야기였다. 그것을 이렇게 많은 사람들 앞에서 발설하는 것은 꽤 위험한 행동이었다. 하지만 리카이엔은 이미 이런 이야기까지 하기로 마음을 먹고 나온 것이다. 정확하게 말하자면, 여기까지가 리카이엔이 생각한 한계선이었다.

어쨌든 이미 마음을 먹고 왔으니 말을 하는데 거칠 것이 없었다. 그리고 리카이엔의 그런 발언에 아이젠 백작의 대응도 노련하다.

"내가 자네를 좋게 보는 것은 아니지만, 폐하의 입장에서는 나라의 기둥인 귀족들 사이에 불화가 생기는 것은 마음이 좋지 않으실 게 분명하니 그리 말씀하셨던 모양이군. 흐음, 폐하의 뜻이 그러하다면 따르는 것이 신하된 도리지. 일간 내 저택으로 한 번 찾아오도록."

"좋아. 기회가 닿는다면 한 번 방문하도록 하지."

그 말을 끝으로 리카이엔은 방향을 돌려 원래의 자리로 성큼성큼 걸음을 옮겼다. 그러면서 아주 잠깐 동안 이쪽을 향해 있는 로몬 백작과 시선을 마주쳤다. 그리고 서로 보이지 않게 고개를 끄덕였다.

"어어? 저 자식 왜 저래?"

카이스가 놀란 표정으로 리카이엔을 보았다. 그가 아는 리카이엔은 격식을 무시하고 자유분방한 성격이기는 하지만, 저런 행동을 할 리가 없었기 때문이다.

하지만 그것은 어디까지나 카이스의 크나큰 착각. 리카이엔은 원래가 비아냥거리고, 적이라고 생각하는 자에게는 거침없고 막 대했다. 카이스에게 그러지 않은 것은 친구이기 때문이다.

어느새 카이스와 아네스 곁으로 다가온 도번 후작이 조용한 목소리로 물었다.

"저 사람이 리카이엔 프로커스 백작인가?"

"아, 후작 님. 그렇습니다. 제 친구이기도 하지요."

"흐음, 꽤나 사나운 기세를 가진 친구로구만."

"그러게 말입니다. 아무튼 죄송합니다. 제가 말을 해서 초대를 했는데 연회 분위기가 저 친구 때문에 꽤 삭막해져 버렸군요."

그러자 도번 후작이 웃음을 터뜨리며 말했다.

"허허, 아닐세. 나는 저 친구가 아주 마음에 드는구먼."

"네?"

카이스가 깜짝 놀란 얼굴로 도번 후작을 보았다. 고고한 기품이 넘치고 항상 차분한 모습만을 보여 주는 도번 후작이, 리카이엔의 저런 도발적이고 사나운 행동을 마음에 들어 한다니.

"젊은 사람에게는 저런 패기도 필요한 법 아니겠는가?"

"패기요? 저건 패기가 아니라… 그냥 세상모르고 날뛰는 천둥벌거숭이 같은데요?"

"자네 친구라는 사람이, 저 천둥벌거숭이가 의도된 모습이라는 걸 모르겠나?"

"네? 그런가요?"

"내가 프로커스 백작에 대해서 잘 알지는 못하지만, 이렇게 사람들의 시선을 끌어 모은 상태로 공격적으로 도발을 하는 것은 당연히 의도되었다고 봐야 하지 않겠는가?"

물론, 그 도발의 방법 자체는 리카이엔의 본모습이지만 말이다.

"흐음… 그렇다면 어떤 의도를 가지고 저러는 걸까요?"

"글쎄? 아이젠 백작 흔들기라고 생각하기에는 무리가 있고……."

그러는 사이 리카이엔이 카이스 곁으로 돌아왔다. 그리고 카이스 옆에 있는 도번 후작을 향해 정중하게 인사를 건넸다.

"처음 뵙겠습니다. 프로커스 백작가의 주인인 리카이엔이라고 합니다. 이렇게 직접 도번 후작님과 이야기를 나눌 수 있어 영광입니다."

"후후, 이런 예의도 차릴 줄 아는 사람인가?"

"하기 싫어하는 편입니다만, 할 줄 모르지는 않습니다."

"하기 싫다면 하지 않아도 괜찮으이."

미소를 지은 채 고개를 끄덕이는 도번 후작의 모습에 리카이엔도 따라 웃으며 말했다.

"괜찮으시다면 저야 좋지요."

"허허허, 재미있는 사람이로군. 그런데……."

편안한 웃음을 터뜨리던 도번 후작이 갑자기 진지한 표정으로 바꾸며 나지막한 목소리로 물었다.

"자네가 로몬 백작의 사람이었던가?"

그 말에 리카이엔이 흠칫 놀라며 도번 후작의 얼굴을 바라보았다. 아주 짧은 시간, 다른 이들은 절대 눈치챌 수 없는 찰나의 순간에 로몬 백작과 눈빛을 주고받았을 뿐이다. 그런데 도번 후작은 그것을 놓치지 않았던 것이다.

하지만 놀라는 것도 잠시, 리카이엔은 피식 웃으며 말했다.

"역시 예상했던대로 무서운 분이시군요."

"예상을 했다고? 허허, 농담도 잘하는구먼. 이제 세상 뜰 날짜만 기다리고 있는 늙은이가 무서울 거라는 예상을 했단 말인가?"

"예, 제 눈에는 아직도 웅크리고 있는 맹수로 보이는데요?"

"호오~"

도번 후작의 얼굴이 아주 솔직한 표정으로 감탄을 터뜨렸다. 눈앞에 있는 이 친구는 알고 있는 것이다. 자신이 속에 어떤 마음을 품고 있는지를 말이다.

그리고 리카이엔이 여전히 웃음을 지우지 않은 채 나지막한 목소리로 말했다.

"로몬 백작의 사람은 아닙니다. 사실 제 눈에는 아이젠 백작이나 로몬 백작이나 똑같거든요."

"후후, 오늘 또 하나 마음에 드는 젊은이를 만나는구먼."

"또 하나라… 혹시 그전의 '하나' 는 후작님의 손녀사위인가요?"

그 말에 옆에서 가만히 듣고 있던 카이스가 저도 모르게 움찔 놀라며 동그래진 눈으로 리카이엔을 보았다. 카이스와 아네스 사이에는 아직 아무런 언약도 되어 있지 않기 때문이다.

그런데 도번 후작의 대답이 더욱 놀랍다.

"후후, 자네 친구라는 그 사람 말인가? 후후, 예리한 친구로군."

"하하하, 예리한 게 아니라 누가 봐도 알 수 있는 일이지요."

"뭐, 일단 내 생각은 그러네만… 아직 난관이 하나 남아 있다네. 자네 친구라는 그 사람이 그 난관을 잘 극복해 주었으면 좋겠구먼."

"아마 잘하리라고 생각합니다."

"그래야지. 아무튼 오늘 기분이 좋구먼. 하지만 오늘 자리는 좋지가 않아."

"제 생각에도 그렇습니다."

"언제 한 번 찾아오게. 자네 친구라는 그 사람과 함께 말이야. 이야기를 좀 나누었으면 좋겠네."

그리고 대답은 카이스의 입에서 터져 나왔다. 그것도 연회
장이 쩌렁쩌렁 울릴 정도로 큰소리로.

　"예, 알겠습니다!"

　물론 모든 사람들의 시선이 또 한 번, 한곳으로 집중된 것은
말할 것도 없다.

　"침 떨어진다."

　리카이엔의 퉁명스러운 말에도 카이스는 여전히 헤벌쭉거
리며 웃고 있었다. 그 모습을 본 리카이엔이 답답한 표정으로
물었다.

　"그렇게 좋으냐?"

　"크흐흐, 물론이지. 너 같으면 안 좋겠냐? 결혼 허락을 받은
거나 다름없는데 말이야."

　너무 좋아하는 친구의 모습을 보던 리카이엔은 결국 피식
웃고 말았다. 그리고 농담처럼 말했다.

　"이게 다 내 덕분인 줄 알아라."

　"크흐흐, 그런 면이 없잖아 꽤 있지. 고맙다, 친구."

　"말만 하지 말고 나중에 갚아."

　"말만 해라. 으흐흐흐!"

　"그 약속 똑똑히 기억해 두마."

　순간, 카이스는 리카이엔에게서 등줄기가 오싹하는 기분은
느꼈다. 하지만 그것도 잠시, 이내 착각이려니 하며 헤벌쭉 웃

어 보인다.

그때였다.

챙그랑!

갑작스러운 소리에 카이스가 깜짝 놀라 고개를 돌렸다. 소리가 난 곳은 이야기를 나누던 리카이엔이 있는 곳이었기 때문이다.

"음?"

카이스가 아주 잠시 시선을 돌렸던 사이 무슨 일이 벌어졌는지, 웬 사내가 리카이엔을 노려보고 있었다. 사내의 옷이 붉게 물들어 있고, 바닥에는 와인 잔 하나가 떨어져 굴러다니고 있었다.

리카이엔을 노려보던 사내가 싸늘한 목소리로 입을 열었다.

"이게 무슨 짓입니까?"

그리고 그 순간, 리카이엔의 얼굴에 의미심장한 미소가 떠오르는 것이 카이스의 눈에 들어왔다.

'왜 저러지?'

카이스가 고개를 갸웃거리는 사이, 리카이엔이 사내를 향해 물었다.

"뭘 물어보는 거냐?"

"이 옷을 두고 하는 말입니다."

"옷?"

"제가 지나가는데 일부러 저를 밀치지 않았습니까?"

카이스가 저도 모르게 실소를 터뜨렸다. 너무나도 뻔한 상황이었다. 리카이엔이 마음에 들지 않은 누군가가 시비를 거는 것이다. 그것도 연회장에서 시비용으로 가장 많이 쓰인다는 와인잔으로.

"내가 일부러 밀쳤다고?"

"그렇습니다."

"흐음……."

리카이엔이 전혀 모르겠다는 표정으로 팔짱을 낀 채 고개를 외로 꼬았다. 그리고 그 모습을 본 사내가 버럭 소리를 질렀다.

"일부러 시비를 건 것도 모자라 모른 척하시겠다는 겁니까?"

"흠, 모른 척이라……."

"이제 갓 귀족이 되셔서 귀족의 예법을 모르시는 모양이군요. 하긴, 물색없이 옆 영지에 시비를 걸고 집어삼키는 분이니 그런 걸 아실 리가 있겠습니까?"

꼬박꼬박 존대를 하면서도 내용은 비난 일색이다. 이 정도 했으면 손이 날아오든, 욕이 날아오든 어떤 식으로든 반응이 나오는 것이 정상. 사내는 조용히 리카이엔의 그 반응을 기다렸다.

그런데 리카이엔의 목소리는 아무런 감정도 실려 있지가 않다.

"뭐, 그렇다고 치자. 그래서 어떻게 했으면 좋겠는데?"

예상과는 너무 다른 반응에 사내는 순간 당황하면서도 힘겹게 입을 열었다.

"저, 정중히 사과해 주십시오. 저의 작위가 귀공에 비해 낮은 것은 사실이나, 서로 간의 예의까지 무시할 수는 없지 않습니까?"

"사과라… 뭐, 못해 줄 것도 없지."

"음?"

리카이엔의 반응에 당황한 사람은 시비를 건 사내였다. 이렇게 순순히 사과를 할 줄은 생각도 못했기 때문이다. 그때 리카이엔이 힐끗 사내를 보더니 물었다.

"그런데 너 누구냐?"

"그, 그레일더 자작입니다."

"그렇군. 미안하다, 그레일더 자작."

"어, 그, 그……."

너무나 쉽게 나오는 리카이엔의 사과에 그레일더 자작이 뭐라고 말도 못한 채 더듬거리고 있는데, 리카이엔이 말을 덧붙였다.

"너의 그 웃기지도 않고 그럴싸하지도 않은 시비에는 도저히 못 넘어가 주겠다. 얼른 꺼져라."

"그, 그게 무슨……."

너무나 명백한 무시.

그레일더 자작의 얼굴이 잘 익은 사과처럼 점점 붉어지고 있었다. 부릅뜬 두 눈이 충혈되는가 싶더니 리카이엔을 향해 노골적으로 살기를 드러냈다. 거기에 리카이엔이 결정타를 날렸다.

"알짱대지 말고 얼른 꺼지라고 했다."

휘이익, 빽!

날렵한 소음과 함께 싸늘하게 공기를 가로지르는 무언가. 그와 거의 동시에 터져 나오는 타격음과 주먹을 타고 전해져 오는 묵직한 충격.

"흡!"

그레일더 자작의 두 눈이 또 한 번 커졌다. 화를 참지 못하고 주먹을 뻗었다. 그런데 주먹을 맞은 상태 그대로 자신을 노려보는 리카이엔의 두 눈이 너무나도 날카로웠다.

그리고 나직이 들려오는 리카이엔의 목소리.

"시비를 걸려면 실력은 쌓고 했어야지."

"이, 이······."

"이 정도 주먹으로 뭘 어쩌자는 거냐?"

그레일더 자작이 그대로 굳은 채 뭐라고 말도 못하는 동안, 이제껏 멍한 표정으로 상황을 지켜보던 카이스가 버럭 소리를 지르며 외쳤다.

"그레일더 자작! 이게 뭐하는 짓인가! 도번 후작님의 생일 연회에 와서 손찌검을 하다니! 그것도 겨우 자작 주제에 백작에게!"

리카이엔이 아직도 자신의 얼굴에 붙어 있는 그레일더 자작의 주먹을 치우며 슬쩍 카이스에게 곁눈질을 했다. 그리고 카이스가 자신을 향해 눈짓을 보내며 웃고 있는 것을 보았다.

리카이엔이 저도 모르게 피식 웃었다. 자신의 의도를 알고 일부러 나서 준 것이다.

'자식……!'

그레일더 자작이 시비를 건 순간, 어차피 결론은 결투까지 가는 수밖에 없었다. 다만, 리카이엔은 그 결투의 원인을 바꾸고 싶었다. 그래서 일부러 그레일더 자작을 흥분시켜 먼저 손을 쓰게 만든 것이다.

"그, 그게……."

당황한 그레일더 자작이 힘겹게 주먹을 끌어당기며 말을 더듬었다. 그리고 리카이엔이 말했다.

"이보게, 그론스트 경."

"왜 그러나? 프로커스 경?"

"이런 경우 어떻게 마무리를 해야 하지?"

"보통은 국왕 폐하께 고해 징계를 요구하지. 결투도 아닌 사석에서 상위 귀족에게 폭력을 행사했다는 것은 중대한 하극상일세."

"흐음… 그래? 그럴 경우 국왕 폐하께서는 어떤 결론을 내리시는가?"

카이스가 골똘히 생각하는 척하더니, 뭔가 떠올랐다는 듯 말했다.

"그런 일이 그다지 많지는 않았네. 하지만 아주 없지는 않았지. 대부분의 경우, 하극상을 저지른 하위 귀족의 영지를 축소시키거나 작위를 강등시켰지."

"그게 끝인가?"

"끝일세."

"흐음……."

리카이엔이 다시 팔짱을 낀 채 고개를 외로 꼬았다. 그 모습에 카이스가 다시 물었다.

"왜 그러나? 뭐, 마음에 안 드는 부분이라도 있는가?"

"너무 약한 징벌이라서 말이야."

"음, 그렇다면 다른 방법도 있다네. 대리인이 아닌 오직 당사자들끼리 결투를 하는 거지. 하지만 결투는 과하게 되면 사람이 상할 수도 있고… 자칫하면 자네가 다칠 수도 있지 않은가? 심하면 죽을 수도 있단 말일세."

"흠, 모욕을 당했는데 국왕 폐하께 고자질을 해서 처리하느니, 죽더라도 결투를 해서 명예롭게 죽겠네."

환상의 호흡을 보이며 이야기를 척척 진행시키는 두 사람. 그것도 리카이엔이 억울하게 피해를 보고서도 명예를 지키기 위해 위험을 감수하는 것처럼.

물론 그 대화가 가지고 있는 진짜 의미를 모르는 사람은 이 연회장 안에 단 한 명도 없었다. 그렇다 해도 보여 주는 모습, 혹은 유도한 상황이 가지는 힘은 강력하다. 실제 내용이야 어쨌든 리카이엔이 모든 명분을 가지고 있기 때문이다.

카이스가 심각한 표정으로 신음을 흘리듯 말했다.

"자네의 각오가 그렇다면 나도 말릴 수는 없는 일이구먼. 귀족으로서 명예를 지키기 위해 위험을 감수하겠다는데 어찌 그것을 말리겠는가?"

짜 놓은 각본처럼 술술 일을 진행시키는 카이스였지만, 한편으로는 꽤 불안한 것도 사실이었다.

카이스는 그레일더 자작에 대해 알고 있었다. 아이젠 백작 일파에서 손에 꼽히는 실력자. 조만간 마스터의 수준까지 올라갈 거라는 소문이 돌고 있는 사내였다. 그런 실력자와 친구의 결투를 성사시키려다 보니 불안해지는 것은 어쩔 수 없는 것이다.

잠시 머릿속으로 불길한 생각을 떠올렸던 카이스가 황급히 생각들을 지웠다. 그는 똑똑히 보았기 때문이다. 그레일더 자작의 주먹에 맞는 순간, 리카이엔의 입가에 떠오른 미소를.

"내 마음을 알아주어 고맙네. 자네가 증인이 되어 주겠나?"

"물론일세."

짐짓 비장한 표정으로 고개를 끄덕인 리카인엔이 카이스에게서 그레일더 자작에게로 시선을 돌렸다. 그리고 또박또박 한마디 한마디 힘주어 말했다.

"나 리카이엔 프로커스 백작은, 나에게 주어진 권한에 따라 그레일더 자작의 무례를 결투로서 징계하고자 한다."

이럴 경우 결투를 거부한다는 말은, 이대로 죽임을 당해도 할 말이 없는 상황이 된다. 그레일더 자작이 힘겨운 표정으로 입을 열었다.

"겨, 결투를 받아들이겠습니다."

Chapter 8.

결투

아네스가 얼굴 한가득 의혹이 어린 표정을 짓고 있었다. 그런 손녀의 모습을 본 도번 후작이 옆으로 다가와 물었다.

"아네스, 표정이 왜 그런 것이냐?"

혼자 골똘히 생각에 잠겨 있던 탓에 옆에 할아버지가 온 것도 모르고 있던 아네스가 화들짝 놀라며 옆을 보았다.

"아, 할아버지. 언제 오셨어요?"

"지금 왔다, 이 녀석아. 무슨 생각을 그리 골똘히 하기에 이 할애비가 온 것도 모르누?"

"그게… 저 사람 말이죠."

"응?"

아네스가 가리키는 사람은 다름 아닌 카이스였다. 도번 후작이 궁금한 표정으로 물었다.

"저놈이 왜?"

"갑자기 변한 것 같아서요. 평소에는 저렇게 싸움을 부추길 사람이 아니잖아요. 게다가 싸움을 붙여 놓고 묘하게 즐거워하는 것 같아요."

무골호인이라는 말을 들을 정도로 성격 좋은 사람이었다. 항상 웃고, 항상 즐겁게 지내는 사람. 검사로서도 대단한 실력을 가지고 있다는 얘기를 들은 적은 있지만, 실제로 누군가와 다투는 것을 본 적도 없다.

그런데 오늘은 갑자기 친구라는 사람의 일에 열을 올리며 결투를 부추기기까지 한다. 아네스의 입장에서는 이상하게 느껴질 수밖에.

"허허, 밤낮으로 저놈 생각만 하면서 그런 말을 하다니. 에 잉~ 너도 아직 한참 멀었구나."

도번 후작의 난데없는 이야기에 아네스가 순식간에 얼굴이 빨갛게 변하며 비명처럼 외쳤다.

"할아버지!"

"허허, 이 녀석아 내가 틀린 말을 했느냐?"

"그, 그런 건 아니지만… 아, 아무튼 방금 그게 무슨 말씀이세요? 아직 멀었다니요?"

"그렇게 만났으면서도 아직 저놈의 본질을 모르니 하는 말이다."

"네?"

"쯧쯧, 이렇게 느려서야 원, 잘 보아라. 지금 네가 보고 있는 것이 사실은 저놈의 진짜 모습이다."

"진짜 모습이요?"

"어쩌면 자기 스스로도 몰랐을 수도 있는 모습이지."

아녜스는 꽤나 충격을 받은 듯 잠시 말을 잃은 채 카이스의 모습을 뚫어져라 보았다. 그러다 겨우 정신을 수습하고는 도번 후작을 향해 다시 물었다.

"자기도 몰랐을 수도 있는 진짜 모습이라는 게 무슨 말이에요?"

"저 녀석이 사람 좋은 건 진짜다. 유쾌한 녀석이지. 하지만 녀석의 깊은 곳에는 꽤나 사납고 저돌적인 모습도 숨어 있단다. 아직까지도 완전히 드러나지 않았고, 스스로도 제대로 자각하지 못했기에 저 정도지, 만일 완전히 자기 자신을 알게 된다면 오늘 결투는 저 녀석이 직접 나섰을지도 모른단다."

"그러면 그렇게 숨어 있던 부분이 하필이면 오늘 갑자기 저렇게……."

도번 후작이 싱긋 웃으며 말했다.

"지금 상황이 어떻게 일어났는지 벌써 잊은 게냐?"

"아, 프로커스 백작……."

"그래, 그놈의 영향이다. 겉보기에는 정반대의 성격인 프로커스 백작을 만나면서 저도 모르게 그를 닮아 가는 것이지. 남자들은 가끔 친구를 통해 자신의 본모습을 깨닫기도 하는 법이거든."

"그런가요……?"

아네스의 얼굴 한가득 짙은 서운함이 떠올랐다.

카이스의 저런 모습이 걱정되기는 하지만 그렇다고 싫지는 않았다. 그가 어떤 사람이던 아네스는 그를 사랑했다. 다만, 자신이 아닌 다른 누군가가 그를 저렇게 변하게 만들었다는 사실이 왠지 서운한 것이다.

그런 아네스의 속마음을 꿰뚫어 본 도번 후작이 가볍게 그녀의 머리를 쓰다듬으며 말했다.

"너무 서운해하지 마라. 저건 사내들만의 교감이다. 가끔은 여인이 할 수 없는 일도 있는 법이니까."

"네, 할아버지."

"그럼 잠시 지켜보고 있거라. 나도 가 봐야 할 것 같으니."

그 사이 연회장이 있던 도번 후작의 저택 후원에는 작은 자리가 만들어지고 있었다. 연회에 참석했던 사람들이 둘러서면서 만든 크고 둥근 공터 한가운데 리카이엔과 그레일더 자작이 서로를 마주 보고 서 있었다.

어쩐 일인지 오늘따라 꽤 신이 나 보이는 카이스가 헛기침을 하며 주변을 둘러보았다. 그러자 서로 이야기를 나누며 웅성대던 사람들이 일시에 말을 멈췄고, 결투장에는 순식간에 적막이 내려앉았다.

카이스가 한 걸음 뒤로 물러선 후, 이쪽으로 다가오는 도번 후작에게 자리를 내주었다.

리카이엔과 그레일더 자작 사이에 선 도번 후작이 주변에 모여 있는 사람들을 향해 말했다.

"프로커스 백작과 그레일더 자작의 결투는 신성한 브렌 왕국의 율법에 의해 공정한 절차를 거쳐 이루어진 것임을 선언하는 바입니다. 또한 결투는 공정하게 이루어질 것입니다. 혹여 부정한 힘이 개입할 경우 그것은 나 도번 후작은 물론, 프로커스 백작 측의 입회인인 카이스 백작과 그레일더 자작 측의 입회인인 아이젠 백작의 명예를 더럽힌 것으로 간주됩니다. 그에 대해 이의가 있습니까?"

카이스가 먼저 앞으로 나섰다.

"나 카이스 그론스트는 브렌 왕국의 백작으로서 작위와 그 명예를 걸고 공정하게 결투가 끝나는 순간까지 거짓 없는 눈으로 지켜볼 것입니다."

그 다음으로 아이젠 백작이 나섰다.

"나 벨리온 아이젠은 브렌 왕국의 백작으로서의 작위와 그 명예를 걸고 공정한 결투가 되도록 지켜볼 것입니다."

그 말이 끝난 후, 도번 후작이 조용히 공터를 벗어났다. 그리고 남은 사람은 리카이엔과 그레일더 자작 두 사람.

두 사람은 각각 오른손에는 레이피어를, 왼손에는 망고슈를 들고 서로를 노려보았다.

결투의 공식 무기로 인식되고 있는 무기이기도 했지만, 수로도 반입되는 무기의 제한 때문이기도 했다.

둘 사이에서 퍼져 나간 팽팽한 긴장감이 순식간에 결투장 일대를 휘어 감는다.

"흐으읍!"

그레일더 자작은 깊이 호흡을 가다듬으며 천천히 마나를 끌어 올렸다. 쉽지 않은 싸움이 될 것이다.

처음 결투 이야기가 나왔을 때만 해도 그는 상당히 당황하고 있었다. 자꾸 자신을 무시하는 말에 흥분해서 저도 모르게 주먹을 뻗는 바람에 그것이 하극상이 되어 버렸기 때문이다.

하지만 지금은 상당히 안정되어 있었다. 예상했던 바와는 달리 결투로 사태를 마무리하는 쪽으로 상황이 흘렀기 때문이다.

'후훗, 감히 내가 누구인 줄 알고 결투를 신청해?'

정정당당하게 결투를 벌인다면 절대 질 리가 없다고 생각했다. 그레일더 자작은 아이젠 백작 일파에서도 손꼽히는 실력자. 어려서부터 검술에 뛰어난 자질을 선보였고, 거기에 더해진 엄청난 노력을 통해 이제는 자타가 공인하는 검사로 인정받고 있다.

완전히 안정된 호흡을 통해 쌓여 있던 마나가 서서히 온몸으로 퍼져 나가기 시작했다. 평생 검을 수련해 온 그레일더 자작이 가장 쾌감을 느끼는 순간.

프로커스 백작은 우두커니 선 채 이쪽을 바라보고 있을 뿐,

먼저 움직일 생각이 없어 보였다.

'이대로 시간을 끌 필요는 없지!'

마음을 먹은 순간, 그레일더 자작의 발이 움직였다.

뻗어 나가는 발의 움직임에 따라 상체의 균형을 맞추고, 가장 짧은 궤적을 찾아 정확하게 레이피어를 찔러 넣는다. 마치 한 폭의 그림을 보는 듯한 완벽한 찌르기.

쉬이익!

세찬 바람을 머금은 레이피어가 일말의 망설임도 없이 리카이엔의 왼쪽 가슴, 심장을 향해 갔다. 더 이상 재고의 여지도 없는 명백한 살의.

그리고 리카이엔이 움직였다.

'그렇게 나오셨겠다?'

리카이엔이 묘한 미소를 머금으며 오른발을 움직였다.

쿠웅, 콰드득!

거세게 땅을 두드리는 진각. 다음 순간, 리카이엔의 몸은 시위를 떠난 화살처럼 무지막지한 빠르기로 정면을 향해 쇄도했다.

기세 좋게 레이피어를 찔러 가던 그레일더 자작이 헛바람을 들이키며 급히 망고슈를 잡은 왼손을 움직였다.

챙!

요란한 금속성과 함께 레이피어를 쥔 리카이엔의 오른손이 튕기듯 뒤로 밀려 나간다. 하지만 오른손의 레이피어는 어디까지나 허초. 진짜 공격은 오히려 왼손에 든 망고슈였다. 레이피어가 튕겨 나간 순간, 리카이엔은 그 자세 그대로 한 걸음 더 앞으로 내디뎠다.

"헉!"

깜짝 놀란 그레일더 자작이 황급히 레이피어를 회수하며 리카이엔의 망고슈를 막아 냈다.

카아앙!

손을 타고 전해져 오는 묵직한 충격. 마치 오른팔이 통째로 떨어져 나가기라도 한 듯 어깨에서부터 아무런 감각이 느껴지지 않았다. 그리고 그 순간, 리카이엔은 또 한 걸음을 내디디며 망고슈를 뻗어 오고 있었다.

그레일더 자작이 황급히 뒤로 물러서며, 망고슈와 레이피어를 미친 듯이 휘두르며 공격을 막아냈다.

"큭, 크윽!"

그레일더 자작의 입에서 쉴 새 없이 신음이 터져 나왔다. 막아 냈음에도 불구하고 짧은 망고슈를 통해 받는 충격이 어마어마했던 것이다. 마치 온몸의 관절이란 관절은 죄다 뒤틀릴 것 같은 느낌이 들 정도로 무지막지한 힘이었다.

'도, 도대체 어디에서 이런 힘이!'

언뜻 보기에 리카이엔은 적당히 근육들이 자리 잡은 균형 잡힌 체형일 뿐, 이 정도의 힘을 낼 수 있을 정도의 몸으로 보이지는 않았다.

하지만 그 몸에서 뿜어져 나오는 힘은 그레일더 자작의 상상을 초월하는 것이었다.

'이대로는 안 되지!'

쉴 새 없이 뒤로 밀려나던 그레일더 자작이 순간 무언가를 결심했다는 듯 그대로 호흡을 멈췄다. 동시에 어디선가 울려 퍼지는 기묘한 소음.

지이이잉!

레이피어의 검신이 격하게 흔들리며 토해 내는 검명. 그리고 레이피어 주위로 불쑥 솟아오른 강렬한 빛의 무리.

"오, 오러 블레이드!"

"오러 블레이드다!"

"그레일더 자작이 언제 마스터의 경지까지!"

주위에서 구경하던 사람들의 입에서 비명 같은 외침이 터져 나왔다. 소문은 있었지만 그레일더가 실제로 마스터가 되었다는 것은 지금 처음으로 드러난 사실이기 때문이다.

그리고 그 누구보다 더 가슴이 철렁 내려앉는 한 사람, 바로 카이스였다.

"이런 씨부럴!"

아무리 편하게 살아도 욕을 입에 담아 본 적이 없는 카이스가 저도 모르게 욕을 뱉을 정도로 당황스러운 상황이었다.

리카이엔의 실력이 뛰어나다는 것에 대해서는 이의가 없었지만, 상대가 마스터라면 이야기가 달라지기 때문이었다.

아주 희귀하지는 않지만 절대 흔하지도 않은 존재들. 중대 규모의 기마대를 혼자서 상대할 수 있다고 알려져 있는 것이 마스터들이다.

친구가 그런 괴물을 상대해야 한다고 생각하니 저도 모르게 오금이 저려왔다. 아니, 이미 그의 머릿속으로는 불길한 광경을 상상하고 있었다.

잔뜩 살기를 머금은 채 광포한 기운을 내뿜고 있는 휘황찬란한 빛의 무리.

"죽어라!"

그레일더 자작이 자신감 가득한 얼굴로 버럭 소리를 지르며 날아드는 망고슈를 받아쳤다.

쉬우우욱!

사람들은 두 눈을 질끈 감았다. 일부는 고개를 돌렸고, 또 다른 일부는 저도 모르게 비명을 내질렀다. 저 광포한 기운에 사람의 몸뚱이가 썽둥 잘려 나가는 것을 보는 것은 그리 유쾌한 광경은 아니기 때문이다.

그런데.

그아아아앙!

사람들의 귓전을 때린 것은 뼈와 살이 잘리는 절삭음도, 죽음을 맞이하는 단말마의 비명도 아니었다. 땅이 들썩일 정도로 거대한 굉음.

"헉, 저, 저럴 수가!"

누군가의 입에서 비명같은 외침이 터져 나왔다.

쾅, 꽈아앙!

굉음이 연달아 터져 나왔다.

"크, 크윽!"

그리고 그 굉음과 함께 터져 나오는 신음. 바로 그레일더 자작의 신음이었다. 그의 손에 들린 레이피어는 여전히 찬란한 오러 블레이드를 내뿜으며 빛나고 있었다. 그런데 그 오러블레이드가 쉴 새 없이 굉음을 토해 내며 뒤로 밀려나고 있었다. 바로 리카이엔의 망고슈에 의해.

상황은 변하지 않았다. 변한 것이 있다면 그레일더 자작의 레이피어에 오러 블레이드가 솟구쳐 있다는 것과 날카로운 금속성이 묵직한 굉음으로 바뀌었다는 정도.

그레일더 자작은 여전히 뒷걸음질 치고 있었고, 그의 레이피어와 망고슈는 여전히 방어하기에만 급급했다.

그리고 리카이엔은 묵묵히 공격을 쏟아부을 뿐이다. 처음과 변함없이, 오직 짧은 망고슈만으로. 화려한 검술도 호쾌한 검격도 없다. 그저 한 걸음 내디디며 한 번 망고슈를 휘두를 뿐이다.

조금도 빠르지 않은, 일정하고 단조로운 검격의 반복. 그럼에도 불구하고 그레일더 자작은 조금도 반격할 생각을 하지 못하고 있었다. 망고슈를 막으면서 돌아오는, 온몸의 뼈를 바스라트릴 것 같은 충격으로 인해 다음 공격을 막는 것만으로도 벅찼기 때문이다.

아무런 볼거리도 없는 단순한 칼질과 뒷걸음질. 하지만 주변의 사람들은 손에 땀을 쥐며 그 해괴한 결투를 지켜보고 있었다.

그리고 모든 사람들의 머릿속에는 공격을 견디지 못하고 바닥을 나뒹구는 그레일더 자작의 모습이 그려져 있었다.

까아아앙!

연달아 울려 퍼지던 굉음 끝에 다시 한 번 금속성이 울려 퍼졌다. 하지만 이번에는 쇠와 쇠가 부딪쳐 내는 소리가 아니었다. 쇠가 깨져 나가는 소리. 정확하게는 그레일더 자작의 레이피어가 두 동강이 나는 소리.

"커, 커헉!"

손이 허전해진 것을 느낀 그레일더 자작이 가쁜 숨을 들이키며 허둥거리는 순간, 리카이엔의 망고슈가 자작의 품안으로 파고들었다.

푸우우욱!

"끄아아아악!"

높은 비명이 울려 퍼졌다.

쓰러져 있는 사람은 그레일더 자작이었고 비명을 지른 사람역시 그다. 그리고 그의 오른쪽 어깨에는 리카이엔의 망고슈가 깊숙이 박혀 있었다.

단검이라고는 해도 대략 2, 30㎝ 길이. 어깨를 관통하기에는 충분했다.

"끝난 건가?"

리카이엔이 싸늘한 목소리로 말했다. 그리고 어깨에 박혀 있는 망고슈를 뽑았다.

푸우우욱!

망고슈가 뽑히는 순간, 관통당한 어깨에서 피분수가 솟아올랐다.

"끄아아아악!"

그리고 그레일더 자작의 비명이 다시 한 번 메아리 친다. 하지만 리카이엔은 여전히 차가운 눈으로 그레일더 자작을 내려다볼 뿐이다.

"끄끅, 끄으으윽!"

하늘 높이 메아리치던 그레일더 자작의 비명이 잦아드는 순간, 리카이엔의 입에서 무감정한 목소리가 흘러나왔다.

"두 번 다시 검을 쥘 수 없을 것이다. 마음 같아서는 이대로 목숨을 빼앗고 싶지만, 이 정도로 용서해 주마."

리카이엔의 망고슈가 정확하게 그레일더 자작의 어깨를 지나는 힘줄을 잘라 버린 것이다. 어떻게 치료가 된다 해도 평생 오른손으로 힘을 쓰는 일은 할 수 없으리라.

"흐으윽!"

그레일더 자작의 입에서 신음 같은 흐느낌이 터져 나왔다. 패배로 인한 수치심과 함께 오른손을 잃었다는 지독한 상실감이 그의 마음을 난도질했다.

검사에게 오른손은 생명과도 같은 것. 그것이 마스터라는 경지에 이른 자라면 단순히 생명이라는 말로 비유하는 것도 어려울 정도다. 그런 오른손을 잃어 버린 것이다.

리카이엔이 빙글 몸을 돌려 도번 후작에게 조용히 고개를 숙였다.

"즐거운 연회에서 피를 보게 한 점, 진심으로 사죄드립니다. 여기에 대해서는 훗날 무슨 방법을 써서든 보상을 하도록 하겠습니다."

도번 후작이 고개를 끄덕이며 말했다.

"알았네."

그리고는 결투장 한가운데로 걸어 나간 후 사람들을 향해 입을 열었다.

"결투는 두 명의 입회인과 증인인 나 도번 후작에 의해 끝이 났음을 알립니다. 결투는 프로커스 백작의 승리로 끝이 났고, 프로커스 백작은 그레일더 자작에게 더 이상의 요구를 하지는 않았습니다."

결투의 종료를 알리는 외침. 동시에 도번 후작가의 하인들이 황급히 뛰어나가 그레일더 자작의 상처를 살폈다.

잠시 목소리를 가다듬은 도번 후작이 사람들을 향해 말했다.

"갑작스러운 일로 연회의 흥이 깨어졌고, 결투가 잘 마무리 된다면 연회를 재개할 생각이었으나 상황이 여의치 못한 것 같습니다. 죄송하지만 손님들께서는 이만 돌아가 주시기 바랍니다. 그레일더 자작의 치료는 도번 후작가에서 하도록 하겠습니다."

그렇게 도번 후작의 생일 연회는 끝이 났다. 돌아가는 사람들의 얼굴에는 하나같이 충격에 휩싸인 표정을 짓고 있었다. 아니, 편안한 표정을 지을 수 있는 사람이 없었다.

리카이엔과 그레일더 자작의 결투. 그것은 결투가 아니었다. 아주 일방적인 괴롭힘이었다.

그것도 오러 블레이드를 사용하는 마스터를 상대로, 일절 검술을 사용하지 않고 오로지 휘두르는 동작만으로 끝을 낸 결투. 이는 리카이엔 프로커스 백작의 실력이 단순히 익스퍼트급, 마스터급 하는 식의 구분으로 잴 수 없다는 의미였다.

그리고 그것은 연회에 참석한 거의 대부분의 귀족들의 마음을 무겁게 짓누르고 있었다.

§　　　　§　　　　§

"도대체 네 정체가 뭐냐?"

카이스가 어안이 벙벙한 표정으로 물었다. 수많은 결투들이 세상에 회자되고는 하지만 오늘처럼 괴상망측한 결투는 듣도보도 못했다. 단순한 휘두르기만으로 마스터를 이기다니. 어디 가서 말한다면 미친놈 취급받을 것이 분명한 이야기였다.

하지만 그것은 실제로 눈앞에서 벌어진 일. 그리고 그 말도 안 되는 일을 해 보인 자는 자신의 친구.

제대로 표정을 유지하는 게 오히려 이상한 일이었다.

잠시 카이스를 응시하던 리카이엔이 묘한 미소를 지으며 되물었다.

"궁금하냐?"

"그럼 너 같으면 안 궁금하겠냐?"

"하긴……."

"얼른 말해라. 니 정체가 뭐냐?"

"드래곤이다."

뜬금없이 튀어나온 황당한 농담에도 불구하고 카이스는 심각한 표정을 짓고 있었다. 농담이라는 것을 알고 있음에도 불구하고 저도 모르게 진지하게 생각해 버린 것이다.

그리고는 길게 한숨을 내뿜는다.

"하아~ 재미없는 놈."

"재미있으라고 한 농담인데?"

"재미없다, 인마!"

리카이엔을 향해 버럭 소리를 지른 후, 카이스는 입을 다문 채 곰곰이 생각에 잠겼다. 그러다 리카이엔을 향해 다시 질문을 던졌다.

"네가 노리는 게 뭐냐?"

"뭘 거 같냐?"

"흔들기."

"정확하다."

"좀 더 정확하게 말해 봐라."

카이스의 요구에 리카이엔은 잠시 숨을 고른 후 대답했다.

"우선은 아이젠 백작 흔들기다. 그런 다음은 로몬 백작을 흔드는 거지."

"로몬 백작까지? 하지만 로몬 백작에게는 특별히 영향이 없을 것 같은데? 아이젠 백작이 흔들리는 바람에 자기 입지를 다지기는 해도… 너 때문에 흔들릴 일은 없지 않냐?"

"아, 말 안 한 게 있다. 나 로몬 백작이랑 이미 이야기를 끝내 놨다."

"웅? 무슨 이야기?"

"거래를 하자고. 로몬 백작은 나한테 아이젠 백작의 정보를 넘기고, 나는 아이젠 백작을 견제하거나 흔들기로. 대신, 절대 로몬 백작의 세력에 편입되지는 않겠다고 말이야."

그 이야기를 듣는 순간 카이스가 크게 고개를 끄덕였다.

"아아~ 오늘 결투는 그걸 노린 거였냐? 로몬 백작 일파의 귀족들이 너를 끌어들이기 위해 애를 쓰게 만들기 위해서?"

"그래."

"훗, 꽤 괜찮은 방법이네. 세력 안에 있는 귀족들은 널 탐내지만, 정작 수장인 로몬 백작은 너를 끌어들일 수 없는 상황이니까. 호오~ 다시 생각해 보니, 귀족들은 너를 간절히 탐내도록 만들고, 로몬 백작에게는 절대 말을 번복하지 못하게 하기 위한 거였구나. 그 정도 실력을 내보이면 로몬 백작은 섣불리 너랑 한 약속을 못 깰 테니까."

"그래, 그렇게 되면 로몬 백작 일파도 내부에서부터 흔들리기 시작하는 거지."

"크흐흐, 무서운 놈. 니가 친구라서 천만다행이다. 적이었으면… 으으~"

카이스가 고개를 설레설레 저으며 생각만 해도 끔찍하다는 표정을 지었다. 그 모습을 본 리카이엔이 피식 웃으며 말했다.

"이거 마스터급 검사가 너무 자신감이 없는데?"

순간 카이스의 얼굴이 창백하게 변했다. 그리고는 굳은 얼굴로 힘겹게 입을 열었다.

"너, 너 그걸… 어떻게?"

카이스 역시 마스터의 수준에 오른 검사였던 것이다. 하지만 단 한 번도 그 사실을 누군가에게 말해 준 적이 없었다. 심지어는 친동생인 샤일론에게도 말하지 않았다. 그런데 리카이엔이 그것을 알고 있으니 놀랄 수밖에.

"보여."

"응? 보이다니……?"

"네가 아무리 감춰도 네 실력이 어느 정도인지 나한테는 다 느껴진다고."

"제길, 끝까지 숨겨 두고 있다가 히든 카드로 써먹으려고 했더니 말짱 꽝이네."

"걱정마라. 내가 그걸 어디 가서 말하냐?"

"크흐흐, 하긴 내가 친구로 고른 놈이 내 뒤통수를 치지는 않겠지."

그러자 리카이엔이 갑자기 차분하게 가라앉은 표정으로 말했다.

"지금까지 나한테는 친구라고 부를 수 있는 놈이 너를 포함해 딱 두 놈이 있다."

"응?"

리카이엔의 갑작스러운 모습에 카이스가 흠칫하며 고개를 갸웃거렸다. 그러거나 말거나 리카이엔은 천천히 이야기를 이어 갔다.

"그리고 지금 세상에는 딱 한 명만 남았다."

"다른 친구가… 이미 죽은……?"

"그래, 죽었지. 그리고 지금 나는 그 친구하고 한 약속을 지키려고 용을 쓰고 있다."

"약속이라……."

카이스는 리카이엔이 말한 약속이라는 것이 무엇인지 크게 호기심이 생겼지만, 굳이 물어보지는 않았다. 말할 수 있는 일이었다면, 리카이엔이 먼저 이야기해 주었을 거라 생각하기 때문이다.

그리고 리카이엔은 더 이상 아무런 말도 하지 않았다. 한참 동안 리카이엔의 말을 기다리던 카이스가 조심스럽게 입을 열었다.

"그래서……?"

그러자 리카이엔이 갑자기 피식 웃으며 말했다.

"그래서는 무슨 그래서? 너는 나한테 부탁 같은 거 하지 말라는 소리다."

"에라이~ 싱거운 놈!"

"너도 마찬가지다."

잠시 농담을 주고 받은 후, 카이스가 다시 진지한 얼굴로 물었다.

"그런데… 도대체 네가 진짜 노리는 건 뭐냐?"

"응?"

"양쪽 세력을 모두 흔들겠다는 건 알겠는데… 그렇게 해서 니가 얻는 게 뭐냐는 말이지."

"브렌 왕국 귀족계의 확실한 개편이지."

"응?"

"두 세력을 모두 잡고 흔들다 보면 결국 둘 모두 자멸하게 될 거다. 더군다나 조만간 전쟁이 일어난다면 그 속도는 더욱 빨라질 거야."

"그렇겠지."

"그러면 그때, 내가 나를 중심으로 브렌 왕국의 모든 귀족계를 개편할 거다."

"뭐?!"

카이스가 깜짝 놀라 저도 모르게 큰소리로 외쳤다. 자신을 중심으로 브렌 왕국 전 귀족계를 개편하겠다니. 무슨 농담을 해도 이렇게 통 크게 하나 싶었다. 하지만 농담이라고 생각하기에 리카이엔의 표정은 너무나 진지했다.

"내 목표는 프로커스 백작가를 최고의 위치에 올려놓는 거다. 그러니 그런 정도의 목표는 가지고 있어야 되지 않겠냐?"

"인마, 지금 니 옆에 있는 나도 귀족이라는 걸 잊었냐?"

"한 명쯤은 동등하게 손을 잡는 것도 좋지."

"허어~ 이놈 표정 좀 보게. 뭔가 되게 아쉬워하는데? 왜? 그냥 왕이 될 거라고 하지 그러냐? 그러면 내가 귀족이라도 어쩔 수 없잖아."

카이스는 누가 듣기라도 한다면 꼼짝없이 역모로 끌려갈 말을 서슴없이 내뱉었다. 그런데 리카이엔은 한 술 더 떴다.

"흐음, 그런 방법이 있었네? 한 번 생각해 봐야겠다."

"허! 이런 황당한 놈!"

§   §   §

"리카이엔 프로커스… 무서운 자요."

"이미 마스터에 올라 더는 겁낼 게 없다던 그레일더 자작을 그렇게 간단히 이겨 버리다니!"

"어허, 지금 이긴 게 문제가 아니지 않소? 그 때문에 우리는 가장 큰 힘이 될 수 있는 마스터를 하나 잃었다는 게 문제가 아니오?"

저마다 한마디씩 던지고 난 후 찾아온 것은 무거운 침묵이었다.

원탁을 가운데 두고 있는 네 사람, 아이젠 백작에서부터 오른쪽으로 바델 백작, 렌디넨 백작, 슬레인 백작이 앉아 있었다. 바로 아이젠 백작 일파의 주축인 귀족들이다.

침묵 속에서 모두의 시선이 향한 곳은 바로 그들의 수장인 아이젠 백작이다. 그가 무슨 말이라도 해 주기를 바라는 표정. 하지만 아이젠 백작은 팔짱을 낀 채 입을 꾹 다물고 있을 뿐이다.

'괜한 놈을 건드린 꼴이 되었군…….'

하지만 리카이엔이 리온 자작을 건드린 순간부터 두 사람은 서로가 적이었다. 그리고 그것은 아이젠 백작의 의도가 아니라, 리카이엔 본인의 의지에 의한 것. 다시 말해 지금의 상황은 아이젠 백작이 무슨 일을 했건 간에 벌어질 일이라는 뜻이다.

뭔가 상당히 일이 꼬여 가는 기분이었다.

그때 바델 백작이 어색하고 조용한 분위기를 벗어나고자 가볍게 입을 열었다.

"그래도 국왕 폐하께서 우리의 청을 받아들여 주셨으니 그나마 다행이지 않소?"

리카이엔과 아이젠 백작의 대화 중에 나온 '국왕의 용단'에 대한 말이었다. 슬레인 백작이 답답하다는 표정으로 버럭 소리를 질렀다.

"어허, 바델 경! 폐하께서 생각하는 전쟁에 우리는 이미 제외된 상태라는 걸 왜 모르시오?"

렌디넨 백작 역시 잔뜩 찡그린 표정으로 말했다.

"그보다 더 큰 문제는… 우리 세력 안에 있는 귀족들이 그 상황에 대해 착각하고 있을 거라는 거요."

"그렇구려. 아이젠 경이 조만간 사람들을 모아서 그 힘으로 폐하의 뜻을 꺾고자 했는데… 그것도 못하게 되었구려."

아이젠 백작과 국왕과의 관계가 더 이상 돌이킬 수 없게 되었다는 사실은, 이 자리에 있는 네 명만이 알고 있는 것이다.

다시 말해 그들의 세력에 속해 있는 다른 귀족들은 국왕이 아이젠 백작의 말을 받아 들여 준 것으로 생각하고 있다는 뜻이었다.

이는 아이젠 백작은 자기 세력의 사람들을 규합해 국왕의 뜻을 꺾자고 선동할 명분이 없어졌다는 것을 뜻한다.

이미 전쟁에 대해 뜻을 가지고 있는 국왕에게, 개전론을 주장한다는 것은 누가 생각해도 말이 안 되기 때문이다. 그렇다고 사실을 말하게 된다면, 같은 일파 내에서 의견이 분열될 수도 있었다.

이러지도 저러지도 못하는 상황이 된 것이다.

거기까지 생각한 아이젠 백작이 길게 한숨을 내쉬었다.

'교활한 놈, 이런 상황까지 생각하고 그런 일을 벌였단 말인가? 강한데다 교활하기까지 한 놈이라······.'

이대로 놔둔다면 언젠가 자신들을 모두 무너트릴 것이 분명한 놈이었다. 그리고 아이젠 백작은 그런 위협적인 상대가 자라도록 지켜봐 줄 위인이 아니었다.

마침내 아이젠 백작의 입이 열렸다.

"우선, 리카이엔 프로커스. 그놈을 제거해야겠소."

그러자 바델 백작이 깜짝 놀란 표정으로 말했다.

"그는 마스터조차 가볍게 이겨 버린 강자요. 그런 자를 어떻게 제거한단 말이오?"

아이젠 백작이 두 눈을 날카롭게 번뜩이며 말했다.

"사람을 꼭 칼로 죽여야 한다는 법은 없지."

Chapter 9.

그리고 보니 하나 더

"율법을 어기고 사리사욕을 채우는 자들을 처단하라!"

"이 배신… 끅!"

"막아라! 무슨 수를 써서라도 막아!"

닫힌 문을 뚫고 들어오는 요란한 괴성들. 그리고 그 사이에 쉴 새 없이 섞여 들려오는 단말마의 비명.

그리고 소란스럽기 짝이 없는 바깥과 분명하게 대비되는, 무거운 침묵이 깔려 있는 방 안. 방 안에는 열 명의 노인들이 커다란 탁자를 사이에 두고 앉아 있었다. 그리고 탁자와 조금 떨어진 곳에 다섯 명의 중년 사내들이 굳은 표정으로 서 있었다.

침묵의 무게를 견디기가 버거웠던 것인지 한 노인이 얼굴에 가득한 주름을 부르르 떨며 말했다.

"일이 이렇게까지 틀어질 줄은 생각도 못했구려."

하지만 대꾸하는 사람은 아무도 없었다. 모두들 입을 꾹 다물고 무거운 표정을 짓고 있을 뿐이다.

또 얼마나 시간이 흘렀을까? 다른 노인이 갑자기 웃음을 터뜨리며 말했다.

"킬킬킬, 이런 경우에 이런 말을 하던가? 내가 호랑이 새끼를 키웠다고 말이야?"

꽤나 자조적인 말이었다. 그러자 다른 노인이 잔뜩 인상을 찌푸리며 버럭 소리를 질렀다.

"지금 이 상황에서 웃음이 나오다니, 제정신이 아닌 게로구만!"

"킬킬, 그럼 웃지 않으면 울기라도 하란 말인가?"

"얼른 이 반란을 막을 생각을 해야지!"

"크크크, 난 도저히 그럴 수 있을 것 같지가 않은데… 자네는 뭐 뾰족한 방법이 있나? 있으면 말해 보게. 할 수만 있다면 내 홀랑 벗고 춤이라도 출 테니."

"크윽……."

"그냥 받아들여. 그래도 한 세상 편하게 잘해 먹었으니 이 정도면 싸게 먹힌 거 아닌가? 클클클……."

몇 명의 노인들이 침울한 표정으로 고개를 끄덕였다. 하지만 그렇지 않은 이들도 있었다.

"나는 그리 못하겠네. 아니 할 말로, 그 따위 단검이 뭐 그리 중요하단 말인가?"

"당연하지. 이렇게 죽으면 길드를 이만큼이나 키우고 유지해 온 우리의 공은 모두 사라지는 걸세!"

"사라지는 것만이 아니지. 그 순간 우리는 길드를 장악하고 우리 마음대로 사리사욕을 채워 온 탐욕스러운 반역도가 되는 거야. 내 죽어도 그 꼴은 못 봐!"

꽤나 흥분했는지 얼굴이 벌겋게 달아오를 정도로 역설을 토해 낸다. 하지만 자조적인 말을 했던 노인이 던진 한마디에 모두들 입을 다물었다.

"다 좋은데 말이야… 그럼 도대체 어떻게 저놈들을 막을 생각인가? 내 말하지 않았나? 방법만 일러달라고 말이야. 그럼 내 영혼을 팔아서라도 해 보겠네."

그때였다.

콰아아앙!

요란한 소리와 함께 문이 터지듯 부서져 나갔다. 그리고 한 무리의 사내들이 모습을 드러냈다. 하나같이 오른쪽 팔뚝에는 흰 천을 묶고 있는데, 천에는 갈라진 검은 보름달의 형상이 그려져 있었다.

방 안에 있던 다섯 명의 중년인들이 황급히 사내들 앞을 막는 사이, 한 노인이 벌떡 일어나 외쳤다.

"네 이놈들! 감히 이런 짓을 하고도 무사할 거라고 생각하는 거냐!"

하지만 흰 천을 묶고 있는 사내들은 아무런 대답도 하지 않왔다. 그리고 그 사내들 사이를 헤치고 나타난 또 한 사람.

"그럼 어쩌시려고?"

싸늘한 미소를 머금은 채 툭 던지는 말하는 그는, 다름아닌 조엘이었다.

"조엘!"

"당신들이 잘못한 거잖아. 안 그래? 이미 내가 정식 후계자라는 것을 알고도 인정하지 않은 것은 물론, 나를 암살하려고까지 한 건 당신들 아니었나?"

"모든 일에는 순리라는 것이 있는 법이다. 백여 년간 공석이었던 자리에 네놈이 마스터라고 앉아 봐야, 길드에 혼란만 생길 뿐이다!"

"그럼 말하지 그랬어? 잡아 죽이려고 하지 말고 말이야."

"이, 이놈이……."

노인은 시퍼래진 안색으로 부르르 떨면서도 더 이상 뭐라고 말을 하지 못했다. 그리고 조엘이 넌지시 말했다.

"지금 이 자리에서 자결을 한다면, 아트룸 길드 '10인회의'의 일원으로 묻어 주겠소. 하지만 그러지 않는다면 그저 반역자가 될 뿐이오."

"이, 이놈이!"

노인이 어깨까지 부르르 떨며 조엘을 노려보았지만, 조엘의 시선은 이미 다른 곳으로 향해 있었다.

"당신들은 어찌하실 겁니까? 이제라도 실수를 인정하시지요? 그러면 적어도 목숨만큼은 구할 수 있을 겁니다."

하지만 중년인들은 눈도 깜빡하지 않는다. 그저 말없이 손에 들고 있던 단검을 들어 올릴 뿐이다.

조엘이 길게 한숨을 내쉬며 말했다.

"결국 파국을 맞이하겠다는 말이군요. 어쩔 수 없지요. 우리는 이미 다른 길을 걷고 있으니……."

말이 끝나기가 무섭게 조엘의 모습이 희멀건 잔상으로 변했다.

"흡!"

중년인 중 하나가 헛바람을 들이키며 황급히 뒤로 물러서는 순간, 그의 목덜미를 가로지르는 싸늘한 예기!

"끄윽!"

쿠웅!

중년인의 몸뚱이가 그대로 쓰러지며 묵직한 소음을 터뜨린다. 그 사이 조엘은 다시 몸을 날렸다. 한 번에 한 명씩. 사라진 조엘의 모습이 나타날 때마다 중년인들이 쓰러져 갔다.

그리고 마침내 마지막 중년인을 쓰러뜨린 순간, 여기저기서 터져 나오는 비명 같은 외침!

"저, 저 기술은!"

"설마 클레우스 마스터의……!"

사각과 사각 사이를 오가며 상대방의 시야에서 사라져 버리는 기술. 이야기로만 전해져 오는 대도 클레우스의 기술이었던 것이다.

어느 새 다시 입구로 돌아온 조엘이 싸늘하게 웃으며 말했다.

"이 기술은 처음 초대 마스터의 기술인 그림자 밟기지요."

"네, 네놈이 어떻게 그걸……."

"내가 말하지 않았습니까? 초대 마스터의 후계자라고."

"하지만 그건 클레우스의 대거를 가지고 있기에 했던……."

"아, 그러고 보니 이 기술은 처음 선보이는군요."

리카이엔을 상대할 때, 그리고 프로커스 백작령의 영지 전 도중에 사용한 적은 있지만 실제로 길드 내에서 이 기술을 선보인 것은 오늘이 처음이었다.

그 탓에 충격을 받은 사람은 노인들 만이 아니었다. 조엘을 따르던 젊은 길드원들 역시 놀란 기색이 역력한 표정. 하지만 그들의 표정은 노인들과는 달랐다. 알 수 없는 환희! 진실된 마스터를 만났다는 생각에서 찾아오는 기쁨이 어려 있는 얼굴이었다.

"크으윽!"

노인들의 입에서 짙은 신음이 새어 나왔다. 클레우스의 대거는 물론 클레우스의 기술까지 익히고 있는 조엘을 상대로 자신들은 어떠한 명분도 건질 수 없기 때문이었다. 더불어 이미 무력으로도 진 상황.

남은 거라고는 그저 처분을 기다리는 것뿐이었다.

조엘이 자신을 따라온 길드원들을 향해 말했다.

"저들을 포박하고 지하 뇌옥에 가둬라!"

조엘과 가장 가까운 곳에 서 있던 젊은 길드원이 환희에 찬 목소리로 외쳤다.

"명을 받들겠습니다, 마스터!"

그리고 다른 길드원들이 우르르 달려가 노인들을 포박하기 시작했다. 더 이상의 소요는 없었다. 노인들은 이미 모든 것을 포기한 듯 얌전히 포박을 당했고, 길드원들에게 어디론가 끌려 나갔다.

조엘이 아무도 남지 않은 텅 빈 방 안을 한 번 훑어보더니 작은 목소리로 중얼거렸다.

"후우~ 드디어 끝났군!"

무려 반년에 걸친 거사가 드디어 끝이 난 것이다. 묘한 허탈 감이 밀려왔지만 그것도 잠시, 조엘은 성취감 가득한 얼굴로 고개를 끄덕였다.

그때 밖으로 나갔던 사내가 안으로 들어왔다. 조엘이 마스터의 자격을 갖추고 있다는 것을 안 순간, 가장 먼저 충성을 맹세했으며 이번 거사에서 가장 큰 활약을 펼친 그레헨이었다.

클레우스의 대거를 지닌 자만이 마스터의 자리에 오를 수 있다는 전통을 맹신하는, 어찌 보면 꽤나 낭만적인 성향을 가지고 있는 사내였다. 하지만 그런 만큼 마스터에게 절대적인 충성심을 가지고 있기도 했고, 조엘에게 가장 필요한 사람이기도 했다.

지도층이 대거 지위를 박탈당하고 새로운 사람이 마스터로 올라앉은 어수선한 분위기를 일신하는데도 큰 역할을 해 줄 수 있는 인물이기도 했다.

"모두 정리됐나?"

"예, 마스터. 이제 남은 것은 길드 내부를 정비하는 것 뿐입니다. 이제 마스터의 자리로 가시지요."

"수고했어. 아, 일전에 알아보라고 했던 내용들은?"

"그렇지 않아도 지금 자료 창고를 확인해서 정보들을 모으고 있습니다. 늦어도 닷새 안에는 마무리가 될 거라고 봅니다."

"좋아, 수고했어. 그럼 가 볼까?"

조엘이 걸음을 옮기고, 그레헨이 그 뒤를 따라 걸었다.

여기저기 피로 흥건한 바닥과 벽, 시체를 치우는 길드원들의 모습이 방금까지 있었던 거사의 치열함을 알려 주고 있었다.

조엘과 그레헨은 몇 번의 모퉁이를 돌아 긴 복도를 따라 끝에 검게 칠해져 있는 문 앞에 도착했다. 클레우스가 사라진 후, 오랜 세월 주인을 잃은 채로 남아 있던 방. 바로 아트룸 길드 마스터의 집무실이었다.

"후우웁!"

조엘이 길게 심호흡을 하고 손을 뻗었다.

끼이익!

오랫동안 방치한 탓인지 요란한 소리를 내며 문이 열리고, 방 안의 전경이 조엘의 시야에 들어왔다.

업무용으로 쓰일 책상과 커다란 의자, 다양한 분야의 책들이 가지런히 꽂혀 있는 책장. 그리고 방 전체에 수북하게 쌓여 있는 두꺼운 먼지.

마스터 대신 아트룸 길드를 운영해 온 10인회의가 얼마나 이곳의 관리를 소홀히 해 왔는지, 그리고 새로운 마스터의 출현을 거부했는지 알 수 있는 광경이었다.

뚜벅, 뚜벅.

두껍게 쌓인 먼지 위로 조엘의 발자국이 선명하게 찍혔다. 어느새 의자 앞에 선 조엘이 망설임 없이 의자에 몸을 묻었다.

풀썩!

두껍게 쌓여 있던 먼지들이 솟아오르며 방 안을 뿌옇게 만들었다. 하지만 조엘은 조금도 아랑곳하지 않고 의자 깊숙이 몸을 묻었다.

그리고 그레헨이 깊이 고개를 숙이며 말했다.

"축하드립니다. 마스터!"

§　　　§　　　§

"와아~ 정말 대단한데?"

볼프가 창밖으로 내다보며 진심 어린 표정으로 감탄사를 터뜨렸다.

"야야, 보기만 해서는 모른다. 직접 봐야 알아. 으으~ 생각만 해도 무섭네."

방 안의 소파에 앉아 있던 율리아가 반사적으로 어깨를 감싼 채 부르르 떨며 말했다.

"그렇게 대단하냐?"

"크크, 지금 보고도 모르겠냐? 백작님이 어떻게 못할 정도면 말 다했지."

"하긴……."

고개를 끄덕이면서도 볼프는 창밖의 광경에서 눈을 떼지 못하고 있었다.

수도에 있는 리카이엔의 저택 입구. 그곳에 리카이엔이 잔뜩 찌푸린 표정으로 서 있었다. 입구를 지키던 톰은 턱을 부들부들 떨며 눈앞의 광경을 보고 있었다. 그리고 리카이엔 앞에 있는 한 사람.

"부탁드립니다. 프로커스 경! 제발 저를 받아 주십시오!"

애걸복걸하며 리카이엔에게 매달리는 청년. 바로 루딜 폴덴바인이었다.

리카이엔이 저도 모르게 살기를 번뜩이며 말했다.

"루딜 공자. 이러는 건 자네 아버님인 폴덴바인 경이 곤란

할 수도 있다고 말하지 않았나?"

"곤란하다뇨? 제 아버지께서는 프로커스 경처럼 훌륭한 검사에게 수련을 받는 것은 더 없이 좋은 기회라며 저의 결심을 크게 칭찬해 주셨다고 말씀드리지 않았습니까?"

루딜이 리카이엔에게 매달리는 이유는 다름 아닌 검술의 수련이었다.

그날 연회장에서 리카이엔의 무시무시한 위용을 두 눈으로 똑똑히 지켜본 루딜은, 저 검술만 배운다면 세이나와의 결투에서 이겨 그녀의 사랑을 차지할 수 있을 거라고 확신했다.

그리고 그 생각을 아버지에게 말하고 무려 사흘을 조른 끝에 허락을 받고 온 것이다. 그러니 리카이엔이 무슨 말을 해도 버티며 이렇게 매달릴 수 있는 것이다.

"하아~"

리카이엔이 긴 한숨을 내쉬며 루딜을 보았다. 그리고 이 자리에 없는 누군가를 향해 물었다.

'도대체 어디가?'

며칠 전 연회장에서 카이스가 했던 말을 떠올렸기 때문이다.

'머리 좋지, 얼굴 반반하지, 몸 좋지, 검술 훌륭하지, 정치 감각 뛰어나지. 뭐 하나 빠지는 게 없는 놈이잖냐.'

정말 말도 안 되는 소리였다. 지금 리카이엔의 눈앞에 있는 놈은 그냥 푼수일 뿐이다.

그러다 갑자기 머릿속에 괜찮은 생각이 떠올랐다.

"루딜 공자는 도대체 검술을 익혀서 무얼 하려고 그러는 건가?"

"세이나와의 결투에서 당당히 이겨 그녀의 사랑을 얻을 겁니다."

"허!"

당연한 걸 왜 묻느냐는 표정으로 대답하는 루딜을 보며, 리카이엔은 저도 모르게 허탈한 실성을 터뜨렸다. 이미 예상은 하고 있었지만, 이렇게 당당하게 말할 거라고는 생각지 못했던 것이다.

잠시 호흡을 가다듬은 리카이엔이 짐짓 근엄한 표정으로 말했다.

"귀족으로서 검술을 익힌다는 것은, 아래로는 기사와 병사들의 귀감이 되고 위로는 국왕 폐하의 힘이 되기 위한 것일세. 그런데 루딜 공자는 겨우 그런 사사로운 이유로 검술을 익히겠단 말인가?"

가끔은 이상적인 정공법이 해답이 될 때가 있는 법. 리카이엔은 이렇게 말하면 민망해서라도 일단은 물러가리라 생각했다. 하지만 루딜은 그런 정도에 뒷걸음질 칠 정도로 의지가 약한 인물이 아니었다.

"누군가를 위해서 자신의 모든 것을 쏟아부을 수 있는 사람이야말로, 훌륭한 귀족으로서 자신의 백성을 사랑하고 다스릴 수 있다고 생각합니다. 한 사람도 제대로 사랑하지 못하는 이가 어찌 수많은 백성들을 사랑할 수 있겠습니까?"

'이 자식, 헛바닥에 기름이라도 칠했나?'

말이 되는지 안 되는지는 떠나서, 아주 그럴싸하게 가져다 붙인다. 그리고 순간적으로 리카이엔의 얼굴에 한줄기 의혹이 서렸다.

'그 말이 맞단 말인가?'

루딜을 제대로 잘난 놈이라고 평했던 카이스의 말이 다시금 떠올랐던 것이다.

다만 그 잘난 재능을 엉뚱한데 쓰고 있다는 것이 문제였다. 그것도 천하의 리카이엔의 성질을 박박 긁어 가면서.

리카이엔은 이마에 불룩하게 핏대가 서는 것을 느끼며, 루딜을 잡아 죽일 듯이 노려보았다. 하지만 제대로 잘났음에도 불구하고 눈치만큼은 정말 없어 보이는 루딜은 어깨를 펴며 리카이엔을 볼 뿐이었다.

'하아~ 이런 망할 놈을 봤나……'

생각 같아서는 당장이라도 루딜에게 수련을 시키고 싶었다. 프로커스 백작령 기사들이 가장 두려워하는 것, 체력 단련을 말이다.

물론 그럴 수는 없었다. 그 수련이 보기에 따라서는 사람을 괴롭히거나 벌을 주는 것으로 오해하기 딱 좋다는 사실을 알고 있기 때문이다.

사실 그에게 일반적인 수련 방법을 말해 주고, 검술을 보아 주는 것은 큰일이 아니다. 하지만 그랬다가는 아이젠 백작 일파에서 자신이 로몬 백작 일파로 들어갔다고 오해하기 딱 좋았다. 그리고 로몬 백작 일파에서도 비슷한 생각을 할 것은 뻔한 일이다.

물론, 가장 큰 이유는 아무리 봐도 푼수인 루딜에게 세이나를 주기 싫어서였지만.

결국 리카이엔은 방법을 수정할 수밖에 없었다.

"이보게, 루딜 공자."

"예, 프로커스 경."

"다른 가문의 후계자에게 검술을 가르친다는 건 여러 가지로 많은 것을 생각해 봐야 한다는 건 공자도 알고 있겠지?"

"물론입니다."

"그러니 오늘은 일단 돌아가게. 내 곰곰이 생각을 해 보고, 결론이 내려지면 따로 기별을 줄 테니."

이대로 거절만 한다면 죽어도 가지 않을 놈이라는 것을 확인한 이상, 일단은 달래서 돌려보내는 수밖에 없었다.

리카이엔의 말에 루딜이 반색을 하며 말했다.

"알겠습니다. 돌아가 개인 수련을 하면서 수련을 받으러 오라는 말을 기다리고 있겠습니다."

"내 확답은 주지 못하겠으나… 일단은 진지하게 생각해 보겠네."

"예, 프로커스 경!"

루딜이 인사를 꾸벅하고 그대로 왔던 길을 되돌아갔다.

"하아~"

리카이엔이 긴 한숨을 내쉬며 멀어져 가는 루딜의 뒷모습을 보며 말했다.

"에라이, 찰거머리 푼수 같은 놈."

그때였다.

"허, 널 그렇게 애먹이는 놈도 있냐?"

갑자기 귓전을 두드리는 목소리. 그것도 아주 가까운 곳에서 나는 소리였다.

"누구냐!"

리카이엔이 외침과 동시에 소리가 나는 쪽으로 몸을 날렸다. 하지만 그 자리에는 아무것도 없었다.

그리고 등 뒤에서 움직이는 미약한 소음.

"홉!"

깜짝 놀란 리카이엔이 급히 허리를 뒤틀며 손을 뻗었다. 하지만 이번에도 리카이엔은 아무것도 없는 빈 허공을 움켜쥐었을 뿐이다.

'이거 설마⋯⋯!'

두 번째 공격을 실패한 순간, 머릿속에 떠오른 한 사람. 그리고 리카이엔의 입가에 떠오른 싸늘한 미소.

쿠우웅!

묵직한 진각과 함께 리카이엔의 움직임이 배는 빨라졌다.

쉬우우욱!

호쾌하게 허공을 가르는 리카이엔의 주먹. 그리고 여전히 헛되이 허공을 후려치는 손. 하지만 리카이엔의 얼굴에는 득의만만한 미소가 떠올라 있었다.

"까불지 마라!"

외침과 동시에 허공을 후려친 자세 그대로 왼쪽 팔꿈치를 뒤를 향해 휘둘렀다. 크게 확장시킨 기감의 범위 안에 눈에 보이지 않는 움직임이 잡혔던 것이다.

빠아아악!

"흐컥!"

갑자기 터져 나온 비명과 함께 데굴데굴 바닥을 구르는 온통 검은색 일색의 인영.

"넌 평생 가도 나 못 이긴다. 알았냐?"

투덜거리며 자리에서 일어나 몸에 묻은 먼지를 털고 있는 사내.

"제길, 그놈의 성질머리는 여전하구나?"

사내가 리카이엔의 팔꿈치에 맞은 옆구리를 어루만지며 투덜거렸다. 바로 아트룸 길드의 마스터인 조엘이었다.

"당연한 건 물어보는 게 아니다. 아무튼 여기까지 어쩐 일이냐? 그보다 갔던 일은 잘됐냐?"

"흐흐, 날 누구라고 생각하는 거냐? 아무튼 안으로 들어

가자."

그때였다.

콰아앙!

"백작님!"

볼프가 문이 부서져라 열어젖히고 밖으로 튀어나와 외친 말이었다. 저택 안에서 창밖으로 구경하고 있다가, 갑자기 나타난 조엘이 리카이엔을 공격하자 급히 뛰쳐나온 것이다. 물론 이미 상황은 끝나 있었지만.

두 사람이 나란히 걸어오는 것을 발견한 볼프가 어안이 벙벙한 표정을 지었다. 그런 볼프 뒤에는 율리아가 아주 찝찝한 얼굴로 서 있었다.

"신경 쓰지 말고 하던 거나 해라."

툭 던지는 리카이엔의 말에 볼프가 뻘쭘한 표정으로 뒤통수를 긁었다.

"알겠습니다."

고개를 끄덕인 후, 저택 안으로 들어가던 리카이엔이 볼프 옆을 지나치며 나직한 목소리로 말했다.

"그나저나 반응 무지 빠르다? 응?"

'윽!'

볼프가 저도 모르게 죽을 것 같은 표정으로 두 눈을 질끈 감았다. 하지만 어쩌겠는가. 이미 벌어진 일이다. 그리고 저택 안으로 들어선 리카이엔이 던지는 한마디.

"앞으로는 순발력을 기르는 훈련을 하도록 하자."

'제길, 죽었다!'

리카이엔이 시키는 훈련은 거의 모든 것이 상상을 초월하는 것이다. 아니, 훈련이라기보다는 괴롭힘이라는 느낌이 더 강한 방식들이었다. 그 훈련들을 하나도 빠짐없이 겪어본 볼프의 낯빛이 시커멓게 썩어 들어가는 것은 당연한 일이다.

"길드에서의 일이 잘 풀린 모양이지?"

집 안으로 들어오자마자 던지는 질문에 조엘이 가벼운 미소를 지으며 고개를 끄덕였다.

"덕분에."

"다 내 덕분이라는 거 잊지 마라."

그런 말이 나올 줄 알았다는 듯 조엘이 조금은 심드렁한 표정으로 말했다.

"쯧, 축하도 없이 대뜸 한다는 말이 그거냐?"

"뭘 바란 거냐?"

"하아~ 하긴, 너한테 뭔가를 바란 내가 바보다."

"어쨌든 여기까지는 무슨 일이냐?"

"니가 부탁했던 일 때문에 왔다."

"음? 설마……."

리카이엔이 두 눈을 가늘게 좁혔다. 그가 조엘에게 부탁했던 일. 그것은 바로 바이론인으로 구성된 비밀스러운 단체에 대한 조사였다.

"그래, 뭐 딱히 결정적인 건 없지만 아주 수확이 없는 건 아니다."

"알아낸 게 뭐냐?"

조엘이 리카이엔에게 꽤 두꺼운 서류 뭉치를 건넸다.

"혹시나 싶어서 미리 말하지만, 대부분은 대륙 각지에 흩어져 있는 바이론 난민들이 약속이라도 한 것처럼 모렐리아 공화국이 있는 쪽으로 이동하고 있다는 내용이다. 아마 테하스님의 바이론 왕국 재건과 관련된 움직임인 것 같은데… 그래도 혹시 그중에 얽어걸린 거라도 있나 싶어서."

"흐음, 그럴 수도 있겠네."

"아, 이건 오기 직전에 올라온 보고서 거기에는 안 적혀 있는 내용인데… 지금 그 바이론 비밀 집단 놈들 중 일부가 여기 브렌 왕국의 수도 에델슈트에 있는 것 같다더라."

"뭐?!"

깜짝 놀란 리카이엔이 반사적으로 몸을 벌떡 일으켰다. 조엘이 득의양양한 표정으로 리카이엔을 향해 말했다.

"그런데 사실 이건… 내 입으로 말하긴 좀 그렇다만, 우리 길드에서 파악해 낸 정보가 아니다."

"응?"

"뭐랄까… 놈들이 먼저 모습을 드러낸 거라고 해야 하나? 물론 여전히 놈들을 찾을 수는 없다. 장소가 파악될 때쯤이면 바로 자리를 바꿔 버리거든."

"흐음, 천하의 아트룸 길드를 애먹일 정도로 철두철미한 놈들이라는 건데……."

"일단 지금 현 상태에서 알 수 있는 건, 놈들이 이곳 에델슈트에서 무언가 일을 꾸미고 있다는 거다."

"그렇겠지. 도대체 뭘 꾸미는 거지?"

조엘이 어깨를 으쓱거리며 말했다.

"내가 그걸 알면 뭐하러 길드 마스터하냐? 점쟁이를 하지."

"크크, 그게 더 어울릴지도 모르겠군."

"에라이, 그냥 악담을 하지 그러냐!"

"뭐, 아무튼… 이제부터라도 놈들을 좀 찾아다녀 봐야 겠군. 너도 좀 부탁하자."

"알았다. 아! 그러고 보니 하나 더 있다."

조엘이 이제야 생각났다는 듯 급히 말했다.

"하나 더?"

"이번에 놈들에 대해서 조사를 하는데 좀 거슬리는 게 하나 있더라고."

"뭐가?"

"으음… 이걸 직접적으로 어떤 거다 하고 말하기는 애매한데… 하나가 더 있다고 할까?"

"응?"

"그러니까, 놈들에 대해서 조사를 하려고 하면 이상하게도 집중이 안 되더라고."

"흐음……."

"그래서 혹시나 싶은 생각에 모인 정보들을 분류해 봤더니 그놈들하고 비슷하게 움직이는 무리가 하나 더 있더라고."

"그게 뭔지는 역시 모르겠지?"

조엘이 살짝 입술을 삐죽이며 고개를 끄덕였다.

"자존심이 좀 상하지만… 사실이다."

"뭐, 어쩔 수 없지. 그런데 방금 떠오른 생각인데 말이야."

"응?"

"놈들이 수도에서 종종 모습을 드러낸다는 건 어쨌든 움직임에 변화가 생겼다는 뜻이잖아."

조엘이 바로 고개를 끄덕였다.

"일단을 그렇게 보는 쪽이 맞겠지."

"그렇다면 왜 그런 변화가 생긴 것 같으냐?"

"이런 경우는 흔히……."

리카이엔이 고개를 끄덕이며 대답했다.

"그래, 뭔가 준비가 완벽하게 끝났다는 의미일 거다. 더 이상 누가 뭔 짓을 해도 자신들의 계획을 무산시킬 수 없다는 확신이 들었다는 뜻이다."

"그리고 그 말은… 내가 발바닥에 땀나도록 뛰어야 된다는 말이구만."

"크크큭, 이제는 말 안 해도 알아서 잘 움직여 주는데?"

"쳇, 친구 좋다는 게 뭐냐?"

조엘이 어쩔 수 없다는 얼굴로 말하는 순간 리카이엔이 갑자기 흠칫하는 표정을 지어 보였다.

'아차, 그러고 보니 이놈이 있었지?'

갑자기 며칠 전, 카이스에게 친구가 너밖에 없다는 이야기를 했던 기억이 떠올랐기 때문이다. 그 순간, 조엘의 존재를 망각했던 것이다.

'쩝, 별것도 아닌 게 괜히 사람 미안하게 만드네.'

물론 그렇다고 그 얘기를 시시콜콜 풀어 줄 리카이엔은 아니었지만.

갑자기 멍한 표정을 짓는 리카이엔을 형해 조엘이 고개를 갸웃거리며 물었다.

"왜 그러냐?"

"응? 아무것도 아니다."

"뭔가 있는 것 같은데… 하긴 니놈이 말을 해 줄 거였으면 이미 말을 해 줬겠지. 아참, 그러고 보니 며칠 전에 아주 제대로 판을 벌였던데?"

"흐흐, 견제를 하려면 그 정도는 해야지."

"그럴 거 같아서 이거 좀 가져왔다."

조엘이 리카이엔을 향해 또 하나의 서류 뭉치를 건넸다.

"이건 또 뭐냐?"

"아이젠 백작과 관련된 정보들이다. 요즘 그쪽이랑 꽤 열을 올리고 있다기에 도움이 될까 해서 가져왔다."

하지만 리카이엔은 이번에는 고개를 저었다.

"고맙지만 이건 도로 가져가라."

"응?"

"이건 가지고 있어 봐야 독이 될 것 같아서 말이지……."

"그게 뭔 소리냐? 정보가 독이 되다니?"

"때로는 너무 많이 알아도 안 좋은 법이다."

하지만 정보 길드의 마스터로서는 절대 받아들일 수 없는 말이었다.

"뭔 소리냐? 알면 알수록 도움이 되는 거지!"

"대신 많이 아니까 그만큼 생각도 해야 되는 건 물론, 그쪽에 신경도 더 쓰게 되지."

"그래서 안 좋은 일이라도 생기냐?"

"지금 내 적은 단지 아이젠 백작 한 명만은 아니거든. 그리고 그것과는 별개로 가끔은 그냥 밀어붙여야 될 때가 있는 법이다. 그리고 내가 볼 때 조만간 밀어붙일 만한 일들이 일어날 거다. 그러니 그때까지 좀 기다려 보라고."

조엘은 이해할 수 없는 표정을 지었지만, 더 이상의 권유는 하지 않았다. 리카이엔의 성격상, 저렇게 이야기를 했다면 억지로 주고 가도 보지 않을 거라는 걸 알기 때문이다.

"훗, 알았다. 아무튼 덕분에 아트룸 길드는 내 거다. 내가 너한테 만큼은 정보 비용을 공짜로 해 주마."

순간 리카이엔의 뇌리를 스치는 한 가지.

"그렇다면 한 가지 알아봐 줘야 할 일이 좀 있는데?"

"뭘?"

"루오 왕국에 대해서 말이야."

"루오 왕국? 뭐 조사하는 건 어렵지 않은데… 뜬금없이 왜 루오 왕국이 튀어나오냐?"

"요즘 들어 국왕이 뭔가 앞뒤가 안 맞는 행동을 보이고 있거든."

조엘이 얼굴을 괴상하게 일그러뜨리며 물었다.

"루오 왕국 얘기하다가 웬 국왕?"

리카이엔이 살짝 목소리를 낮추며 설명을 했다.

"니가 아이젠 백작에 대해서 조사를 했으면, 요즘 국왕과의 사이가 소원해졌다는 것도 알 거다."

"그렇지. 국왕이 아이젠 백작의 개전론을 자꾸 묵살하는 바람에 그렇게 된 걸로 아는데?"

"그랬지. 뭐, 거기까지는 좋은데… 국왕의 말이 앞뒤가 안 맞기 시작했거든."

국왕과 아이젠 백작 사이에 불화가 생긴 원인은, 다름 아닌 개전에 대한 의견 차이였다. 아이젠 백작은 지금이 개전 시기라고 말했고, 국왕은 아직 때가 아니라고 말했다.

그리고 그에 대해 먼저 말을 번복한 사람은 국왕이다. 리카이엔을 불러 조만간 전쟁이 일어날 거라는 뉘앙스로 말을 한 것이다.

거기까지는 그럴 수 있었다. 국왕의 생각이 바뀌었을 수도 있는 일이기 때문이다. 하지만 문제는 그 다음에 벌어졌다. 리카이엔을 통해 전쟁과 관련된 이야기를 들은 아이젠 백작이 다시 국왕을 찾아갔던 것이다. 그리고 그 자리에서 절대 브렌 왕국이 먼저 루오 왕국을 도발하는 일은 없을 거라고 말했다.

"음? 그게 뭔 소리야?"

조엘이 이해가 안 된다는 표정으로 물었다. 전쟁을 할 생각이기는 하지만 먼저 도발하지는 않을 거라니.

"그러니까 앞 뒤가 안 맞는다고."

"니가 잘못 받아들인 거 아니냐? 국왕이 전쟁을 할 거라는 얘기는 니 생각일 뿐이라거나."

"그럴 가능성이 아예 없지는 않은데… 그렇게 생각하기에는 얘기를 할 당시 국왕의 눈빛이 너무 탐욕스러웠거든."

"응?"

"뭐랄까? 강력한 정복욕?"

"으음… 일단 니 말이 맞다고 치자. 그런데 그거랑 루오 왕국이랑은 무슨 관계냐?"

"에라이, 이 답답아. 브렌 왕국이 먼저 도발을 하지 않는데 전쟁이 일어나려면 한 가지밖에 더 있냐?"

"아아~ 루오 왕국이 먼저 쳐들어온다는 말이냐?"

"그렇지. 국왕은 어떤 루트에 의해서건 루오 왕국이 먼저 도발할 것이라는 정보를 입수한 거다. 그게 아니면 이야기가 너무 앞뒤가 맞지가 않아."

　"흐음, 그럴 수도 있겠네. 알았다. 한 번 조사해 볼게."

Chapter 10.

사냥개와 칼의 차이

"그래, 무슨 일인가?"

도번 후작과 마주 않은 국왕의 얼굴에는 궁금증이 떠올랐다. 국왕의 개인적인 자문 역할을 하는 도번 후작과 단둘이 만나는 일은 꽤나 흔한 일이었다. 하지만 오늘은 그 경우가 달랐다.

한 평생 자신의 사리사욕을 채운 일도, 사사로운 부탁을 한 일도 없는 도번 후작이 개인적으로 부탁할 일이 있다며 접견을 청했기 때문이다.

"시간을 내어 주셔서 감사드립니다, 폐하."

"하하, 다른 사람도 아니고 도번 경에게 시간을 내주지 못할 정도로 내가 야박한 군주였던가?"

"그런 말씀은 아닙니다만……."

잠시 말끝을 흐리던 도번 후작이 무언가를 고민하는 표정을 짓는가 싶더니, 이내 마음을 굳힌 듯 입을 열었다.

"실은 왕자 전하의 성혼과 관련하여 올릴 말씀이 있사옵니다."

"음? 왕자의?"

곧장 그렇게 반문한 국왕은 뭔가 짚이는 것이 있다는 듯 낮은 웃음을 터뜨리며 말했다.

"그러고 보니 브레튼이 했던 말이 기억나는구려. 도번 경의 손녀에게 마음이 기울어 있는 듯한데."

국왕의 얼굴 가득 미소가 떠올라 있는 것이 꽤나 기분이 좋아 보인다. 그도 그럴 것이 아녜스는 그가 원하는 며느리 상에 더 없이 적합했기 때문이다.

켈리어스 국왕이 아직 왕자의 신분이었던 당시, 왕실은 꽤나 어지러운 상황이었다. 외부적으로야 절대적인 왕권으로 나라를 다스리는 것처럼 보였지만, 속을 들여다보면 그렇지가 못했던 것이다.

당시의 상황으로 따지면 켈리어스 왕자의 외조부, 다시 말해 당시 왕비의 아버지이자 재상이었던 벨탄 후작때문이었다.

심약했던 국왕은 왕비와 장인에게 눌려 있었고, 그에 반해 벨탄 후작은 국왕의 장인인 동시에 재상이었던 자신의 지위를 이용해 무소불위의 권력을 휘둘렀다.

그런 이유로 당시 왕자의 신분이었던 켈리어스 국왕은 외척의 발호를 병적으로 싫어하게 되었다. 그렇기에 자신의 아내

역시 지방 귀족의 딸로 맞이했고, 선왕이 죽은 후 왕위에 오르자마자 한 일 또한 벨탄 후작의 작위 박탈과 자기 어머니의 폐위였다.

그러한 관점에서 볼 때 아네스는 아주 훌륭한 조건을 가진 며느릿감이었다.

도번 후작이라면 절대 정도를 넘어서는 일을 하지 않을 거라 생각했기 때문이다. 더불어 아네스 역시, 그녀가 어릴 때부터 보아온 덕분에 훌륭한 왕비가 될 것이라고 판단하고 있었다.

하지만 뒤이어 나온 도번 후작의 말은 국왕의 생각과는 정반대되는 것이었다.

"송구하옵니다만, 폐하. 아네스에게는 이미 정혼자가 있사옵니다."

"음?!"

꽤나 충격을 받은 듯 국왕의 얼굴이 무서울 정도로 굳었다. 가문에서 왕비가 나온다는 것은 어떤 식으로는 영광스러운 일이다. 그러한 제안을 거절하는 것은 있을 수 없는 일이다. 게다가 그 말을 한 사람이 다른 사람도 아닌 도번 후작이니 국왕의 충격은 클 수밖에 없었다.

국왕이 살짝 일그러진 표정으로 물었다.

"내 단 한 번도 도번 경의 집안에서 약혼에 대한 이야기는 들은 적이 없네. 그런데 정혼자가 있다고?"

"크게 알릴 필요를 느끼지 않아 조용히 치렀습니다."

물론 거짓말이다. 도번 후작이 카이스를 손녀사위로 낙점하고 있기는 했지만 아직까지 어떠한 공식적인 이야기도 오고간 적이 없었다.

하지만 도번 후작은 그렇게 해서라도 손녀를 지키고 싶었다. 어려서 부모를 잃고 평생 할아버지인 자신의 손에서 자란 손녀딸이다. 어렸을 때는 일찍 부모를 여읜 탓에 대단히 내성적이고 어두운 일면도 있었다. 하지만 지금은 그것을 극복하고, 이제는 훌륭한 사내를 만나 진심으로 행복해하고 있다. 그런 손녀가 자신 때문에 불행해지는 것은 절대 두고 볼 수 없다. 후작이 아는 한, 왕비라는 자리는 행복할 수 있는 자리가 아니기 때문이다.

한 나라의 국모라는 것은 개인의 모든 것을 희생해야 하는 자리다. 역사적으로도 진심으로 행복한 삶을 산 왕비가 아주 극소수라는 사실만 보아도 알 수 있는 일이다.

물론, 국왕과 영주가 그 규모 면에서 차이가 날 뿐 일정 지역을 다스린다는 점에서는 똑같다고 볼 수도 있었다. 하지만 영주의 부인이라는 자리는 비교적 제약이 덜한 것은 물론 개인의 행복을 추구하기도 나쁘지 않았다.

귀족들 사이에서 로맨틱한 사랑이야기가 많고, 그것이 행복한 결혼으로 이어진 사례가 많은 것이 결정적인 증거였다.

그리고 또 한 가지. 브레튼 왕자는 그 아버지인 현 국왕의 성격을 그대로 이어 받고 있었다. 다시 말해 그러한 브레튼 왕자와 결혼을 할 경우, 아네스 역시 현재의 왕비처럼 평생을 왕궁에 갇혀 시들어 가는 운명을 맞이할 것이 너무나도 뻔했다. 그리고 도번 후작은 절대 그런 모습을 앉아서 지켜볼 생각이 없었다.

한참 동안 입을 꾹 다물고 있는 국왕의 모습에 도번 후작은 크게 심호흡을 하며 마음을 가다듬었다. 오랜 세월 국왕의 곁을 지킨 그였기에, 지금 국왕의 모습이 크게 분노한 상태라는 것을 알고 있기 때문이다.

"흐음, 그런 일이 있었는데 나에게 미리 말을 해 주지 않았다니, 조금은 섭섭하군."

"송구하옵니다, 폐하."

"그래, 아네스의 정혼자가 누구인가?"

국왕의 물음에 잠시 뜸을 들인 도번 후작이 힘겨운 목소리로 대답했다.

"카이스 그론스트 백작이옵니다."

"카이스 그론스트 백작이라……."

국왕이 그 이름을 뇌되며 한층 더 인상을 찌푸렸다. 카이스가 며칠 전 자신의 제안을 거절했던 것을 기억해 냈기 때문이다.

"그래서 아네스를 내 며느리로 줄 수 없다는 말인가?"

"송구하옵니다."

"왕자비로 간택된 경우 그것을 거부할 수 없다는 것은 도번 경 자신이 가장 잘 알지 않는가?"

"소신이 어찌 그러한 사실을 모르겠사옵니까? 하나 오래전에 맺은 약속이기에 그것을 깨는 것 또한 어려움이 있사옵니다. 평생을 폐하를 위해 일해 온 소신의 간곡한 청이오니, 말씀하셨던 왕자비의 이야기는 철회해 주시기를 청하옵니다."

확실히 도번 후작은 자신의 지위를 이용해 사사로운 부탁을 한 적이 한 번도 없었다. 평생을 청렴하게 살았으며, 국왕을 위해 충성을 아끼지 않았다. 그런 자신의 경력을 걸고 말을 하는데 면전에서 거부하는 것은 좋지 못한 일. 국왕이 얼굴을 찌푸리면서도 일단은 고개를 끄덕였다.

"그렇군. 알겠네, 그럼 이만 물러가도록 하게."

"예, 폐하. 소신 이만 물러가겠사옵니다."

대답을 한 후, 국왕의 집무실을 나서는 도번 후작의 표정이 더 없이 무거웠다.

'잘한 일일까?'

국왕의 성격에 대해서 가장 잘 아는 사람을 꼽으라면, 아마도 도번 후작 자신일 것이다. 그리고 그런 도번 후작이 아는 한, 국왕은 자신이 원하는 것에 대한 집착이 심했다. 꽤나 독선적인 성격이기에 자신의 뜻을 거역하는 것에 대해서 병적으로 싫어했다.

아이젠 백작이 지금까지 국왕의 신뢰를 받으며 자신의 힘을 키울 수 있었던 것은, 국왕이 왕권을 키우는데 결정적인 공헌을 한 덕이기도 하지만 한편으로는 단 한 번도 국왕의 뜻을 거스른 적이 없기 때문이다.

사실, 최근 들어 국왕이 아이젠 백작을 내치려는 움직임을 보이는 이유도 그와 관련된 것이다. 먼저 전쟁을 시작하지 않겠다는 국왕의 뜻에 계속해서 반대 의견을 내세웠기 때문이다.

그리고 그러한 국왕의 성격에 비추어 볼 때, 도번 후작이 카이스의 이름을 말한 것은 결코 좋은 방법이 아니었다. 국왕의 분노가 엉뚱하게 카이스 쪽으로 분출될 가능성이 아주 크기 때문이다.

그렇다고 해서 다른 이름을 말하는 것도 위험했다. 훗날 카이스와 결혼을 하게 될 경우, 자신은 국왕에게 거짓말을 한 셈이 되기 때문이다.

어쨌든, 국왕이 이대로 물러날 리가 없다는 건 너무나도 명백한 일이었다. 겉으로는 고개를 끄덕이고 알았다고 했지만, 속으로는 어떻게든 자신이 원하는 바를 이루기 위해 생각을 하고 있을 것이다. 자신이 크게 원하지 않았다 하더라도 일단 거절당한 일에 대해서는 끈질긴 집착을 보이는 것이 국왕의 성격이기 때문이다.

방금 이야기한 결혼 이야기도 마찬가지다. 아마 원래는 아네스가 각별히 마음에 들어서 말한 것은 아니었을 것이다. 다만, 왕자비로서 훗날의 왕비로서 적절한 조건을 가지고 있기에 며느리로 삼을 생각을 했을 것이다.

하지만 거절을 당한 순간, 독선적인 국왕은 처음의 목적이 아니라 아네스를 며느리로 삼는 일 자체에 집착할 것이다. 그 것이 도번 후작이 아는 국왕의 성격이었다.

"후우~"

저도 모르게 긴 한숨을 내뱉은 도번 후작이 굳은 표정을 지 으며 어깨를 추슬렀다.

'내가 할 수 있는 모든 것을 이용해 너희를 지켜 주마.'

§　　　§　　　§

"호오, 죄다 표정들이 제대로 똥 씹은 표정이네?"

카이스가 재미있다는 듯 키득거리며 말했다. 그 말에 리카 이엔이 다시 한 번 주변을 둘러보았다. 확실히 카이스가 말한 대로였다.

아이젠 백작과 그 주위에 있는 귀족들은 미간에 잔뜩 주름 을 잡은 채 자기들끼리 뭐라고 이야기를 주고받고 있었고, 로 몬 백작은 아주 귀찮은 표정으로 다른 백작들의 이야기를 듣 고 있었다.

물론 그 이유에 대해 리카이엔은 아주 잘 알고 있었다.

아이젠 백작은 그저께 국왕을 다시 한 번 찾아갔으나 이번 에는 아예 알현조차 못했다고 했다. 이제 완전히 국왕과의 사이가 틀어졌다는 뜻이다.

그리고 아이젠 백작이 아는지는 모르지만, 어젯밤에는 아이젠 백작 일파에 속해 있는 남작 세 명이 리카이엔을 찾아왔다. 물론 만나 주지도 않았지만, 그러한 사실들은 아이젠 백작 일파가 크게 흔들리고 있다는 증거들이다.

로몬 백작도 비슷한 이유였다. 국왕과 아이젠 백작의 사이가 틀어진 것이 기정사실이 된 지금, 국왕이 선택할 수 있는 것은 둘 중 하나였다.

아이젠 백작을 견제하던 로몬 백작과 손을 잡거나, 아예 그 어디에도 속하지 않은 귀족들을 이끌어 하나로 만든 후 자신의 세력으로 만드는 것.

그리고 객관적으로 볼 때 로몬 백작과 손을 잡는 것이 가장 편하고 확실한 방법이었다. 그러한 것은 누구라도 생각할 수 있는 일. 그렇기에 로몬 백작의 세력에 속해 있는 귀족들이, 어서 빨리 국왕을 찾아가라는 이야기를 하고 있는 것이리라.

뿌우우우~

긴 나팔 소리와 함께 왕실의 시종이 큰소리로 외쳤다.

"국왕 폐하께서 오십니다!"

말이 끝나기가 무섭게 모여 서 있던 귀족들이 하나같이 한쪽 무릎을 꿇고 국왕을 맞이했다.

오늘은 국왕이 국무회의에 참석할 귀족들을 모아 함께 사냥대회를 여는 날이다. 무복에 활을 들고 나타난 국왕이 무릎 꿇고 있는 귀족들을 향해 말했다.

"이런 날까지 번거로운 절차를 지킬 필요가 있겠는가? 모두들 일어나 말에 오르라."

말이 떨어지기가 무섭게 귀족들이 저마다 자신이 끌고 온 말에 올랐다.

그 사이 귀족들이 있는 곳까지 다가온 국왕이 말했다.

"오늘 우승한 자에게는 내 큰 선물을 하나 할 생각이니, 다들 힘을 내기 바란다."

그 모습을 본 카이스가 리카이엔에게 귓속말을 했다.

"음? 오늘은 좀 이상한데?"

"뭐가?"

"넌 처음이라 모르겠지만, 사냥은 폐하가 가장 좋아하시는 취미거든."

리카이엔이 그것을 모를 리가 없다. 호전적이고 정복욕이 강한 국왕이 사냥을 아주 즐긴다는 사실은 대부분이 알고 있는 정보다. 더불어 이전 리카이엔의 기억에도 남아 있는 이야기였다.

하지만 카이스가 말하는 이상이 무엇인지는 몰랐기에 리카이엔은 가만히 고개를 끄덕이며 다음 말을 기다렸다.

"작년 겨울까지만 해도 사냥하는 날만큼은 항상 웃는 얼굴이었는데……."

그제야 카이스가 무슨 말을 하려는 건지 알아챈 리카이엔이 고개를 끄덕이며 대답했다.

"확실히 오늘은 좀 기분이 나빠 보이는데……."

잠시 말끝을 흐린 리카이엔이 묘한 미소를 지으며 말을 이었다.

"아무래도 우리 때문인 모양인데?"

"뭐?!"

깜짝 놀란 카이스의 시선이 국왕에게로 향했다.

"흡!"

그리고 저도 모르게 헛바람을 들이켰다. 국왕의 날카로운 시선과 마주친 탓이다.

"조, 좀 있다 얘기하자."

잠시 후, 왕실의 시종들이 들고 움직일 수 있는 작은 크기의 우리를 들고 나왔다. 쉬지 않고 흔들리는 우리 안에 들어 있는 것은 다름 아닌 붉은눈여우.

눈동자가 빨간 것이 특징인 이 여우는, 재빠르고 지구력이 뛰어난 것은 물론 교활하고 꽤나 공격적이다. 가끔은 자신을 쫓아오는 사냥개를 물어 죽일 정도로 사나운 특성을 보이기도 한다.

다시 말해 사냥을 하기에 꽤 까다로운 놈이라는 뜻이었다. 그리고 그렇기에 국왕이 가장 좋아하는 사냥감이기도 했다. 잡기 힘든 만큼, 잡았을 때의 쾌감도 크기 때문이다.

왕실의 시종들이 가지고 나온 우리는 모두 스무 개. 다시 말해 스무 마리의 붉은눈여우가 오늘의 사냥감이라는 뜻이다. 사냥 대회는 가장 많은 붉은눈여우를 잡은 사람이 우승을 하는 간단한 방식이다.

시종들이 우리를 땅에 놓고 일제히 우리의 문을 열었다. 그와 동시에 울리는 요란한 종소리.

땡땡땡땡!

소리에 놀란 여우들이 황급히 숲을 향해 뛰기 시작했다. 정확하게는 수도 에델슈트의 북쪽에 만들어진 왕실 전용의 사냥터를 향해서.

모든 여우들이 사라진 후, 국왕이 귀족들을 한 번 훑어보더니 리카이엔과 카이스를 향해 말했다.

"그론스트 백작, 그리고 프로커스 백작은 오늘 나와 함께 가도록 하지."

그 말에 카이스가 쓴웃음을 지으며 말했다.

"확실히 우리 때문에 심기가 불편하신 모양이군. 그나저나 오늘 우승은 물 건너갔구만."

국왕과 함께 다닌다는 것은, 모든 사냥감을 국왕에게 양보해야 한다는 뜻. 당연히 우승을 할 수는 없다. 하지만 두 사람은 모든 귀족들의 싸늘한 눈초리를 받아야만 했다.

국왕이 직접 사냥에 동행을 청했다는 것은, 해당 귀족을 특별히 가까이 두겠다는 뜻을 표현한 것이기 때문이다.

물론, 리카이엔은 오늘 만큼은 다른 이유라고 생각했지만 말이다.

왕실의 시종이 붉은색의 커다란 깃발을 흔들었다. 대회가 시작되었다는 신호.

가장 먼저 출발한 사람은 당연히 국왕이었다. 국왕이 말을 몰고 숲으로 향하자, 국왕의 근위 기사 네 사람이 그 뒤를 따르고, 마지막으로 리카이엔과 카이스가 말을 몰았다.

"후우, 우리 오늘 조심해야겠다."

"응? 뭐 짚이는 거라도 있냐?"

카이스의 말에 리카이엔이 고개를 갸웃거리며 물었다. 카이스가 묵직하게 고개를 끄덕이며 말했다.

"브레튼 왕자 전하가 아네스를 왕자비로 삼겠다고 하셨다더라고."

리카이엔이 도번 후작의 생일 연회 때 보았던 브레튼 왕자를 떠올리며 고개를 끄덕였다. 그날 브레튼 왕자가 카이스와 아네스를 보는 눈빛이 예사롭지 않았던 것을 기억하고 있기 때문이었다.

"도번 후작님이 거절하신 모양이군."

"응? 어떻게 알았냐?"

"만약 아네스 양이 왕자비로 확정되었다면 니가 이런 사냥에 나올 정신이나 있었겠냐?"

카이스가 잠시 상황도 잊은 채 바보 같은 웃음을 흘리며 말했다.

"흐흐, 그건 그렇지. 아무튼 어제 도번 후작님을 만났는데… 내가 아네스와 약혼을 했다고 말씀하셨다더군."

"왕자비가 되지 않으려면 그렇게라도 하셔야 했겠지."

"그리고 그 일로 인해 폐하가 날 보는 시선이 곱지 않을 거라고 했었는데……."

"그런데 아무래도 그 이유만은 아닌 것 같다. 나까지 같이 부른 걸 보면 말이야."

그제야 리카이엔도 함께라는 사실을 떠올린 카이스가 애매한 표정으로 물었다.

"그러고 보니 그러네? 너도 뭐 폐하께 밉보일 짓했냐?"

"짚이는 게 하나 있기는 하다."

"뭔데?"

"나하고 너는, 국왕의 제안을 거절했잖냐."

"아! 그러고 보니……."

카이스가 새삼스러운 얼굴로 고개를 끄덕였다.

"아마 그것까지 포함해서 우리가 꽤 미운털이 박힌 것 같은데, 뭐 어쨌든 지금은 따라가는 수밖에 없지. 그나저나 좋겠다?"

"응? 뭐가?"

"도번 후작님이 국왕에게 너와 아네스가 약혼을 했다고 말한 이상, 이제 완전히 사위가 된 거나 다름없잖냐?"

"크흐흐, 그건 그렇지. 헉, 뒤처지겠다. 얼른 가자. 이랴!"

§　　　§　　　§

"아무래도 오늘은 좀 힘들지 않겠소?"

슬레인 백작이 불안한 얼굴로 말했다. 하지만 아이젠 백작은 고개를 저었다.

"기회가 그리 많지는 않소."

불안한 것은 슬레인 백작만이 아닌 듯, 렌디넨 백작 역시 떨리는 목소리로 말했다.

"하지만 폐하와 동행을 하고 있소. 자칫하면 폐하의 시해음모로 해석될 수도 있단 말이오."

그러나 아이젠 백작은 이미 마음을 굳힌 듯 조금의 흔들림도 없이 말했다.

"폐하께서 다치는 일은 없을 테니 걱정 마시오."

아이젠 백작이 장담하듯 말했음에도 불구하고 세 명의 백작은 여전히 불안한 표정이었다. 아이젠 백작은 그런 세 사람의 불안을 무시한 채 말을 몰아 앞으로 나섰다.

"그나저나 요즘 들어 남작급의 동요가 심한 것 같던데, 다들 어찌 생각하시오?"

"그렇지 않아도 그 일에 대해서도 말할 것이 있소이다. 듣기로는 어제 우리 쪽 남작 세 명이 프로커스 백작을 찾아갔다는 이야기를 들었소이다. 물론 아직 확인이 되지는 않았지만……."

"뭐요?!"

아이젠 백작의 눈에 싸늘한 안광이 번뜩였다. 하급 귀족들 사이에서 동요가 꽤 클 것이라는 예상을 했지만, 벌써 이탈하는 자가 나올 것이라고는 생각지 못했던 것이다.

빠드드득!

아이젠 백작이 거세게 이를 갈아붙였다.

원래는 이 정도로 사태가 악화될 일이 아니었다. 국왕과의 사이가 조금 소원해졌다고는 해도 이렇게 빨리 이탈자가 생길 리가 없었다.

예상치 못한 일이 벌어졌다는 것은, 다른 요인이 작용했다는 뜻이다. 그리고 아이젠 백작은 그 다른 요인이 무엇인지 정확하게 알고 있었다.

'프로커스 이놈이…….'

연회 때의 사건이 요인이었다. 리카이엔이 말했던 전쟁과 관련된 국왕의 이야기. 그리고 그레일더 자작과의 결투에서 보여 준 무지막지한 검술.

그러한 것이 아이젠 백작 일파에 속해 있던 다른 세 명의 백작과 하급 귀족들의 불안을 증폭시켰고, 그러한 불안감이 아이젠 백작이 국왕을 알현하도록 등을 떠민 것이다. 그리고 국왕에게 거절당한 탓에 더욱 큰 동요가 생기고, 급기야 이탈자가 발생한 것이다.

'역시 위험한 놈이야. 하루라도 빨리 제거하지 않는다면……'

아이젠 백작이 지금 가지고 있는 권력은 아주 오랜 세월 공을 들인 결과였다. 젊은 시절, 왕자였던 국왕과 전쟁터를 전전하며 인연을 맺고, 그것을 기반으로 오랜 유대를 이어 오며 지금의 자리까지 온 것이다.

그런데 리카이엔이라는 애송이가 나타나 자신이 평생 동안 쌓은 것들을 단번에 무너뜨리려 하고 있다.

'일단 오늘의 결과를 본 후에……'

§   §   §

끼이이익!

활대가 비명을 토하며 격하게 휘어졌다. 팽팽해진 시위가 화살을 머금은 채 짙은 살기를 뿜어냈다.

"그론스트 경과 프로커스 경. 두 사람은 사냥의 묘미가 무어라 생각하나?"

조금의 흔들림도 없이 정확하게 한 점을 노리고 있는 화살. 화살과 시위를 함께 끌어당긴 채 국왕이 물었다.

리카이엔이 아무런 대답도 하지 않자, 카이스가 먼저 대답했다.

"소신, 사냥을 즐기지 않아 그 참맛을 아직 모릅니다."

"전쟁, 그리고 정복이지."

피이잉!

구부러진 활대가 원래의 모양을 되찾는 순간, 화살이 날카로운 궤적을 그리며 허공을 갈랐다.

푸욱, 끼이이익!

화살이 살점을 헤집는 순간, 붉은눈여우가 기묘한 울음을 터뜨리며 그 자리에 축 늘어진다. 한 근위 기사가 사냥감이 쓰러진 곳을 향해 말을 달리는 사이, 국왕이 리카이엔과 카이스를 돌아보며 말했다.

"목표를 정하고 그것을 공격해서 내 소유로 만드는 것. 꽤 연관성이 있는 것 같지 않은가?"

리카이엔은 여전히 입을 꾹 다물고 있었고, 카이스만이 대답을 했다.

"폐하의 말씀을 듣고 보니 그런 것도 같습니다."

"그렇기에 나는 사냥을 즐긴다네. 혹시 알고 있는가? 왕실에서 하는 사냥 대회는 원래 이런 방식이 아니었다는 것을?"

켈리어스 국왕이 왕위에 오르기 전, 왕실에서의 사냥 대회는 붉은눈여우가 아닌 일반 여우를 사냥했다.

방식도 직접 활을 쏘는 것이 아니라 사냥개를 풀어 그 사냥개가 물어 죽인 여우를 찾아내는 방식이었다. 당시에는 귀부인들이나 귀족가의 영애들도 참가를 했었는데, 그중 가장 먼저 여우를 찾아내는 귀부인을 우승자로 정했다.

하지만 지금은 사냥개도 없고, 여자들도 참석을 하지 않는다. 오로지 화살을 이용해 사냥을 하고, 더 사납고 잡기가 힘든 붉은눈여우를 사냥감으로 한다.

국왕이 자신의 호전적인 욕구를 채우기 위해서 그렇게 바꾼 것이다.

"이야기는 들어 보았습니다."

카이스의 말에 국왕이 고개를 끄덕인 후, 주변에 있던 근위 기사들에게 가볍게 손짓을 했다.

미리 언질을 주었는지, 근위 기사들이 곧바로 말을 몰고 국왕과의 거리를 벌렸다.

근위 기사들이 완전히 멀어지자, 국왕이 두 사람을 향해 말했다.

"나는 전쟁을 좋아한다. 아니, 전쟁이 아니라 전쟁을 통해 정복을 하는 것이 좋다. 하지만 애석하게도 지금껏 단 한 번도 정복을 통한 쾌감을 맛본 적이 없다."

리카이엔과 카이스는 더 이상 자신들이 대꾸할 내용이 아니라는 것을 알기에 그대로 입을 다물고 귀를 기울였다.

"5년, 무려 5년의 시간을 기다렸다."

바로 전쟁이다. 5년은 전쟁을 멈추고 군대를 키우며 전쟁을 준비했던 기간이다.

"그리고 나는 이제 곧 있을 전쟁에서 내가 이기기를 바라고 있다."

당연한 이야기였지만, 그 말을 하는 순간 국왕의 눈동자는 탐욕으로 번들거리고 있었다.

'이거 좋지 않은데……'

리카이엔은 불안한 예감에 눈을 가늘게 좁혔다. 지금 국왕은 평소 단 한번도 하지 않은 이야기를 하고 있다. 탐욕으로 물든 얼굴 역시 누군가에게 보여 준 적이 없는 모습이다.

그리고 그런 모습을 두 사람에게 보여 주었다는 것은, 그만큼 작정을 했다는 뜻이다.

"그대들은 내가 그 전쟁을 승리로 이끄는 데 결정적인 역할을 해 줄 수 있는 힘을 가지고 있다. 그렇기에 나는 그대들 두 사람이 나의 손을 잡기를 바란 것이다."

'으음……'

리카이엔이 속으로 신음을 집어 삼키며 조용히 호흡을 골랐다.

이미 두 사람은 국왕의 제안을 거절한 상태였다. 그럼에도 불구하고 국왕은 다시 한 번 자신들에게 손을 내밀었다. 높은 자리에 있는 사람이 한 번 거절당한 사람에게 똑같은 제안을 하는 것은 결코 쉽지 않은 일이다.

다시 말해 자존심을 죽이고 하는 제안이라는 뜻이다. 덧붙여 카이스는 자신이 생각하는 며느릿감을 가로챈 장본인이기도 했다.

어지간한 결심으로는 있을 수 없는 일이다. 그리고 그렇게 했음에도 불구하고 자신들이 거절을 한다면? 완전히 국왕의 눈 밖에 나는 것은 물론이요 자칫하면 원한을 사게 될 수도 있었다.

끼이이익!

또 한 번 시위가 당겨졌다. 하지만 팽팽해진 시위에 얹힌 화살의 화살촉이 싸늘한 빛을 번뜩이며 노리는 것은 사냥감인 붉은눈여우가 아니었다. 국왕의 활은 정확하게 리카이엔을 향하고 있었다.

"이 화살이 어디로 향할지는 너에게 달려 있다!"

단정적으로 끊어 말한 국왕이 한층 더 번들거리는 눈으로 두 사람을 노려보았다.

브렌 왕국의 귀족계는 크게 두 개 파벌로 나뉘어져 있다. 아이젠 백작 일파와 로몬 백작 일파였다. 그런데 그 어디에도 속해 있지 않은 귀족들이 있었는데, 대부분이 귀족들의 파벌 싸움에 대해 부정적인 시선을 보내는 젊은 귀족들이었다.

국왕은 그 젊은 귀족들과 손을 잡고, 기존의 두 세력을 누를 생각을 가지고 있다. 우선은 이번 국무회의에 맞춰 백작 이상의 상급 귀족들을 포섭하고, 그 후에 하급 귀족들을 흡수할 생각이다.

그런 국왕의 계획에 리카이엔과 카이스는 아주 핵심적인 인물들이다. 리카이엔이 수도에 들어오자마자 왕궁으로 불러들인 것도 그러한 이유에서다.

그리고 오늘 다시 한 번 기회를 주고 있다. 평소 국왕의 방식을 생각하면 절대 생각할 수 없는 일이다. 만일 이 자리에서 자신의 손을 잡는다면, 일언지하에 제안을 거절한 무례함이나 아네스와 관련된 일들을 덮어 줄 생각이다. 그만큼 두 사람은 탐나는 인재다.

리카이엔은 마스터인 그레일더 자작은 너무나도 손쉽게 눌러 버린 엄청난 무위를 가지고 있었고, 카이스는 선조때부터 쌓아온 엄청난 재력과 그것을 바탕으로 이루어 놓은 정예화된 병력을 가지고 있다.

이는 중앙군에는 부족한 것을 채워 줄 수 있는 핵심적인 전력. 그렇기에 두 사람에게 또 한 번의 기회를 준 것이다.

리카이엔이 자신을 향해 있는 화살촉을 노려보며 천천히 입을 열었다.

"국왕 폐하의 말씀은 감사하지만, 제안을 받아들일 수는 없습니다."

피이이잉, 쉐에엑!

말이 끝나기가 무섭게 화살이 시위를 떠났다. 제대로 위력을 발휘할 수 있는 거리는 아니지만, 제대로만 맞춘다면 충분히 사람을 죽일 수는 있다. 하지만 리카이엔은 그 자리에 굳은 듯 멈춘 채 화살을 맞이했다.

스걱!

붉은 핏방울이 후드득 떨어졌다. 시위를 떠난 화살이 리카이엔의 귓불을 가르고 지나간 것이다.

끼이이익!

그리고 국왕은 다시 한 대의 화살을 시위에 걸고 있었다.

"다시 한 번 제대로 말하라. 다음 번에는 화살이 빗나갈 일
은 없을 것이다!"

부스럭!

그때 저 멀리에서 작은 소음이 일었다. 슬쩍 고개를 돌려 보
니 붉은눈여우 한 마리가 바위를 오르려다 갑자기 멈춰 서서
이쪽을 노려보고 있었다.

끼이이익!

리카이엔이 시위에 화살을 걸었다. 물론 노리고 있는 것은
사냥감인 붉은눈여우. 리카이엔이 시위를 당긴 자세 그대로
입을 열었다.

"본래 무기는 생각이 없어야 합니다."

애매한 리카이엔의 말에 국왕이 살짝 시위를 느슨하게 풀며
귀를 기울였다.

쉬우우우욱!

리카이엔의 활을 떠난 시위가 단 번에 붉은눈여우의 목을
꿰뚫었다.

"무기라는 것은 지금 저 화살처럼 소유자의 뜻에 따라 움직
이는 물건일 뿐입니다. 만일 그 무기가 생각이라는 것을 한다
면 그것은 무기로서의 역할을 다할 수 없습니다."

"무슨 이야기가 하고 싶은 게냐?"

"말 그대로입니다. 무기라는 것이 생각을 하게 된다면, 방금 올린 이야기처럼 제가 쏜 저 화살이 생각을 하게 된다면 어찌 되겠습니까? 제가 노린 대로 목을 꿰뚫을 수 있으리라 보십니까? 어쩌면 저 화살은 몸통이나 다리를 노리고 싶어했을 수도 있는 일입니다. 그리고 만약 그렇게 무기와 사람의 생각이 엇갈리는 순간, 그것은 무기 본연의 역할을 할 수 없게 됩니다."

국왕은 여전히 말이 없었다. 그 사이 리카이엔은 활을 다시 안장에 걸고 국왕 쪽으로 시선을 돌렸다.

"폐하께서 시위를 당긴 사람이라면, 저희는 시위에 걸린 화살입니다. 즉, 저희는 폐하께서 원한다면 언제든 화살이 되어 사냥감의 목을 꿰뚫을 것입니다. 그것만큼은 분명히 약속을 드릴 수 있사옵니다."

국왕이 시위에 걸려 있던 화살을 풀며 물었다.

"내가 원한다면 언제든 무기가 되겠다는 말이더냐?"

"그러하옵니다. 폐하께서 싫어하셨던 이전의 사냥에서, 사람은 사냥개가 잡은 여우를 얻을 뿐 자신이 원하는 사냥감만을 잡을 수는 없었습니다. 그리고 또 한 가지, 아무리 잘 조련된 사냥개라 해도 언제든 주인을 물 수도 있는 법입니다. 폐하께서 이제 버리려 하시는 그 사냥개처럼 말입니다."

그때였다.

파바바바박!

갑자기 들려온 가벼우면서도 광포한 발소리. 깜짝 놀란 리카이엔이 소리가 들려온 쪽으로 고개를 돌리는 순간, 그의 시야에 들어온 것은 시뻘건 안광을 토해 내며 이쪽을 향해 뛰어오르는 맹수. 눈동자가 붉고 여우의 형상을 하고 있기는 했지만 이번에 숲에 풀어놓은 사냥감과는 전혀 다른 놈이었다.

족히 세 배는 되어 보이는 커다란 덩치, 음침한 녹광을 품고 있는 날카로운 송곳니. 그리고 보통 사람의 눈으로는 도저히 쫓을 수 없는 무시무시하게 빠른 몸놀림.

따아악!

리카이엔이 안장에서 뛰어오르는 순간, 커다란 여우의 이빨이 섬뜩한 소음을 터뜨렸다.

히이이이잉, 쿠웅!

리카이엔이 타고 있던 말이 앞발을 들고 허우적거리며 울음을 터뜨리더니 그대로 거품을 물고 옆으로 쓰러졌다. 리카이엔이 사라진 자리에 내려앉은 여우의 이빨이 말의 목을 물어뜯은 것이다.

"독!"

카이스의 입에서 당혹스러운 외침이 터져 나왔다. 아무리 맹수에게 물렸다 해도 말이 이렇게 단번에 죽을 수는 없다. 갑자기 거품을 물고 쓰러졌다는 점과 물어뜯긴 자리에서 뿜어져 나오는 검붉은 핏줄기. 독을 연상시킬 수밖에 없는 상황이었다.

쉑, 쉐엑!

국왕과 카이스가 쏜 화살이 허공을 갈랐다. 하지만 여우는 두 개의 화살을 가볍게 피한 후, 다시 한 번 리카이엔을 향해 몸을 날렸다.

"어디서 이런 요물!"

리카이엔의 주먹이 달려드는 여우의 머리통을 후려쳤다. 아니, 후려치려 했다.

휘리리릭!

하지만 여우는 허공에서 훌쩍 몸을 뒤집으며 리카이엔의 주먹을 피해 버렸다. 그리고 거기에서 끝나는 것이 아니라 그대로 리카이엔을 향해 날카로운 송곳니를 들이댔다.

"흡!"

이빨에 독이 있을 수도 있다는 것을 떠올린 리카이엔이 황급히 주먹을 회수하며 뒤로 물러났다.

크르르르륵!

또다시 허공을 물어뜯은 여우가 크게 흥분한 듯 침을 흘리며 리카이엔을 노려보았다.

"폐하!"

"괜찮으십니까!"

뒤늦게 상황을 확인한 근위 기사들이 롱 소드를 뽑아 들고 이쪽을 향해 달려왔다.

쉬이이익!

가장 먼저 도착한 근위 기사의 롱 소드가 허공을 갈랐다.

으적!

"끄어어억!"

여우라는 것을 보고 방심했던 첫 번째 기사가 팔을 물어뜯긴 채 비명을 지르며 쓰러졌다. 그리고 말과 마찬가지로 거품을 물고 그 자리에서 절명했다. 상처에서는 검붉은 피를 흘리며.

"역시 독이다!"

카이스가 비명 같은 외침을 터뜨리며 다시 한 번 시위를 잡아 당겼다. 그 사이 나머지 세 명의 근위 기사가 여우를 향해 검을 휘둘렀다.

그리고 카이스는 기겁을 할 정도로 놀라운 광경을 목격해야 했다.

채애앵!

여우가 날아드는 검날을 이빨로 무는 순간, 쇠로 만든 롱 소드의 검신이 두 동강 나 버린 것이다. 그리고 순식간에 또 한 명의 근위 기사가 죽음을 맞이했다.

"도, 도대체 어디서 튀어나온 괴물이냐?!"

리카이엔이 버럭 소리를 지르며 몸을 날렸다.

다가오는 리카이엔을 확인한 여우가 다시 한 번 도약을 준비하려는 찰나, 카이스가 날린 화살이 여우을 향해 날아들었다.

파박!

하지만 화살이 박힌 곳은, 여우가 있던 자리의 땅바닥. 여우는 어느새 훌쩍 몸을 날려 멀찍이 피한 후, 리카이엔을 노려보고 있었다.

그 사이 리카이엔은 처음 죽음을 맞이한 근위 기사의 롱 소드를 집어들고 있었다.

"후우, 후우우!"

급히 호흡을 고르며 혈하공의 공력을 끌어 올렸다. 순식간에 전신으로 퍼져 나가는 뜨거운 기운. 동시에 리카이엔의 롱 소드에서 붉은 광채가 솟아올랐다.

오러 블레이드, 혈하검이 원래는 중원의 무공이니 정확하게는 검강이라고 불러야 할 강렬한 기운. 평범하게 해서는 절대 잡을 수 없다고 생각한 리카이엔이 검강을 뽑아 올린 것이다.

크릉, 크르릉!

리카이엔의 손에 무기가 들린 것을 인식했는지 한층 더 흥분한 여우가 사나운 울음을 터뜨렸다.

동시에 리카이엔이 몸을 날렸다.

산보라도 나온 듯 느긋하게 뻗어 나가는 걸음. 마찬가지로 느릿하게 궤적을 그리는 검신. 보고 있는 카이스가 답답함을 느낄 정도였다.

그리고 그 순간, 여우가 땅을 박찼다.

쿠아아앙!

기묘한 포효를 터뜨리며 쩍 벌린 아가리가 리카이엔의 품속으로 파고든다. 그리고 여우의 진로를 막아서는 붉은 광채.

이번에도 허공에서 몸을 뒤집은 여우가 리카이엔의 목을 노리고 날아들었다. 하지만 리카이엔의 검은 어느새 여우의 배를 쓸어 올리고 있었다.

미칠 듯이 느리게 움직이던 검이 갑자기 여우의 배 아래에서 나타난 듯한 광경.

보고 있던 카이스가 저도 모르게 눈을 비빌 정도로 기묘한 현상이었다.

그리고 그대로 여우의 배를 갈라 버리는 붉은 오러 블레이드!

키아아아앙!

바닥으로 떨어진 여우가 사납게 몸부림을 쳤다. 그에 따라 쩍 갈라진 배에서 내장이 마구 쏟아져 나왔다. 그럼에도 불구하고 여우는 그대로 죽지 않고 한참을 더 발광을 한 후에야 움직임을 멈췄다.

"이런 괴물이 어디서 나온 거지?"

국왕이 믿을 수 없다는 얼굴로 물었다. 사냥을 즐기는 국왕은 자신의 사냥터만이 아니라, 브렌 왕국 곳곳에 있는 산이나 숲에서 사냥을 해 보았다. 하지만 여우같지만 전혀 여우라고 할 수 없는 이런 괴물은 본 적이 없었다.

"후우우~"

호흡을 고른 리카이엔이 롱 소드를 근위 기사에게 건넨 후, 국왕 쪽으로 다가오며 말했다.

"무슨 괴물인지는 몰라도 한 가지는 확실합니다."

"음?"

"저를 노리고 있었다는 것 말입니다."

방금의 상황은 절대 자연적으로 생길 수 있는 것이 아니었다. 누군가에 의해 인위적으로 만들어진 사건. 그리고 그 누군가의 정체를 추측하는 것은 그리 어렵지 않았다.

리카이엔이 국왕을 향해 조용히 말했다.

"폐하, 제가 무기가 되어 드린다는 말씀은 이미 드렸습니다만… 이번 한 번만 그것을 어기고 저의 생각을 말씀드려 볼까 합니다."

국왕이 궁금한 표정을 지으며 고개를 끄덕였다.

"말하라."

"예, 지금 저 괴물은 저를 노리고 달려든 놈입니다만… 만일 폐하를 노린 괴물이었다면, 저 괴물을 보낸 자는 어떤 죄를 지은 것일까요?"

뭔가 의미를 품고 있다는 것을 눈치챈 국왕이 리카이엔의 다음 말을 기다렸다.

"폐하께서는 주인을 물려는 사냥개 한 마리를 가지고 있지 않으십니까? 주인을 무는 몹쓸 사냥개는 그만 버릴 때가 된 것 같습니다만……."

국왕의 얼굴에 싸늘한 미소가 떠올랐다. 그리고 천천히 고개를 끄덕이며 말했다.

"쓰다듬어 주지 않는다고 주인을 향해 이빨을 들이대는 사냥개는 필요가 없는 법이지. 하지만 꼭 버리는 것만이 능사는 아니지. 때로는 이빨을 뽑고 스스로 배를 까게 만드는 것도 좋은 방법이다."

§　　　§　　　§

사냥 대회는 갑작스럽게 국왕 시해 미수 사건으로 마무리가 되었다.

사냥터에 있어서는 안 되는 짐승이 나타나 국왕을 공격했다는 것은, 누군가 뒤에서 음모를 꾸민 것으로 볼 수도 있기 때문이다.

물론 아무것도 확실한 것은 없다. 하지만 지금의 상황에서 중요한 것은, 국왕이 상당히 의심스러운 공격을 받았다는 사실뿐이다.

당연히 의심을 받은 사람은 사냥 대회에 참가한 모든 귀족과 시종들이었다. 그들은 모두 왕성 안에 있는 별궁에 연금되었다.

그리고 유일하게 연금을 피해 사냥터를 벗어난 두 사람. 바

로 리카이엔과 카이스였다. 국왕을 지키기 위해 위험을 무릅
쓰고 괴물을 물리쳤기에 의심을 받지 않은 것이다.

물론 모든 것은 국왕과 리카이엔, 그리고 카이스가 만들어
낸 각본이었지만.

"야, 그런데 너 왜 그렇게 폐하의 제안을 거절하는 거냐? 사
실 괜찮은 기회이기도 하잖아."

돌아오는 길에 카이스가 정말 이해할 수 없다는 표정으로
물었다. 그가 아는 국왕의 성격상 그렇게 두 번이나 같은 제안
을 하는 것은 극히 드물기 때문이다.

리카이엔이 피식 웃으며 물었다.

"왜? 아쉽냐?"

"쳇, 솔직히 좀 아깝다. 난 안 그래도 아네스의 결혼 문제로
미운털이 박혀 있었는데, 제안을 받아들이기만 하면 그 일이
자연스럽게 덮이는 거잖아. 덕분에 제안을 거절하는 건 어찌
어찌 됐다고 해도, 아네스를 지키는 건 아직 갈길이 멀다."

"그럼 너는 제안을 받아들이지 그랬냐?"

"쳇, 니가 싫다는데 내가 어떻게 그러냐?

"못할 것도 없지."

카이스가 잔뜩 미간을 찌푸리며 말했다.

"에라이, 빌어먹을 놈. 됐다, 됐어. 그나저나 진짜 거절한
이유가 뭐냐?"

다시 원래의 질문을 던지는 카이스를 향해 리카이엔이 진지

한 표정으로 말했다.

"전에 내가 뭐라고 말하든?"

"찝찝하다며?"

"그래, 상당히 찝찝해서 그런다. 그리고 사실은 또 하나……."

"응? 다른 이유가 있냐?"

단순히 찝찝해서 그랬을 리가 없다고 생각하던 카이스가 눈을 빛내며 대답을 기다렸다.

"사냥개와 칼의 차이다."

"응?"

"토끼 사냥이 끝나면 사냥개는 삶지만, 칼은 창고에 보관하는 법이거든."

"뭐? 사냥개를 삶아? 왜?"

카이스가 황당한 표정으로 물었다. 중원의 말이나 문화를 알지 못하는 카이스에게 사냥개를 삶는다는 건 정말이지 아주 이해할 수 없는 말이기 때문이다. 하지만 리카이엔은 더 이상의 설명을 하지 않고 슬쩍 화제를 돌렸다.

"아참, 그러고 보니 전에 너한테 말한 거."

"응?"

"친구가 너밖에 없다는 말."

"어, 그래. 그 말이 왜?"

"생각해 보니 친구 놈이 하나 더 있다."

"응?!"

영문을 몰라 고개를 갸웃거리는 카이스를 향해, 리카이엔이 피식 웃으며 말했다.

"다음에 만나게 해 주마."

Chapter 11.

전쟁 발발

"하아~ 큰일 없이 끝나서 다행이구려."

열흘 만에 만나는 것이다. 사냥 대회에 참석했던 귀족들은 별궁의 방에 한 명씩 감금된 상태였고, 오늘은 열흘 만에 얼굴을 보는 것이다. 바델 백작은 그런 반가움이 가득한 얼굴로 말했다.

하지만 아이젠 백작은 와락 인상을 구길 수밖에 없었다.

"바델 경은 지금 이게 잘 끝난 것 같소?"

"모두 무사히 풀려나지 않았소? 그렇다는 건 아무에게도 혐의가 없다는 뜻이 아니오?"

열흘 동안 감금되어 있기는 했지만, 별다른 추궁은 없었고 지금은 모두 무사히 풀려난 상태였다.

바델 백작은 그 사실을 기뻐하며 한 말이다. 하지만 아이젠 백작은 그렇게 생각하지 않았다.

"아마 우리가 갇혀 있는 열흘 동안 폐하는 증거를 만들고 있었을 거요."

"음? 그게 무슨 말이오?"

고개를 갸웃거리며 영문을 모르겠다는 표정을 지은 바델 백작을 보고 있자니 답답해서 가슴이 터질 지경이었다.

"후우~ 내가 지금까지 이런 사람과 함께해 왔다니……."

바델 백작이 조금 머리 회전이 느리고 눈치가 없기는 해도 자기를 무시하는 말을 가만히 듣고 있을 사람은 아니었다.

"아이젠 경! 지금 나를 무시하는 거요?!"

하지만 아이젠 백작은 바델 백작의 분노를 깔끔하게 무시한 후 성큼성큼 걸어갈 뿐이다. 그 모습에 더욱 화가 치민 바델 백작이 버럭 소리를 질렀다.

"아이젠 경!"

두 번째 외침에 아이젠 백작이 우뚝 걸음을 멈추고 뒤를 돌아보았다.

"얼른 돌아가 수도를 빠져나갈 방법을 찾는 게 좋을 거요."

"수도를 왜 빠져나간단 말이오?"

"우리를 역모죄로 만들 모든 증거가 완벽하게 준비되어 있을 테니까 말이오."

그 말을 부정하고 나선 사람은 슬레인 백작이었다.

"아이젠 경, 그건 아무래도 비약이 좀 심한 것 같구려. 폐하께서 그 사건과 우리를 연관시키셨다면, 별궁에 연금되어 있을 때 잡으면 되는데 왜 이렇게 풀어준단 말이오?"

아이젠 백작이 입꼬리를 비틀어 올리며 말했다.

"아직까지도 국왕에 대해 모르고 있단 말이오? 아마 그는 절대 먼저 우리에게 힘을 쓰지 않을 거요. 우리가 먼저 가서 빌고 복종하기를 바라겠지."

이 역시 국왕의 성격과 관련된 일이다. 국왕은 정복욕이 강하기는 하지만 파괴를 즐기는 사람은 아니다. 무력으로 눌러 완벽한 복종을 이끌어 내는 것. 그것이 국왕이 진정으로 즐기는 것이다. 아이젠 백작은 오랜 세월 국왕의 곁에 있었던 만큼 그런 성격을 정확하게 파악하고 있었다.

할 말을 모두 끝낸 아이젠 백작이 바쁜 걸음으로 왕궁을 벗어났다.

마차를 쓰지도 못하고 말을 탄 채 저택으로 돌아온 아이젠 백작은 바쁘게 움직였다. 사실 그리 바쁘게 움직일 필요도 없었다.

은밀하게 에델슈트 외성을 벗어나 자신의 영지로 돌아가기만 한다면, 성안에서 농성으로 버틸 수 있기 때문이다.

그럼에도 불구하고 바쁘게 움직일 수밖에 없는 것은, 에델슈트를 은밀하게 빠져나갈 방법을 구해야 했기 때문이다. 이미 왕성 수비대는 자신을 포함한 네 명의 백작에 대해 성밖으로 나가지 못하도록 조치를 취해 놓았을 것이 분명했다. 그러니 은밀한 루트를 찾아야 하는 것이다.

그때 도벨이 급히 아이젠 백작에게 다가와 말했다.

"백작님, 지금은 굳이 왕성을 떠나기보다는 폐하에게 일시적으로라도 항복을 하는 것이 나을 것 같습니다."

짜악!

아이젠 백작의 손이 움직이는가 했더니 도벨의 뺨이 순식간에 벌겋게 부어올랐다.

"이 멍청한 놈! 하아~ 그러고 보니 그 괴물을 가지고 와서 그걸로 망할 프로커스를 죽이자는 생각을 한 것이 네놈이었구나."

짜악!

또 한 번 거세게 뺨을 올려붙인 아이젠 백작이 억지로 목소리를 진정시키며 말했다.

"일시적 항복이라고 했느냐? 한 번 항복하면 그 순간이 영원히 지속된다는 걸 네놈이 몰라서 하는 말인 게냐?!"

도벨이 고개를 저으며 말했다.

"일단 수도를 빠져나가 영지로 돌아간다는 것은, 문제의 역모죄가 드러난 '사실'이 된다는 뜻입니다. 물론 그 역모죄라는 것이 전혀 사실무근이지만 말입니다. 하지만 조용히 국왕을 찾아가 일단 머리를 숙이면 그 역모죄는 수면으로 가라앉게 됩니다."

"그게 무슨 차이가 있단 말이냐?!"

"역모죄가 '사실'이 되는 순간, 그것은 돌이킬 수 없습니다. 성으로 돌아가 농성을 하신다 해도 단지 거기에서 끝납니다. 하지만 일단 그 사실이 덮어진다면, 후일을 도모할 기회가 생기는 셈입니다."

하지만 아이젠 백작은 도벨을 향해 비웃음을 던질 뿐이다.

"멍청한 놈. 숙이고 들어가면 그 순간 이미 모든 것이 끝날 거라는 걸 모르는 거냐?"

그리고는 저택의 문을 향해 걸음을 옮겼다. 급하게 서두른 덕분에 생각보다 준비가 빨리 끝났다. 그때 등 뒤에서 다시 들려온 도벨의 목소리.

"쯧, 멍청한 놈."

아이젠 백작의 걸음이 그 자리에 우뚝 멈췄다.

"네 이놈! 지금 뭐라고 했… 헉!"

와락 인상을 구기며 뒤로 돌던 아이젠 백작의 두 눈이 화등잔만해졌다.

방금 전까지 자신과 이야기하던 도벨의 모습이 흐릿해지는가 싶더니 갑자기 다른 사람의 모습으로 변해 버린 것이다. 그것도 멸시받는 바이론 난민의 모습.

"너, 너는……."

너무 놀라 뭐라고 말도 잇지 못하는 아이젠 백작을 향해 도벨의 모습을 하고 있던 바이론 난민, 베르무크가 비틀린 미소를 지어 보였다.

"방법을 알려 주고 도구까지 쥐어 줘도 뭐 하나 제대로 하지도 못하는 놈이……."

"넌 누구냐……."

"크큭, 두 달 전부터 널 보좌해 온 도벨이지."

"뭣이! 그, 그럼 도벨은……."

"어딘가 야산에 묻혀 있을 테지. 아무튼 네가 할 일은 더 이상 없다."

"그게 무슨……."

푸우욱!

"끅!"

아이젠 백작이 몸을 직각으로 구부리며 그 자리에서 쓰러졌다. 그런 백작의 가슴에는 단검 한 자루가 손잡이만 남긴 채 박혀 있었다.

베르무크가 싸늘하게 식어 가고 있는 아이젠 백작을 내려다보며 무감정한 목소리로 중얼거렸다.

"덕분에 일이 아주 귀찮게 됐군."

그렇게 말하는 베르무크의 모습이 점점 아이젠 백작의 모습으로 변하고 있었다.

§　　　§　　　§

"흐음, 이건 아주 안 좋은데?"

카이스가 미간을 잔뜩 찡그리며 말했다. 그리고 맞은편에 앉아 있던 리카이엔 역시 표정이 좋지 않았다.

"하아~ 문제가 있는 집안이군. 애비는 욕심이 하늘을 찌르고, 아들내미는……."

"치사하고 쪼잔하고 지저분하고……."

"아주 그냥 잘 돌아가는 집안이네."

"그러게 말이다."

카이스가 등받이에 등을 기대며 고개를 뒤로 젖혔다. 그리고는 길게 한숨을 쉰다. 그 모습을 본 리카이엔이 피식 웃으며 말했다.

"뭐, 까짓것 그냥 눈 딱 감고 줘 버려!"

"미쳤냐?"

"지랄, 돈도 많은 인간이……."

"내가 돈이 많은 거면, 그 집안은 뭐냐?"

"하긴……."

그론스트 백작령은 카벤테스 포구에서 단지 포구 운영만을 하는 것이 아니다. 직접 선단을 운영해 상단들을 상대로 운송도 하고 있었다. 그런데 바로 어제 무려 열 곳의 상단에서 계약 해지를 요구한 것이다.

같은 날 한꺼번에 열 곳이 그런 식으로 나온다는 건 상식적으로 있을 수 없는 일. 누군가의 농간이라고 생각할 수밖에 없는 일이다. 그리고 오늘 아침, 계약을 해지하겠다고 찾아온 상단의 상주를 통해 그 원인을 알 수 있었다.

바로 브레튼 왕자였다. 직접 상단을 운영하는 귀족들을 불러들인 후 계약을 끊을 것을 종용했다는 것이다. 그리고 지금은 일단 귀족들의 상단만을 불러들였지만, 이후에는 일반 상단들까지 모두 그리할 것이라는 얘기를 했다.

그뿐만이 아니다. 주로 이용하는 카벤테스 포구가 아닌 다른 포구를 이용할 것 또한 강요했다고 했다.

말 그대로 그론스트 백작령의 가장 큰 수입원을 말려 죽이겠다고 나선 것이다.

그리고 그 이야기를 들은 카이스가 황당한 기분으로 리카이엔을 찾아온 것이다.

가만히 있던 리카이엔이 나직한 목소리로 말했다.

"보아하니… 그 집안 오래 못가겠는데?"

카이스가 깜짝 놀라 펄쩍 뛰어오르며 외쳤다.

"야, 야 인마! 아무리 그래도 그렇지 그런 소리를 입으로 하냐?"

"뭐, 어때?"

"이 자식아, 나니까 가만히 듣기만 하는 거지 다른 놈이었으면 당장 왕궁으로 뛰어갔다!"

"큭, 너니까 얘기하는 거지, 자식아!"

"하아, 이 황당한 놈!"

그때였다. 율리아가 두 사람이 앉아 있는 응접실 공간으로 들어왔다.

"백작님, 손님이 오셨는데요?"

그 말에 리카이엔이 기다렸다는 듯 고개를 끄덕였다.

"들어오라고 해."

율리아가 고개를 끄덕이며 밖으로 나간 후 카이스가 궁금한 표정으로 물었다.

"손님? 약속 있냐? 그럼 난 가봐야겠……."

"그냥 앉아 있어라. 너도 한 번 쯤 만나야 될 놈이다."

"응?"

그때 응접실 안으로 한 사람이 들어왔다. 바로 조엘이었다. 리카이엔이 가볍게 손짓을 하며 말했다.

"왔냐?"

낯선 사람이 함께 있는 것을 본 조엘이 고개를 갸웃거리며 물었다.

"옆에는……?"

"인사해라, 친구다. 카이스 그론스트 백작이라고."

그리고 곧바로 카이스에게 말했다.

"저쪽도 내 친구다. 이름은 조엘이라고 하지."

먼저 말을 건 사람은 카이스였다.

"반갑소. 카이스요."

조엘이 잠시 주춤거리며 입을 열었다.

"조엘이라고 합니다."

리카이엔이야 어쩌다 보니 편하게 말하고 친구가 된 셈이었지만, 카이스는 처음부터 귀족이라는 걸 알고 있으니 쉽게 말이 나오지 않았던 것이다.

그 모습을 본 리카이엔이 피식 웃으며 말했다.

"지랄, 니가 언제부터 예의 차렸다고. 그냥 니네 둘 다 내 친구니까, 니들도 친구 먹어."

그리고 이번에도 카이스가 먼저 반응을 보였다.

"나쁜 생각은 아니네. 반갑다."

그리고는 불쑥 손을 내밀며 악수를 청했다. 조엘 역시 지지 않고 카이스의 손을 잡으며 말했다.

"조엘이다."

마지막으로 리카이엔이 말을 보탰다.

"조엘은… 뭐 좀 비밀스러운 일을 하는데, 그건 나중에 알아서들 처리하도록 하고. 일단 앉아라."

조엘이 자리에 앉자마자 이야기를 꺼냈다.

"전에 니가 알아보라고 한 거 말이다."

"어."

"루오 왕국에서는 아무런 움직임도 없다. 제일 중요한 아크로니아 산악 지대에서도 오히려 주둔 병력을 줄이고 있던데?"

그 말을 들은 카이스가 깜짝 놀라며 물었다.

"루오 왕국? 병력을 뺀다고? 아직까지 그런 정보는 없는 걸로 아는데……."

그리고 리카이엔이 다시 설명을 해 주었다.

"그러니까 말했잖냐? 좀 비밀스러운 일을 한다고."

카이스가 뒤통수를 긁적이며 조엘을 살펴보는 사이, 조엘이 말을 이었다.

"그런데 말이다… 이건 좀 새로운 정보인데, 그 비밀 집단 말이다."

리카이엔이 눈을 번뜩이며 물었다.

"뭐, 새로운 거라고 있냐?"

"이게 조금 이해가 안 가기는 하는데… 왕궁에서 흔적이 발견됐다."

"왕궁?!"

리카이엔이 저도 모르게 비명처럼 외쳤다. 다른 곳도 아니고 왕궁이라니. 그러다 갑자기 머릿속을 스치는 생각.

"가만, 왕궁이라… 그러고 보면 국왕이 계속 전쟁이 일어날 거라는 늬앙스를 풍겼었지. 야, 카이스 니가 보기에는 어땠냐?"

"응? 뭐가?"

"국왕이 전쟁에 대해서 이야기할 때 느낌 말이다."

"흐음, 꽤나 확신하는 모습이었지. 그런데 바이론인이라니? 그건 또 뭐냐?"

그 말에 잠시 고민을 한 리카이엔이 설명을 시작했다.

"뭔가 음모를 꾸미는 비밀 집단이 있거든. 바이론인으로만 구성되어 있는 것 같은데……."

리카이엔의 설명이 이어짐에 따라 카이스의 얼굴이 경악으로 물들었다.

"그게 진짜냐?"

"내가 거짓말하는 것 같냐?"

"아무리 그래도 그렇지……."

카이스가 믿을 수 없다는 표정으로 중얼거렸다. 전쟁이 일어나게 만들고, 사람들을 납치해 가는 비밀스러운 집단이라니. 게다가 이야기를 듣자 하니 그 규모도 엄청났다.

리카이엔이 신중한 표정으로 자신의 생각을 꺼냈다.

"아무래도 국왕하고 비밀 집단이 뭔가 연결 고리가 있는 것 같은데… 어떻게 생각하냐?"

"국왕이?"

"내가 볼 때 놈들은 분쟁을 조장하는데 꽤나 능숙해. 그리고 국왕이 그렇게나 확신하는 전쟁이 일어날 거라면… 놈들이 개입되어 있다고 봐도 무방할 것 같은데? 물론, 어디까지나 추측이지만 말이야."

"확실히 가능성이 있어 보이기는 하는데……."

"섣부르게 판단할 수 있는 문제는 아니지만, 일단 조금 지켜보자. 어떤 식으로든 드러나기는 하겠지."

이야기를 마무리 지은 리카이엔이 급히 화제를 돌렸다.

"그나저나 넌 이제 어쩌냐?"

"일단 샤일론이 바쁘게 움직이고 있다."

"응? 니 동생?"

"그래, 지금까지 거래 안 하던 상단들을 만나도 다니는 중이지. 우선적으로 상단을 운영하는 귀족들을 만나러 다니고 있다."

"흐음, 그래?"

카이스가 고개를 끄덕이더니 기특하다는 표정으로 빙긋 웃으며 말했다.

"그놈이 그래도 자기 형 도와준다고 바쁘게 움직이는데, 꽤나 감각이 좋아. 영지에 있을 때 나름 감각이 있다고 생각은 했는데……."

리카이엔이 흥미를 보이며 물었다.

"그래?"

"그렇다니까. 사실 이번 국무회의 때 수운 쪽에 세금을 올릴 분위기인데, 샤일론이 국무회의 참석 귀족들을 상대로 그걸 반대하는 쪽으로 분위기를 잡아 가고 있거든."

"흐음, 니 말대로 확실히 감각은 있는 모양이네?"

그때였다.

째애애앵!

날카로운 쇳소리가 들려왔다.

"읍!"

깜짝 놀란 세 사람이 단숨에 창 쪽으로 몸을 날렸다.

"저건 뭐냐?"

조엘이 당황한 표정으로 물었다. 분명 저택으로 들어올 때 입구에 있던 두 사람이었다.

한 명은 프로커스 백작령에서 본 기사였고, 또 한 사람은 제복을 입고 있어서 기사라는 걸 알았다. 그런데 그 두 사람이 레이피어를 뽑아 들고 서로를 노려보고 있는 것이다.

"으음……."

"흠……."

그리고 리카이엔과 카이스는 묘한 신음을 흘리며 그 광경을 바라보고 있었다.

"언제 한 번 터질 것 같기는 했다만……."

"그렇기는 했지?"

무기를 들고 서로를 노려보는 두 사람은 다름 아닌 볼프와 던베인이다.

잠시 고민하던 리카이엔이 카이스를 향해 말했다.

"여기서 찢어 놔도 또 언제 터질지 모르는데, 차라리 오늘 시원하게 한판 붙게 만드는 게 낫지 않겠냐?"

"괜찮을까?"

"나야 모르지."

뭔가 애매하고 불안한 표정을 지은 채 고민하던 카이스가 힘겹게 고개를 끄덕였다.

"어떻게든 해결은 해야 되니까. 저런 방법도 나쁘지는 않겠
지."

피식 웃으며 고개를 끄덕인 리카이엔이 곧장 창문을 통해
밖으로 뛰어나갔다.

"그만!"

갑작스러운 리카이엔의 등장에 깜짝 놀란 볼프와 던베인이
황급히 꺼내 든 레이피어를 집어넣었다. 그 모습을 확인한 리
카이엔이 피식 웃어 보이더니 건들거리며 말했다.

"뭐야? 일단 한 번 꺼냈으면 시원하게 붙어 봐야 되는 거 아
니냐?"

먼저 대답한 사람은 던베인이었다.

"죄송합니다. 그론스트 백작가의 수행 기사로서 스스로를
다스리지 못했습니다. 앞으로는 주의하겠습니다."

"아아~ 그런 얘기는 됐고. 내가 너희 둘이서 서로 좀 마음
에 안 드는 거 모르는 바는 아니었는데… 이왕 칼 뽑아 든 거
시원하게 한판 붙어라."

"네?"

당황스러운 표정을 짓는 던베인과 달리 볼프가 큰소리로 웃
으며 말했다.

"으하하하, 역시 백작님이 뭔가 아신다니까요. 진짜 허락하
신 겁니다?"

"내가 언제 헛소리하든?"

너무나 편하게 말을 주고 받는 두 사람을 지켜보는 던베인의 얼굴에는 이해 못하겠다는 표정이 떠올라 있었다. 아무리 가까운 사이라 해도, 어쨌든 주군과 신하의 관계다. 던베인의 기준에서 저런 모습은 가히 좋지 않았다.

그때 또 한 사람이 창문을 통해 정원으로 뛰어나왔다.

"헉, 주군! 죄송합니다!"

이쪽으로 다가오는 카이스의 모습에 던베인이 황급히 고개를 숙였다. 하지만 카이스는 괜찮다는 듯 가볍게 손사래를 치며 말했다.

"뭐, 사과할 거까지는 없고. 그나저나 던베인."

"예, 백작님!"

"나도 리카이엔과 비슷한 생각인데……."

"네?"

"서로 감정이 안 좋은 부분이 있으니, 이왕 이렇게 된 김에 우리가 보는 앞에서 서로 시원하게 겨뤄 보는 게 어떤가 말이야."

"그, 그래도 되겠습니까?"

카이스의 허락이 떨어지자 던베인이 반색을 하며 물었다.

"물론이지."

"알겠습니다!"

그리고 볼프와 던베인의 결투가 시작되었다.

챙, 채챙!

작은 저택의 정원 안에 날카로운 쇳소리가 요란하게 울려 퍼진다.

정중하고 묵직하게 내딛는 발, 그린 듯한 선을 그리며 날렵하게 그어지는 경쾌한 궤적. 던베인의 검술은 누가 봐도 정통의 기사라는 것을 알 수 있게 해 주는 그것이었다.

쿵, 쿵!

반면 볼프의 검술은 호쾌하기 짝이 없었다. 장가창법의 수련을 통해 몸에 익은 진각은 막대한 힘을 끌어 올리고, 그것이 날렵하게 뻗은 레이피어로는 도저히 낼 수 없는 강렬한 파괴력을 일으킨다. 볼프도 처음에는 기사들이 수련하는 검술을 익히고 있었으나, 장가창법을 수련하면서 검술의 성격도 변화된 것이다.

막상막하. 두 사람의 대력을 한 치의 양보도 없었다. 서로 조금도 물러서지 않고, 공경이 날아들면 피하기보다는 일단 막고 반격을 시도한다. 한 걸음 물러나는 것조차 용납할 수 없는 치열한 자존심 대결.

"하아앗!"

묵직한 기합과 함께 던베인의 레이피어가 아래에서 위로 사선을 그리며 솟아 올랐다.

차아앙!

재빨리 공격을 막는 볼프. 두 자루 레이피어가 부딪치며 불꽃이 튀겼다.

그 순간.

쉬리리릭!

던베인의 레이피어가 한 마리 뱀처럼 구불구불한 궤적을 그리며 볼프의 품으로 파고들었다. 급히 검을 들어 막으려 하는 순간, 던베인의 레이피어가 볼프의 손목을 찢으며 더욱 깊이 파고들었다.

"흡!"

제대로 의표를 찌르는 공격에 볼프가 헛바람을 집어 삼키며 레이피어를 휘둘렀다.

째애애앵!

요란한 소리와 함께 허공으로 솟아 오른 한 자루의 레이피어. 볼프의 것이다. 비틀린 듯 찔러 들어오는 공격에 호구가 찢어지며 검을 놓친 것이다.

쉑, 쉐엑!

그럼에도 불구하고 쉬지 않고 찔러 들어오는 던베인의 검격. 결국 볼프가 뒤로 몸을 날렸다.

그리고 한 번 수세에 몰리기 시작하자 계속해서 뒤로 밀려나기 시작한다.

쉴 새 없이 공격을 뻗는 던베인의 얼굴에 회심의 미소가 번졌다. 그 미소를 보는 순간, 볼프의 두 눈에 핏발이 섰다.

"이런 씨부럴!"

볼프가 사나운 외침을 터뜨리더니 두 눈을 부릅뜨고 몸을 앞으로 날렸다.

쿠우웅!

묵직하게 땅을 찍어 올리는 진각. 그 순간 어깨를 향해 날아드는 던베인의 레이피어. 볼프가 더 볼 것도 없다는 듯 그대로 몸을 굴렸다.

"헉!"

깜짝 놀란 던베인이 황급히 레이피어를 회수하는 순간, 순식간에 몸을 일으킨 볼프의 주먹이 던베인의 턱을 향해 솟아올랐다.

쩌어억!

기묘한 소리와 함께 던베인의 두 발이 땅에서 떨어졌다. 너무 강렬한 충격을 버티지 못하고 몸뚱이가 솟아오른 것이다.

"이게 무슨 짓……!"

아직 정신을 잃지는 않은 던베인이 항의를 하려는 순간, 볼프의 두 번째 주먹이 날아들었다.

방금의 충격으로 검을 놓치는 바람에 던베인 역시 손으로 막을 수밖에 없는 상황.

결투는 순식간에 드잡이질로 변했다. 서로 뒤엉킨 채 바닥을 구르고 엎치락뒤치락하며 쉴 새 없이 주먹을 뻗는다.

하지만 결과는 뻔했다. 이런 식의 싸움에 익숙하지 않은 던베인이 볼프를 이길 수가 없었던 것이다.

"크헉, 헉! 이런 비겁한!"

결국 바닥에 길게 뻗어 버린 던베인이 볼프 밑에 깔린 채 억울하다는 목소리로 외쳤다. 그도 그럴 것이 정정당당한 결투에서 이런 식의 드잡이질을 할 거라고는 꿈에도 생각지 못했던 것이다.

하지만 볼프는 득의양양한 목소리로 던베인의 말을 무시했다.

"지랄, 이기면 장땡이지!"

"이미 검을 놓친 순간 당신이 진 거요!"

"웃기시네. 맨손한테 언어터진 게 뭐 잘났다고!"

"이이익! 얼른 비키시오!"

한평생 이런 굴욕적인 자세를 취해 본 적이 없던 던베인이 그렇지 않아도 부어오른 얼굴을 한층 더 붉그락푸르락하며 버럭 소리를 질렀다.

던베인의 멱살을 잡고 오른손을 치켜 들고 있던 볼프가 피식 웃으며 말했다.

"쳇! 졌으면 졌다고 할 것이지."

몸을 일으킨 볼프가 리카이엔 앞으로 나가 히죽 웃어 보였다. 뭔가 아주 자랑스러운 듯한 얼굴. 마치 칭찬받기를 원하는 강아지를 연상시키는 모습이었다. 하지만 돌아온 것은 청천벽력 같은 말.

"쯧, 검을 얼마나 놓고 있었으면… 안 되겠다. 너 앞으로 좀 빡세게 굴러야겠다."

"헉! 배, 백작님!"

"시끄러!"

"아악~ 너무 하세요~"

그 사이 던베인이 카이스 앞에 섰다. 뭔가 상당히 억울한 표정으로 서 있는 던베인을 향해 카이스가 희미하게 고개를 끄덕이며 말했다.

"수고했네."

"예, 주군. 저자가 이상한 짓만 하지 않았어도 완벽하게 이길 수 있었는데… 추한 꼴을 보여드렸습니다."

아무래도 드잡이질로 번지면서 굴욕적인 꼴을 당한 것이 아주 억울한 모양이다.

하지만 정통 기사의 고지식한 사고방식을 가지고 있는 던베인과는 달리, 카이스는 리카이엔과 비슷한 성향을 가지고 있었다. 그렇기에 던베인의 그런 말에 흔쾌히 고개를 끄덕여 주기가 힘이 들었다. 그렇다고 지금 그런 말을 하기에도 애매한 상황.

잠시 고민하던 카이스가 던베인의 어깨를 두드리며 말했다.

"혹여 다음번에도 이런 일이 벌어진다면, 그때는 검술로 확실하게 이기면 될 걸세."

순간, 던베인의 얼굴에 서운함이 스치고 지나갔다. 자신의 승리를 인정해 주지 않는 것을 느꼈기 때문이다.

그런 정원의 모습을 지켜보고 있던 조엘이 큰소리로 말했다.

"이제 그만하고 들어와라!"

§　　　§　　　§

"아무리 생각해도 이상하지 않냐?"

"당연히 이상하지."

카이스의 말에 리카이엔이 시큰둥한 목소리로 말했다. 지금 두 사람이 있는 곳은 1년에 네 번 국무회의가 열리는 그랜드 홀이다. 사냥 대회 때 있었던 국왕 시해 사건으로 연기되었던 국무회의가 열흘 늦게 시작된 것이다.

그리고 지금 카이스가 말하는 이상한 일이라는 것은, 바로 그 사냥 대회에서의 국왕 시해 미수 사건이다.

귀족들을 연금시키고 여기저기 들쑤시던 사건이 아무런 결론도 없이 흐지부지해지더니, 갑자기 단순한 사고라는 말로 마무리가 된 것이다.

그때 그랜드 홀의 앞쪽 문이 열리며 재상인 제론 공작이 들어와 큰소리로 외쳤다.

"국왕 폐하께서 나오십니다!"

동시에 그랜드 홀 안에 있던 모든 귀족들이 일제히 몸을 일으켰다.

"헉! 야, 저, 저거 봐라!"

국왕의 입장을 기다리던 카이스가 두 눈을 동그랗게 뜬 채 당혹스러운 목소리로 말했다.

그랜드 홀로 들어오는 국왕의 곁에 아이젠 백작이 있었기 때문이다. 그렇지 않아도 그랜드 홀에 들어오지 않아 이상하게 여기고 있었는데 국왕과 함께 들어오니 놀랄 수밖에 없었다.

하지만 그 모습을 본 리카이엔은 싸늘한 미소를 지을 뿐이다.

"훗, 아이젠 백작이 국왕에게 무릎을 꿇은 모양… 음?!"

이미 예상을 했다는 듯 중얼거리던 리카이엔이 갑자기 눈을 부릅뜨고 아이젠 백작을 노려보았다.

'저건……!'

이상했다. 분명 국왕과 함께 들어오는 사람은 아이젠 백작이 맞았다. 하지만 리카이엔은 그가 아이젠 백작이 아니라는 것을 단번에 알 수가 있었다.

그럼에도 불구하고 낯이 익은 느낌.

'설마……!'

분명 몇 번 마주친 적이 있는 느낌이다.

'도벨!'

연회장에서 느꼈던 도벨의 느낌이 분명했다. 그리고 그제야 도벨에게서 묘한 느낌을 받은 이유를 깨달았다.

'그놈!'

리온 자작령과 영지전을 하던 당시, 페르온으로 변해서 자신을 암살하려 했던 바이론인 술법사. 마음대로 모습을 바꿀 수 있는 그 술법사였던 것이다. 그렇기에 처음 보았을 때 어디서 보았던 것 같은 느낌을 받았고, 지금은 아이젠 백작으로 변해서 그 느낌을 풍기고 있는 것이다.

'역시 그랬군. 그렇다는 말은 국왕이 그놈들과 손을 잡은 것이 분명하다는 건데……'

베르무크와 자신이 쫓는 바이론인 비밀 집단이 서로 다른 집단이라는 것을 알 리가 없는 리카이엔이었기에 그렇게 생각하는 것이 당연한 것이다.

'일단은 지켜보는 수밖에 없나? 그나저나 브렌 왕가도 그리 오래 갈 것 같지는 않군.'

그러는 사이에 국무회의가 시작되었다.

원수부의 수장인 기병 장관의 권한을 늘리는 일에서부터 시작해 각종 안건들에 대한 토론이 진행되었다. 하지만 리카이엔의 관심은 다른 곳에 쏠려 있었다.

'이상한데……'

한참을 고민하던 리카이엔이 옆에 있는 카이스를 향해 물었다.

"야, 뭐 좀 이상하지 않냐?"

"웅? 뭐가? 아이젠 백작?"

"아니, 그거 말고. 국왕."

카이스가 잘 모르겠다는 얼굴로 고개를 갸웃거리며 물었

다.

"뭐가 이상한데?"

"회의가 시작될 때부터 뭔가 집중하지 못하는 것 같았는데… 못 느꼈냐?"

"음? 그러고 보니 별 다른 말도 없이 계속 문쪽을 보는 것이 꼭……."

"뭔가 기다리는 것 같지?"

카이스가 그제야 고개를 끄덕였다.

"그러고 보니, 확실히 그런 것 같다. 그런데 뭘 기다리는 걸까?"

리카이엔이 이미 눈치를 챘다는 듯 망설임 없이 대답했다.

"뭐겠냐? 뻔하지. 전쟁을 기다리는 거다."

"전쟁? 그런데 루오 왕국에서는 별다른 조짐이 없었잖아."

"그게 말이지. 가만히 생각을 해보니까, 기습적으로 공격을 할 생각이면 조짐을 안 보이는 게 맞잖아."

"아, 그러게? 왜 그 뻔한 생각을 못했지?"

"다만, 국왕은 그걸 알고 있다는 게 우스운 일이기는 하지만 말이다."

그때였다.

콰아앙!

그랜드 홀의 입구 문이 부서질 듯 열리며, 집사 장관이 안으로 뛰어들어 왔다.

모두의 시선이 그쪽으로 쏠리는 순간, 리카이엔이 기다렸다는 듯 씨익 웃어 보였다.

"올 것이 왔군."

아니나 다를까. 집사 장관이 큰소리로 외쳤다.

"폐하! 큰일났습니다."

그리고 국왕 역시 기다렸다는 듯, 하지만 짐짓 놀란 표정으로 벌떡 자리에서 일어났다.

"무슨 일인가?!"

"전, 전쟁입니다! 데, 델로스 왕국에서 서쪽 국경을 넘어 들어왔습니다!"

순간 리카이엔의 두 눈이 화등잔만 하게 커졌다. 그리고는 당혹스러운 목소리로 카이스를 향해 물었다.

"야, 지금 어디라고 했냐?"

놀라기는 카이스 역시 마찬가지.

"델로스 왕국이라고 하던데?"

델로스 왕국은 브렌 왕국의 서쪽에 인접해 있는 나라였다. 몇 년 전까지만 해도 브렌 왕국의 북쪽에 있는 스타넨 왕국을 끊임없이 침략했던 나라였다.

하지만 브렌 왕국으로 침략할 이유가 없었다. 노슨 강의 물길을 이용할 수 있기에, 스타넨 왕국을 치는 것이 훨씬 수월하기 때문이다. 반면 브렌 왕국은 국경의 절반은 인볼드 산맥이 막고 있기에 전쟁을 하기가 힘이 들었다.

그런데도 브렌 왕국으로 침략해 들어왔다는 말이다.

패나 충격을 받은 듯 잠시 멍하니 있던 리카이엔이 저도 모르게 허탈한 웃음을 터뜨리며 말했다.

"허, 이거 제대로 한 방 먹은 기분인데?"

국왕이 기다렸던 전쟁은 루오 왕국과의 전쟁이 아니라 델로스 왕국과의 전쟁이었던 것이다. 조엘의 아트룸 길드에서 루오 왕국에 대한 정보를 얻지 못한 것도 일면 이해가 가는 부분이다.

물론, 델로스 왕국에서도 아주 은밀하게 준비를 했을 테니 그쪽이라고 별다른 것을 알아내지는 못했겠지만.

카이스가 불안한 표정으로 말했다.

"야, 이거 도대체 어떻게 돌아가는 거냐?"

리카이엔이 확실히 안정을 되찾은 표정으로 싸늘한 미소를 머금은 채 말했다.

"어떡하긴, 싸우면 되지. 내가 전에 했던 말 생각 안 나냐?"

"응?"

"전에 국왕이랑 했던 얘기 말이다. 칼은 생각을 안 하는 법이다. 물론 어디까지나 국왕의 입장에서 우리가 칼일 뿐이지만 말이야."

그리고 카이스도 리카이엔과 같은 생각을 했는지 이내 고개를 끄덕이며 말했다.

"하긴, 우리는 칼이 아니었지?"

"자, 그럼 이제부터 준비를 해야겠지?"

"그렇겠지?"

"아주 잘 준비해야 될 거다. 나중에 조용히 이야기 좀 하자."

"흐흐, 좋지."

〈『철혈백작 리카이엔』 제5권에서 계속〉

철혈백작 리카이엔

1판 1쇄 찍음 2010년 4월 23일
1판 1쇄 펴냄 2010년 4월 27일

지은이 | 윤지겸
펴낸이 | 정 필
펴낸곳 | 도서출판 뿔미디어

기획 | 이주현, 한성재
편집책임 | 심재영
편집 | 장상수, 권지영, 조주영, 주종숙
관리, 영업 | 김미영

출력 | 예컴
본문, 표지 인쇄 | 광문인쇄소
제본 | 성보제책사

출판등록 | 2002년 9월 11일 (제1081-1-132호)
주소 | 부천시 원미구 중동 1058-2 중동프라자 402호 (우)420-849
전화 | 032)651-6513 / 팩스 032)651-6094
E-mail | BBULMEDIA@paran.com
홈페이지 | www.bbulmedia.com

값 8,000원

ISBN 978-89-6359-391-3 04810
ISBN 978-89-6359-298-5 04810 (세트)

참신하고, 끼와 재미가 넘실대는
신무협·판타지 소설을 모집합니다.

참신하고, 끼와 재미가 넘실대는 신무협 판타지 소설을 모집합니다.

많은 장르 소설 작품을 보아 오며,
"나라면 이렇게 할 텐데……."
라고 생각하며 떠올렸던 기발한 소재와 아이디어가 있다면,
마음껏 지면에 펼쳐 보시기 바랍니다.

뛰어난 문장력? 정교한 구성력?
그런 건 그다지 중요하지 않습니다.
재미와 참신함으로 중무장된 작품이라면 열렬히 대환영입니다!

소재에 제한은 없으며, 분량은 한 권(원고지 850매 내외)입니다.
작성 양식은 자유이며, 보내실 때는 꼭 파일로 작성하여 이메일로 보내 주시기 바랍니다.

다만, 호환 마마에 버금가는 미풍양속을 저해하는 단란한 내용은 사절입니다.
특히 엔터 신공은 절대불가! 최고 결격 사유입니다.

저희 도서출판 뿔미디어와 함께
즐겁고 유쾌하게 작가의 꿈을 키워 나가시기 바랍니다.
홈페이지로도 많은 참여 바랍니다.

홈페이지 오픈
www.bbulmedia.com

경기도 부천시 원미구 중3동 1058-2 중동프라자 402호
도서출판 뿔미디어 작품 모집 담당자 앞
전 화 : 032-651-6513   FAX : 032-651-6094
이메일 : bbulmedia@paran.com